Pareto's Miscalculation

パレートの誤算

柚月裕子

Yuzuki Yuko

祥伝社

パレートの誤算

目次

装幀　泉沢光雄
カバー写真　©ZAMA/orion/amanaimages
山梨将典／アフロ

第一章

銀色に光るジュラルミンケースが、会議室に運び込まれた。

運搬してきたふたりの警備員は、見るからに頑丈《がんじょう》なケースを、壊れ物でも扱うかのように慎重な手つきで机の上に置く。

警備員の後ろにいた、スーツ姿の男がふたりの前へ出た。銀行の担当者だ。担当者はジュラルミンケースを挟《はさ》んで向かいにいる職員を、端から順に眺《なが》めた。

「これが今月分です。お確かめください」

担当者の手によって、ケースの蓋《ふた》が開けられる。中には百万円ごとに帯封された札束がずらりと並んでいた。

牧野聡美《まきのさとみ》は、思わず息をのんだ。何度見ても、日常では目にすることがない大金に、圧倒される。しかも、これがものの一時間ほどで、あっという間になくなってしまうのかと思うと、複雑な気持ちがした。

聡美の隣にいた猪又孝雄《いのまたたかお》がケースから現金の束を、ひとつひとつ数えながら出していく。猪又は、津川《つがわ》市役所福祉保健部社会福祉課の課長を務めている。

数え終わると猪又は、不機嫌に見える厳しい表情をさらに引き締め、担当者を見ながら肯《うなず》いた。

「間違いありません。六月分、二千五百万円、たしかにあります」

今月の、生活保護費を窓口で支給する額は、二千五百六十三万四千円の予定だ。昨日、最終的な検算を行った。百万以下の半端な金額は、課の金庫に収められている常備金から足すことになっている。

警備員と担当者は、顔を見合わせると部屋の隅に下がった。

猪又は聡美に指示を出した。

「聡美ちゃん、みんなに書類と封筒を配って」

みんなとは、いまから生活保護費の振り分け作業を行う社会福祉課職員のことだ。課員は七人がいるが、今月は課長の猪又と主任の山川亨《やまかわとおる》、課員の小野寺淳一《おのでらじゅんいち》、西田美央《にしだみお》、聡美の五人が作業にあたる。

聡美は床にしゃがむと、下に置いてある段ボールから、支給番号順にならんでいる書類と封筒の束を取り出した。段ボールには「福祉課・S」と油性ペンで大きく書かれている。「S」とは生活保護費を意味する記号だ。

今月、窓口で支給する生活保護受給者は百六十三世帯だ。監視役の猪又を外した四人に、およそ四十枚ずつ書類と封筒を配る。

四人の前に書類と封筒が置かれると、猪又はそれぞれの顔を眺めた。

「支給番号と名前、封筒に入れる金額を間違えんよう、くれぐれも気をつけるように。じゃあ、はじめてくれ」

警備員と担当者、猪又が見守るなか、札束の帯封が外され作業を開始する。

みな、真剣な表情で、書類に書かれている支給番号と封筒に印刷されている支給番号を照らし合わせながら、現金を封筒に詰めていく。相違があっては大変だ。書類には受給者の氏名や連絡先が記載されている。もし、他人の手に渡ってしまったら、個人情報の流出になる。支給額が合わなくなるだけではなく、福祉課の信用問題にまで発展してしまう。

部屋のなかは札を数える音しかしない。全員、黙々と作業を続ける。百六十三世帯分の生活保護費を振り分けるのに、約一時間かかった。

作業を終えると、聡美は書類と封筒が入っていた段ボールに、生活保護費を個別に入れた封筒を若い番号順に並べた。順番が間違っていないか、二回確認してから、床から立ち上がり猪又に報告する。

「全部で百六十三枚。番号順に箱に収《おさ》めました」

ほっとしたように、猪又が息を吐《つ》く。

作業が無事に終わったことを見届けると、銀行の担当者と警備員は、空のジュラルミンケースを手に部屋を出て行った。

聡美は壁にかけられている時計を見た。九時半。生活保護費の支給開始は十時からだ。猪又も自分の腕時計で時間を確認している。

「ほいじゃあ、よろしゅう頼む」

猪又は山川に後を頼むと、会議室を出て行った。

場を任された山川は、慣れた様子で残った課員に命じた。

「よし、段ボールを運ぼう。力仕事は男の役割だ。小野寺くん、一緒に頼む」

小野寺は、はい、と返事をすると、ふたつある段ボールのうちのひとつを、床から持ちあげた。残りのひとつを山川が持つ。

美央が急いで出口に駆け寄り、ドアを開けた。山川を先頭に、小野寺、聡美、美央の順に会議室を出る。

生活保護費を支給する窓口へ向かう途中、小野寺が段ボールを抱えながら溜め息《たいき》をついた。

「支給日にはいつも思うけど、この二千万以上の金が、ただで配られると思うと、なんか複雑だな」

三十歳の小野寺は、市役所に勤務して八年になる。この春に市民課から社会福祉課に異動してきた。今年、市役所に入庁した聡美より勤務歴は長いが、社会福祉課では同じ新顔だ。

小野寺のぼやきが聞こえたのだろう。列の後ろにいた美央が、小走りで小野寺に駆け寄り横に並んだ。

「二千万円どころじゃないですよ。この段ボールのなかに入っているお金は、手渡しする分だけでしょう。口座振り込みの分まで含めたら、毎月、軽く億を超えます」

「億？」

小野寺が驚いて美央を見る。美央はウェーブのかかった長い髪を耳にかけながら、得意げな顔をした。

「津川市の生活保護受給者は、およそ二千人です。そのうち約九割が口座振替なんです。ざっと計算して、窓口で受け取る受給者の十倍。軽く二億は超えてます」

美央は新卒で市役所に勤務してまだ四年にしかならない。小野寺より歳は下だが、入庁当時からずっと社会福祉課にいるため、異動してきてまだ三カ月にも満たない小野寺より、福祉事情に詳しい。

やってられない、とでもいうような顔をして、小野寺が首を横に振った。

「それって、全部、税金だろ。俺たちだって税金で暮らしてるけど、ちゃんと働いて、正当な報酬として、給料をもらってるじゃないか。働かないで金をもらえるなんて、うらやましい話だよな」

聡美も心のなかで同意した。福祉課に勤めて、はじめて億単位の金が生活保護受給者に支給されている事実を知った。額を知ったとき、あまりの大きさに声も出なかった。

聡美はこの春、津川市役所に就職した。

津川市は瀬戸内海に面した街で、湾が大きく船が入りやすいことから、古くは年貢米の積み出し港として賑《にぎ》わった歴史を持つ。街に神社が多くある理由は、港の繁栄と航海の安全を祈願するためだ、と小学校で教わった。

交通網が発達し、船を使った物流が少なくなってからは、造船業が盛んになった。人口が一番多かったのは、戦時中だ。いまの三倍近くにあたる、六十万人もの人間が住んでいた。半分は、戦艦を造るために集められた港湾労働者たちだった。その多くは敗戦後、仕事がなくなり街を出ていった。いまでは、人口二十万人ほどの静かな港町になっている。

生保受給者を羨《うらや》むような言葉を口にした小野寺を、前を歩いていた山川が窘《たしな》めた。

「そんなことというもんじゃない。受給者はそれぞれ、国の制度に頼らなければいけない事情を抱えているんだ」

山川は小野寺の七歳上で、社会福祉課は今年で八年目になる。一番長く在籍している古株だ。社会福祉課の仕事を熟知している山川が担当している生保者世帯は、百を超える。一番多い日になると、一日に十世帯もの家庭訪問をこなしている。

山川の言葉に納得できないらしく、でも、と小野寺は不服そうに言った。

「生活保護受給日には、駅前のパチンコ店が満員になるっていう話じゃないですか。場外馬券売り場もそうです。受給者が金を受け取った足で、真っ直ぐ行くからですよ。ただでもらった税金をギャンブルに使うなんて、俺は許せません」

山川は足を止めると後ろを振り返り、小野寺に向かって諭《さと》すように言った。

「なかにはそういう人間もいるだろう。だが、全員じゃない。支給された金で、つましく暮らしている人が大半だ。受け取った金をどう使うかは別として、彼らはちゃんと申請が通り、生活保護を受ける権利がある人たちだ。その権利がある人たちに、定められた規定に則《のっと》って決定した支給額を渡す。そのうえで、一日も早く自立できるように協力する。それが、社会福祉課員である自分たちの仕事だ」

山川がいうことにも一理ある、そう思ったのだろう。小野寺は反論しなかった。

山川は険《けわ》しかった表情を和《やわ》らげた。

「急ごう。支給開始時間に遅れる」

ふたりのやり取りを見ていた美央は、山川と小野寺に気づかれないように聡美の横に並ぶと、耳元でささやいた。

「山川さん、いいよねえ。仕事ができて、包容力もあって、ルックスもいい人なんて、そうそういないよね。奥さんがいてもいいから付き合いたいっていう女の子、多いんだよ」

山川には妻がいる。たしか小さい子供もふたりいたはずだ。

背が高く、手足が長い。肩幅があり、スーツがよく似合う。人当たりもよく、聡美が仕事でわからないことがあり困っていると、自分も忙しいのに、いやな顔ひとつせず丁寧に教えてくれる。女性からもてるのも肯ける。

美央はからかうような目で聡美を見た。

「聡美ちゃんも、山川さんに誘われたらぐらっときちゃうんじゃない？」

「まさか」

聡美は即座に否定した。たしかに山川を尊敬しているし、好ましいとも思っている。しかし、それは同じ職場の上司としてだ。異性に対する恋愛感情ではない。

美央は探るような目でしばらく聡美を見ていたが、ふうん、と鼻を鳴らすと視線を山川に向けて、あたしだったら速攻ついていくけどな、と溜め息交じりにつぶやいた。

廊下の突き当たりにあるドアまでくると、山川が後ろを振り返った。

「誰か、ドアを開けてくれないか」

生活保護支給窓口のフロアへ繋《つな》がるドアだ。

美央が、はあい、と甘ったるい声で返事をする。

ドアが開くと同時に、人の長い列が目に入った。行列は受付からはじまり、廊下の奥まで続いている。すべて、生活保護費を受け取りに来た受給者たちだ。半分以上が五十代から六十代の男性だった。彼らのあいだに、二十代の若者の姿や小さな子供を抱えた女性の姿がある。

話をしている人はいない。誰もが無言だ。ほとんどが、家からそのまま出てきたような、普段着の質素な身なりをしている。梅雨《つゆ》の季節なので、傘を手にしている人も多い。受給を待っている様子は人それぞれだ。

生活保護を受けるようになって長いのか、新聞を読みながら慣れた感じで自分の順番が来るのを待っている者もいれば、帽子を目深《まぶか》に被《かぶ》りあたりの様子を窺《うかが》うように、おどおどしている者もいる。

山川は生活保護支給窓口の机に段ボールを置くと、聡美たちを見た。

「じゃあ、いつもどおりの手筈《てはず》で。小野寺くんと美央ちゃん組んで。聡美ちゃんは僕と」

一番の窓口に小野寺と美央が座り、二番の窓口に山川と聡美が座る。

「小野寺くんと僕が受給者から番号を聞いて、金が入った封筒を段ボールから出すから、それをもう一度、受給者が提示する受給資格カードと照らし合わせて、間違いがないか確認する。それから、受給者に渡してくれ。印鑑をもらうのも忘れないように」

山川が腕時計を見る。

十時。支給開始の時間だ。

山川は、1〜80と書かれた受付プレートを、一番窓口のカウンターに置いた。81〜163と書かれたプレートを、自分が座っている二番窓口の前に置く。

「では、はじめの方から窓口で、職員に自分の受給者番号と氏名を伝えてください」

山川の張り上げた声を合図に、あたりがざわめきはじめる。

列の先頭に並んでいた六十歳くらいの男性が、山川と聡美の前にやってきた。

「受給者番号、千二百九十二番。森口守《もりぐちまもる》」

男性はそう言いながら、受給資格カードをカウンターの上に置いた。

山川は床に置いてある段ボールから、一二九二番と印刷された封筒を取り出した。

「千二百九十二番、森口守さん」

山川が声に出して読み上げ、聡美に封筒を渡す。

聡美は番号と氏名に間違いがないか確認し、男性に封筒を渡した。

「こちらに印鑑をお願いします」

男性は受給確認表の該当番号欄に印鑑をついて、窓口を後にした。男性が窓口を去ると、待ちかねたように次の受給者が窓口にやってくる。

「二千百六番、沢内憲吾《さわうちけんご》」

封筒を手にすると、上着やシャツのポケットにしまい込みそそくさと出て行く者もいれば、すぐに封を切りその場で中身を確認する者もいる。

受給者への支給がすべて終わったのは、昼休み近くだった。ものの一時間で二千数百万が目の前から消えた。いや、美央の言うとおり銀行振り込みも含めれば、およそ二億の税金が受給者の懐《ふところ》に収まったことになる。

「無事、すべて配り終えたな。じゃあ、いこうか」

山川が空になった段ボールを手に、席から立ち上がる。聡美たちも後に続いた。

フロアの一番奥にある社会福祉課の部屋に戻ると、パソコンに向かっていた課長の猪又が、頭を動かさず目だけで聡美たちを見た。

「お疲れさん。何もなかったか」

「ええ、何事もなく、すべて支給し終わりました」

席につきながら、山川が答える。

「ほうか。よかったよかった」

猪又はすっかり薄くなった頭を、前から後ろに撫《な》でながら大きく息を吐いた。猪又の隣の席にいる課長補佐の倉田友則《くらたとものり》が、猪又を見て言う。

「先月でしたか。ほら、金が少ないとかなんとか、騒いだ受給者がいたのは」

倉田は猪又の五つ下で、たしか五十代前半だったと思う。猪又とは対照的に、白髪《しらが》交じりだが、髪はふさふさしている。体型も、小柄で腹がでている猪又と違い、長身瘦軀《そうく》だ。

小野寺が話に口を挟んだ。

「あれは四月ですよ。俺がここに配属されてはじめての支給日でしたから、よく覚えています」

その出来事は聡美も記憶している。

小野寺同様、はじめての経験に緊張しながら、受給者に封筒を渡していた。すると、六十過ぎの男性が、いきなり受付に怒鳴りこんできたのだ。ゴマ塩頭にハンチング帽を被り、食べ染みのような汚れがついた薄手のジャンパーを着ていた。男性の身体《からだ》からは、饐《す》えた臭いが漂《ただよ》っていた。

男性の言い分は、金が千円少ない、というものだった。急いで確認したところ、金が少ないと思ったのは男性の勘違いで、こちらの不手際ではなかった。だが、男性の怒声はフロアの隅々まで響き渡り、いっとき野次馬まで集まってくる騒ぎになった。

小野寺は二カ月前の出来事を、今しがた起きたことでもあるかのように嫌な顔をした。

「あれにはまいりましたよ。俺が担当していたんですが、受付を乗り越えて飛びかかってきそうな剣幕でした。たったの千円で」

小野寺の話に、聡美と同じ臨時職員の高村大樹《たかむらだいき》が同意するように肯く。

主任席にいる山川が、書類から顔をあげずに言った。

「金の重みは人それぞれ違う。小野寺くんにとっては、たったの千円だろうが、その怒鳴り込んできた男性にとっては、もっと重みのある千円だったんだよ。生保者たちの生活は、逼迫《ひっぱく》してるんだ。大目に見てあげよう」

今日のうちに二度も窘められた小野寺は、ばつが悪そうにうつむくと、机の上に置いていた書類を揃《そろ》えはじめた。

「小野寺くん」

しょげている小野寺に、猪又が声をかけた。

「なんでしょうか」

小野寺は書類から顔をあげて、猪又を見た。

猪又は、書類が綴《つづ》られた紙製のバインダーを、小野寺が見えるように掲《かか》げた。

「今日の午後、生活保護者の家庭訪問をしてきてくれんかのう。この課に来たからにゃ、ちょっとずつでも、ケースワーカーの仕事を覚えにゃのう」

「ケースワーカー、ですか」

嫌な予感が当たった、そんな顔を小野寺はした。

ケースワーカーとは、受給者の住居を定期的に訪問し、就労などの支援を行う行政の担当者のことだ。自治体によって異なるが、福祉事務所と市役所の生活保護担当者がケースワーカーの職にあたることはめずらしくない。

小野寺のように、ケースワーカーを嫌がる人間は多い。どのような理由であれ、自活できずに生活保護を受けている人間が、整った環境で暮らしているケースは少ない。母子家庭で、入居倍率が高い県営住宅や市営住宅に優先して入れる者は、低い入居費でも整った環境で暮らしている場合がある。しかし、優遇対象にならない者――たとえば独身の男性などは、築四、五十年は経ち、配管は錆《さ》び、トイレは共同、風呂はなしという、決して住み心地がいいとは言えないアパートに住んでいるケースがほとんどだ。

そのような場合、部屋がきれいに掃除してあるケースは稀《まれ》だ。大半は万年床の周りに、食べかけのコンビニ弁当やチューハイの空き缶が散乱している。靴を脱いで部屋にあがったら、柔らかいものを踏んだので足の裏を見たら、靴下にかつてはクリームパンだったと思《おぼ》しき腐った物体がへばりついていた、という経験をしたケースワーカーもいる。そのような話を、課の歓迎会の席で美央から聞いた。

そのとき、隣に小野寺がいたはずだ。そんな話を聞かされて、ケースワーカーになったことを喜ぶ者はいない。

すっかり気落ちしている小野寺を気の毒に思っていると、聡美も猪又から呼ばれた。

「聡美ちゃん」

我に返り、慌てて返事をする。猪又は聡美を見ながら、顎《あご》で小野寺を指した。

「聡美ちゃんも、小野寺くんと一緒に回ってくるといい」

回る、という言葉がなにを指しているのかすぐにはわからなかった。

猪又は椅子の背にもたれると、手にしていたバインダーを机の上に置いた。

「君もここに配属されたからにゃあ、デスクワークだけじゃのうて、ケースワーカーも務めてもらわにゃいけん」

聡美は驚いて、思わず椅子から中腰になった。

「私もケースワーカーをするんですか」

猪又は当然のように肯く。

「慣れるまでは小野寺くんとふたりひと組で回ってもろうて、慣れてきたら担当区域を決めて、ひとりで回ってもらうけん」

他人事《ひとごと》だと思っていた話が、急に自分の身の上に降りかかってきて、聡美は狼狽《うろた》えた。

聡美は津川市で生まれた。

小、中、高校と地元の学校に通い、高校卒業後も地元の福祉大学に通った。福祉の大学を選んだ理由は、高校二年生のときに進路指導の教師から、福祉関係の資格を持っていると市役所の就職に有利だ、と薦《すす》められたからだ。

聡美の父親は、市役所の職員だった。

子供のころ、実家の近くにあった役所の出張所によく父親を訪ねた。母が作った出来立ての弁当を、母親と手を繋いで出張所まで届けた。

母親と一緒なのは、出張所の前までだ。聡美は建物の前まで来ると母親の手を振りほどき、ひとりでドアを開けた。観音開きの、子供にとっては重いドアをやっとの思いで押し開けると、正面の係長席に父がいた。まだ足取りも覚束《おぼつか》ない幼い娘を見つけると、父親は満面の笑みを浮かべて愛娘《まなむすめ》を抱き上げげた。

「よう来たのう」

「お父さんのお弁当持ってきたんか。偉いね」

席に座っている職員たちが、口々に声をかける。誉《ほ》められたことが誇らしく、聡美は胸を張って父親に、ハンカチで包んだ弁当を渡したものだ。

小学生くらいまでは課の慰安旅行にも同行した。職場の花見や運動会は、いつも家族連れで賑わった。家庭的で温かい職場環境を見ながら育った聡美は成長するにつれ、大きくなったら市役所に勤めたい、と漠然と思うようになっていった。

その思いが明確になったのは、聡美が十三歳のときだ。聡美が中学に入学した年の冬、父が他界した。心筋梗塞《こうそく》だった。職場の同僚や、すでに退職した者たちが通夜に駆けつけた。父の死を、まるで身内のように惜しむ姿を見て、市役所で働こうと決めた。

大学に在学中、社会福祉士と児童福祉司の資格をとった。しかし、就職活動は厳しかった。目標だった地方公務員試験に落ち、特別養護老人施設に受かったものの、希望していなかった仕事を選ぶべきか迷った。

津川市役所で臨時職員の求人が出ていると知ったのは、内定していた特養法人に誓約書を出す直前だった。自宅に配布された市報に、求人の案内が掲載されていた。倍率は高いが受けてみる価値はある。だめもとで応募したところ、採用試験に合格した。

臨時とはいえ、望んでいた市役所の職員に採用された喜びは大きかった。

市役所への就職が決まったことを、母親の昌子《まさこ》と三つ年上の兄、亮輔《りょうすけ》も喜んでくれた。我がことのように喜ぶふたりを見ながら、子供のころからの夢を果たせた嬉しさを嚙《か》みしめた。

しかし、配属先と担当業務を知らされたとき、浮かれた気持ちは消えた。

配属された先は、福祉保健部社会福祉課で、担当する業務は生活保護に関わるものだった。

市役所に就職が決まったとき、自分が持っている資格を考え、福祉保健部に配属されるだろうと思いこんでいた。担当はおそらく、児童福祉課か、介護福祉課あたりだと思っていた。それがまさか、持っている資格など関係のない社会福祉課の、しかも生活保護に関わる業務を任されるとは、思ってもいなかった。

聡美は、生活保護受給者に対して、嫌悪を抱いていた。

週刊誌やテレビをはじめとするマスコミが、ときおり生活保護の受給問題を取り上げているが、誌面や画面に出てくる受給者は、だらしない身なりをし、柄《がら》が悪く見えた。市民が納めた税金で酒を飲み、パチンコや競馬をしていると知ったときは、強い憤《いきどお》りを覚えた。

今日、支給窓口へ向かう廊下で山川が言ったように、金をどのように使おうと、彼らはちゃんと申請が通り、生活保護を受ける権利がある人たちだ。それに、すべての受給者がもらった金を、ギャンブルや必要以上の娯楽に使っているとは思わない。彼らをひとくくりで判断してはいけない、とは思う。

しかしどうしても、マスコミ情報で知った一部の受給者の実態を思うと、そのような人間に関わるのも嫌だったし、ましてや住居を訪問して個人的な相談を受けるなんて、考えただけで気が重くなった。

だが、上司の命令に従わないわけにはいかない。聡美は努めて冷静を装《よそお》い、はい、と答えた。


昼を知らせるチャイムが鳴った。

フロアがざわめく。

自分の席で弁当を開く者、席を立って外へ出て行く者。その比率は半々だ。

聡美は財布を持ち、地下にある食堂へ向かった。いつもは自分で弁当をつくってくるのだが、今朝は寝坊してしまい、弁当をつくっている時間がなかった。

券売機でハンバーグがメインのAランチの食券を買い、配膳のカウンターへ並ぶ。カウンターの中にいる食膳係のおばさんに券を渡すと、ほどなくAランチが出てきた。聡美はハンバーグが載ったトレイを受け取り、窓際に向かう。

空いている席に腰を下ろし、両手を合わせ食べようと思ったとき、向かいに人が立つ気配がした。顔をあげると山川が、海老《えび》フライがメインのCランチを手に、聡美を見下ろしていた。

「ここ、空いてるかな」

聡美は思わず、あたりを見渡した。ほかに空いている席はある。

「それとも、これから誰かくるのかな」

聡美は慌てて首を振った。向かいの席を勧《すす》める。礼を言いながら、山川は椅子に座った。

社会福祉課に勤務して二カ月になるが、挨拶と仕事に関わること以外で、山川から話しかけられたことはない。ましてや、昼食を一緒にとるなどはじめてだ。なぜ山川は、わざわざ聡美と同じテーブルを選んだのか。

戸惑《とまど》いが表情に出たのだろう。山川は箸《はし》を割りながら穏《おだ》やかに笑った。

「午後の生保受給者の住宅訪問。かなり気が重そうだったから、気になってね」

聡美は顔が熱《ほて》るのを感じた。内心を見透かされていたことに、恥ずかしさを覚える。手を膝《ひざ》に乗せてうつむいた聡美に向かって、山川は元気づけるように言った。

「ほら、早く食べないと冷めてしまうよ。ハンバーグ」

聡美は焦《あせ》りながら箸を持つと、ハンバーグを口に入れた。

山川は箸を動かしながら、話を続ける。

「小野寺くんは、課に来て日が浅いとはいっても男性だからね。気は重くても身の危険を感じることはそれほどないだろう。だけど、聡美ちゃんは女の子だ。いきなり強面《こわもて》で気の荒い男性が出てきたらどうしよう、なんて考えると、不安になる気持ちはわかる。しかも、いずれひとりで回ってくれ、なんて言われたら気が滅入《めい》るのは当然だ」

「すみません」

職務放棄したいと思う気持ちを咎《とが》められたような気になり、小声で詫《わ》びる。

山川は明るく笑った。

「謝る必要はないよ。僕だって最初は怖かったんだから」

「山川さんが、ですか」

信じられず、思わず声が大きくなる。

山川は海老フライを口に運びながら答えた。

「どんな人柄で、どんな人生を過ごしてきて、生活保護を受けるに至ったのか。いまの生活をどう考えているのか。まったくわからない人を訪ねて行くのは、やっぱり怖かったよ。絡《から》まれたりしたらどうしよう、とか考えてね」

「絡まれたこと、あるんですか」

山川は少し困ったように笑った。

「時にはね」

でもね、と山川は言葉を続けた。

「君のような新人にもお願いしなければいけないほど、ケースワーカーは不足しているんだ。言いかえれば、それだけ生保受給者が増えている、とも言える」

山川の話によると、社会福祉法ではケースワーカーの標準担当世帯数は八十とされているが、山川の受け持ちは現在、百六十を超えているという。

「倍じゃないですか」

聡美が驚いて言うと、山川は肯いた。

「一週間に約十世帯回っても、同じ人を訪問するまで四カ月空いてしまう。受給者の就職活動の進《しん》捗《ちょく》状況や生活しているうえでの問題を聞いて、それを記録する。訪問から帰ってきても、新しい申請者の書類の整理や、病気や金銭トラブルを抱える受給者からの問い合わせの電話があとを絶たない。大変な激務だよ。実際、三年前に同僚が身体を壊して休職した」

山川の話を聞いていて、そんなに忙しい職場だったのか、と改めて痛感する。自分はケースワーカーをしていない分、まだ楽なのかもしれない。だが、これからケースワーカーを務めるとなると、山川の言う激務が待っている。思わず溜め息が零《こぼ》れた。

聡美の溜め息に気づいたのか山川は、ごめんごめん、と明るい声で言った。

「気が重くなるような話ばかりで悪かったね。でも、この仕事は悪いことばかりじゃないよ。僕は自分で受給者を、クライアント、と呼んでるんだ」

「クライアント？」

山川が肯く。

「顧客という意味。この仕事に、僕はそのぐらい責任とプライドを持っている。たしかに小野寺くんの言うとおり、生活保護費を受けとって、真っ直ぐパチンコに行く人間もいるし、酒を買いに走るアルコール依存症の人間もいる。でもね、中には真剣に自立を考えて、がんばっている人もいるんだよ」

そう言うと山川は、一年前まで自分が担当していた、あるケースを持ち出した。四人の子供を抱えて離婚し、生活保護を受けることになった女性の話だ。中学生を頭に下は小学校一年生まで、四人の子供の教育扶助《ふじょ》を合わせると決して少なくない額が、毎月、女性の手元に入った。

「でも、その女性は、生活保護が当たり前になりたくない、自分の手で子供を育てたい、と言って、介護の資格を取った。職を見つけて、一年前に生活保護の辞退届を出したんだ」

山川は聡美の目を見た。

「訪問したての頃は、暗い顔をしてうつむいてばかりいたクライアントが、訪問回数を重ねるごとに笑顔を見せるようになっていく。その姿を見ると、こっちもすごく嬉しくなる。しかも、その人が自分の力で暮らしていけるようになって、ありがとう、山川さんのおかげです、なんて言われたら、胸がいっぱいになるよね」

たしかにそうかもしれない。

「この仕事は大変だけど、やりがいのある仕事だよ。なにか困ったことがあったらいつでも相談に乗るから。ひとりで悩んだっていいことないよ。僕で力になれることがあれば、なんでも言ってほしい。ほら、そんな暗い顔してないで、笑って笑って」

聡美は照れながら、ぎこちない笑みを浮かべた。

「そう。それでいい」

山川は満足そうに微笑んだ。

「ところで、午後は小野寺くんと、どこを回るの」

食後の茶を飲みながら、山川は訊《たず》ねた。

東町《ひがし》です、と聡美は答えた。

「東町の神成《かみなり》地区にある市営住宅と、入居者の半分以上が生保受給者だという恵比寿《えびす》通りのアパートを回ります」

山川は納得したように、ああ、と声を漏《も》らした。

「そのアパートって、たぶん今井《いまい》荘だよ。大丈夫。東町は新しい町で環境がいいから、あまり難しい受給者はいないはずだ。安心していい。それより、僕のほうは大変だ」

「なにかあるんですか」

聡美はそばにあった急須にポットから湯を注《そそ》ぐと、自分と山川の湯呑《ゆのみ》に新たに茶を注いだ。

「僕も午後はケースワーカーとして出掛けるんだけど、ちょっと大変なところでね」

今後の参考に、山川が言う大変な場所を訊ねる。

「どこですか」

言おうか言うまいか迷うような間のあと、山川はぽつりと答えた。

「北町《きた》の成田《なりた》」

成田といえば、古くは遊郭《ゆうかく》があった場所で、パチンコ店が林立し、雀荘《ジャンそう》やあやしげなマッサージ店が入った雑居ビル、立ち飲みの居酒屋や一杯飲み屋、日雇い労働者用の簡易宿泊施設などが、所狭しと立ち並ぶ地域だ。治安が悪く、警察官ですらひとりでは巡回しないという。いわゆるドヤ街だが、そんなところにひとりで行くことに、怖さはないのだろうか。

聡美が訊ねると、山川は歯を見せて笑った。

「怖くないと言ったら嘘になるけど、もう長く担当している地区だし、受給者の顔をよく知っているからね。なかなか、前向きに自立を目指す人は少ない地域だけど、中には定期的にハローワークに通って、真面目に将来を考えている人もいるんだよ。そういう人の後押しをしてあげるのが、自分の仕事だ」

山川はトレイを手に立ちあがった。

「いまはまだわからないかもしれないけれど、続けていれば、いつか、この仕事をしていてよかった、と思えるときがくるよ。きっと──」

言葉の最後は、自分に言い聞かせているような重みがあった。

「じゃあ、お先に」

山川がトレイを手に席を立つ。午後の就業開始まで、まだ三十分以上ある。山川は通常の業務に加え、規定を超える数のケースワーカーを担当している。休む時間がないくらい忙しいのだ。自分の業務をこなすことだけで精いっぱいのはずなのに、聡美を元気づけるために時間を割《さ》いてくれた山川の優しさが胸に沁《し》みる。

聡美は山川に深々と頭を下げた。重かった気持ちが、山川と話したことでわずかだが軽くなる。部下の悩みをくみ取り、適切な指導をし、仕事に対するモチベーションをあげる。仕事もできるし、人柄もいい。誠実で仕事にひたむきな山川を尊敬する。

――いつか、この仕事をしていてよかった、と思えるときがくるよ。きっと。

そうなるように願いながら、聡美も食堂を後にした。


「一軒目はここか」

市役所の公用車を空き地に停めた小野寺は、運転席の窓から身を乗り出して目の前の建物を見上げた。

鉄筋でできている四階建てのアパートだ。A棟からD棟まであり、それぞれ十六世帯が入居している。

小野寺はカバンから透明なクリアファイルをふたつ取り出すと、書類に書かれている住所と氏名を読み上げた。

「東町市営住宅B棟二〇一号、吉村信吾《よしむらしんご》さん。それから、D棟三〇一号の桑田奈津美《くわたなつみ》さん、か」

これから訪問する生保受給者だ。

「どれ、じゃあいくか」

小野寺はだるそうに車から降りると、B棟に向かった。聡美も後に続く。

建物の中に入ると、黴《かび》の臭いがした。コンクリートの壁に亀裂《きれつ》が入り、長年の汚れが染みついている。

「そうとう、古いですね」

聡美はあたりを見ながらつぶやいた。

「築三十年以上は経ってるな。外側だけじゃなくて、なかもぼろぼろだろう。壁のなかを通る配管なんか錆《さび》だらけだよ」

そう言いながら、小野寺はコンクリートの壁を、ノックするように指で叩《たた》いた。

二〇一号のドアの前に立つ。表札は出ていない。小野寺は書類で棟と部屋番号が間違いないことを確認すると、チャイムを押した。

人が出てくる気配はない。

もう一度、チャイムを押す。やはり出てこない。

「吉村さん。いらっしゃいますか。市役所の者です」

小野寺はドアの隙間《すきま》から、なかに向かって叫んだ。

「吉村さぁん、いたら開けてください」

「留守でしょうか」

聡美が小野寺の顔を見上げたとき、中で人が動く気配がした。ゆっくりとドアが開き、男性が顔を出した。寝起きなのか、目がうつろだ。顔もろくに洗っていないのだろう、目尻には目やにがこびりついている。ぼさぼさの髪には白いものが交じり、無精《ぶしょう》ひげが伸び放題だ。

「吉村信吾さんですか。市役所の社会福祉課の者です。吉村さんの暮らしのご様子を、うかがいに来ました」

小野寺は首から下げている、身分証明書入りのパスケースをかざした。吉村は小野寺に向かって、あごを突き出すようにして無言で入室を促《うなが》す。

吉村は茶の間に小野寺と聡美を通すと、小さなテーブルを挟んで向かいに腰を下ろした。

間取りは2K。部屋のなかには十四インチの液晶テレビと、新聞や雑誌が乱雑に突っ込まれているカラーボックスが、ひとつあるだけだった。閉ざされている襖《ふすま》の向こう側には、おそらく万年床が敷《し》かれているのだろう。

台所の流しは思いのほか、きれいに片付いていた。男のやもめ暮らし、汚れた食器やフライパンなどで、流しがいっぱいになっている光景を想像していた聡美は、意外に思った。

だが、汚れていない理由はすぐにわかった。台所の隅に、即席のカップ麺が山と積まれていた。二十から三十はある。ラーメンのほかに焼きそばやパスタもあった。食事はお湯をわかすだけで、皿も使わなければ調理器具を使うこともないのだろう。流しが汚れるはずがない。

「すまんですのう。なんも出すものがのうて」

吉村はぶっきらぼうにそう言うと、頭を掻《か》いた。客用の茶や菓子のことを言っているのだろう。身体も小柄だが、地声も小さい。

「いえいえ、おかまいなく。それよりどうですか。身体の調子は」

小野寺が笑顔で訊ねる。

資料によると、吉村信吾は今年で五十六歳。十年前に妻と離婚し、現在ひとり暮らしだ。五年前から生活保護を受けている。六年前まで現場作業員として働いていたが、作業中に腰椎《ようつい》を痛める怪我をし、就労を続けることが困難になった。収入源を絶たれ、生活費と怪我の治療費で貯金が底をつき、生活保護の申請をした。

吉村はばつが悪そうに、腰をさすった。

「どうも天気に左右されるようで、低気圧が近づくと、痛みよります」

「就労活動はしていますか。ハローワークに行くとか、求人情報誌を見るとか」

「そりゃしちょることは……しちょるんじゃが。腰もこの調子じゃし、この歳での求人なんか、ほとんどありゃあせん。なかなか難しいです」

吉村は背を丸め、打ちひしがれたように視線を落とす。

小野寺は身体を大事にすることと、自立するという強い意志を持ち、諦めずに働き口を探すよう励《はげ》まし、吉村の部屋を後にした。

外に出ると聡美は、吉村の部屋を見上げた。

「身体、辛《つら》そうでしたね」

「本当か演技か、わからん」

小野寺はそっけなく答えると、D棟に向かった。

三〇一号のドアに、桑田、と書かれた木製のプレートがかけられていた。

小野寺がチャイムを押すと、中から小さな足音が聞こえた。同時に、「待って。勝手に開けちゃだめ」という女性の叱《しか》り声がする。

ドアが開き、二十代前半の女性が顔を出した。髪を茶色く染め、耳の横でふたつに結んでいる。女性の腰に纏《まと》わりつく小さな女の子が顔を覗《のぞ》かせ、突然の来訪者を、不思議そうに見上げている。桑田親子に違いない。

小野寺は吉村のときと同じように、自分の身分を名乗った。

桑田奈津美はだるそうに、ああ、と声を漏らすと、ケースワーカーの方ですね、と言った。

「散らかってますけど、まあどうぞ」

奈津美はふたりを、なかへ通した。

間取りは吉村が住んでいるB棟と同じだった。茶の間と続きの四畳半は、子供のおもちゃが散乱していた。食事をつくっていたのか、台所から醤油《しょうゆ》でなにかを煮るような匂いが漂っている。ベランダでは、干された洗濯ものが六月の風に揺れていた。

奈津美は、現在二十二歳。三歳の子供がいる。子供の父親はいない。二年前に離婚して、奈津美が子供を引き取った。

奈津美の親は奈津美が子供の頃に離婚している。奈津美は母親に引き取られたが、中学生の頃に母親が再婚し、施設に預けられた。いまではまったく連絡をとっていないらしい。

高校を卒業後、子供が出来てすぐに結婚。結婚して施設を出たあたりから奈津美はパニック障害を患《わずら》い、病院に通っている。離婚してから奈津美は、生活のため子供を託児所に預けて飲食店で働いたこともあるが、パニック障害に悩まされどこも長く続かなかった。

金も底をつき、これからどうやって子供とふたり暮らしていこうかと悩み、市役所の社会福祉課に相談した。生活保護を受給して一年になる。

「どうですか。身体の調子は」

小野寺は吉村のときと同じ質問をした。

奈津美は、疲れきったような溜め息をつくと、首を横に振った。

「薬は飲んでるけど、効いてるのか効いてないのか……」

困っていることや心配事はないか、と小野寺が訊ねると、奈津美は育児の悩みを語りはじめた。

——最近、反抗期なのか、自分のいうことを聞かなくなった。自分の具合が悪く外にいけないときでも勝手にひとりで出ていくし、食事もせっかくつくったのに、食べたり食べなかったりとむらがある。三歳児健診に行ったときも、他の子より落ち着きがなく、保健師の質問にも答えられなかった。

「もしこの子まで、私みたいに精神的な病気だったらって考えると、夜も眠れないようになってしまって」

奈津美は急に泣き出した。

となりで遊んでいた子供が、驚いて母親を見上げる。聡美は慌てて奈津美のそばにいくと肩に手を置き、大丈夫ですよ、と繰り返し宥《なだ》めた。

奈津美が泣きやみ、落ち着いた頃を見計らって、ふたりは奈津美の家を後にする。

外に出ると小野寺が歩きながら、思案顔で言った。

「児童福祉課に相談した方がいいかもしれない」

「桑田さん、ですか」

小野寺は車の鍵を開けると、運転席に乗り込んだ。

「自分の病気の不安もあるだろうが、それ以上に育児に対して、精神的に追いつめられているようにみえる。放っておくと、ひとりで悩みを抱えて不安がエスカレートし、とんでもないことをしでかす可能性がある」

「とんでもないことって、たとえば」

助手席でシートベルトを締めながら、聡美は訊ねた。

「虐待」

聡美は小野寺を見やると、息をのんだ。

「不安や悩みのはけ口は、弱い者に向かいがちだ。虐待が起きてからでは遅い。未然に防ぐためにも、早く手を打っておいた方がいい」

もし——と言いながら、小野寺はエンジンをかけた。

「なにかあったら、マスコミから叩かれるのは、いつだってこっちだ。虐待だけじゃない。老人の孤独死だってそうだ。福祉関係者の手が足りない問題には触れないで、定期的に訪問していなかったんですか、どうして気づかなかったんですか、とまるでこっちに落ち度があるみたいに責め立てる。非難ばかりしてないで、マスコミも少しは福祉の人手を増やすシステムとかを考えろってんだ」

肯定も否定もできず、聡美は無言で胸に書類カバンを抱えた。

「いまのところで、かなり時間をくった。急いで次にいこう」

小野寺が強くアクセルを踏む。車は勢いよく、次の訪問者の住居へ向かって走りだした。

次の訪問先は、市営住宅から車で十分ほどのところにあるアパートだった。木造の二階建てで、ここも市営住宅同様、かなり古い。二階へあがる階段の手すりが赤く錆びついている。道路に面した壁に古びたプレートがかけられ、そこにアパートの名称が書かれている。食堂で山川が言ったとおり、「今井荘」だった。

小野寺はカバンから、クリアファイルを取り出した。

「ここには八世帯入っている。そのうち五世帯が生活保護受給者だ。一軒は、六十三歳の男性だが、この人は二週間前から体調を崩《くず》して入院している。だから、今日、回るのは四軒だ」

小野寺はアパートを見上げた。

「最初は、一〇三号室の郷田公美子《ごうだくみこ》さんからいくか」

郷田公美子は四十六歳。未婚。派遣で生命保険会社の外交員をしていたが、不況のあおりをうけ五年前にリストラされた。ハローワークに通い職を探したが、四十歳を過ぎての求人は少なく、あったとしても介護や薬剤師といった、資格が必要なものが大半だった。なんの資格も持っていない公美子には、勤まらない仕事だ。

失業保険の給付期間も終わり、収入がなくなった公美子は、貯金を切り崩して生活していたが、その貯金も底をついた。仕事が見つからないことの焦りや将来への不安から気が塞《ふさ》ぎ、就労活動をする気力もなくなった。病院で受診したところうつ病と診断され、医師から生活保護の申請を勧められた。保護を受けて三年になる。

小野寺はドアの横についているチャイムを押した。

出てくる様子はない。

その後も、何度かチャイムを押すが、中は静かだ。人がいる気配がない。

「留守でしょうか」

小野寺は書類を見ながら、ううん、と唸《うな》った。

「近所へ買い物に出ているのかもしれないし、もしかしたら、姉のところかもしれない」

公美子には、市内に嫁《とつ》いだ五つ上の姉がいる。公美子が生活保護の申請をしたときに、姉に扶養照会を送っている。妹の生活を援助できるか問い合わせたところ、家のローンや子供の養育費などで、とても妹の生活までは面倒が見られない、との回答がきた。ただ定期的な住居の訪問や電話でのやり取りなど、精神的な援助はできる、とのことだった。

小野寺は公美子の書類を、書類カバンにしまった。

「じゃあ、郷田さんは後日にして、次は一〇四号室の、中田翔太《なかたしようた》さんにいこう」

中田は二十五歳で、高校卒業後、派遣アルバイトで警備会社に勤めていたが、一年半前に酒に酔って階段から落ち、頸椎《けいつい》を骨折。手術とリハビリを経て退院はしたものの、利《き》き手の痺《しび》れが取れず仕事ができなくなった。失業保険も家賃や食費に消え、貯蓄もゼロで暮らしていけず、生活保護を申請した。受給歴は十カ月だ。

小野寺は中田の部屋のチャイムを押した。中から、はい、という男性の声がした。

ドアが開き、若い男性が顔を出した。色褪《いろあ》せたジーンズにギンガムチェックのシャツを着ている。

「中田翔太さんですね。市役所の社会福祉課の者です」

小野寺が名乗ると中田は、お世話になっとります、と言って頭を下げた。

中田はどうぞどうぞ、と小野寺と聡美を部屋へあげる。アパートの間取りは1DK。トイレは部屋についているが、風呂はない。部屋の真ん中にテーブルが置いてあり、パソコンが置かれていた。

「なにをなさってたんですか」

腰を下ろした小野寺が訊ねる。台所に立っていた中田が、茶を淹《い》れてふたりに持ってきた。

「パソコンで、求人情報を調べとったんです」

ほう、と小野寺が感心したような声を漏らす。

「で、働けそうなところは見つかりましたか」

中田はふたりに茶を差し出しながら、首を横に振った。

「条件がええな、と思うところは数件あったんですが、どれも力仕事で、この腕の痺れが取れないことには無理かと」

中田はもどかしげに、右腕を左手で擦《こす》った。

「病院の先生は、なんて言ってるんですか」

「表面の怪我と違《ちご》うて、神経系は傷口がふさがればそれで治る、いうもんじゃない。電気をかけたり漢方薬を飲んだり、地道に治療していくしかない。焦らず気長に通院するように、っておっしゃってました」

小野寺は、体調を優先しながらいまの自分でも務まりそうな仕事を根気よく探すように、と中田に指導し、部屋を後にした。

「真面目そうな青年でしたね。就職活動もちゃんとしているようだし」

外に出ると聡美は小野寺に言った。しかし、小野寺は不機嫌そうに、ふん、と鼻を鳴らした。

「あいつの部屋の隅に、雑誌や服が置かれてただろう。そこに落ちていた名刺に気づいたか」

聡美は出てきたばかりの、中田の部屋を思い返した。

部屋の真ん中にテーブルがあり、隅にテレビがあった。その脇にマンガ本や雑誌、脱いだ服などが乱雑に置かれていた。だが、名刺が落ちていたことには気がつかなかった。

「その名刺がどうかしたんですか」

聡美は訊ねた。

「角が丸くて、ピンク色だった」

意味がわからない。小野寺は、察しが悪い、とでもいうように聡美を目の端で見た。

「キャバクラの名刺だ」

「キャバクラ？」

思わず聞き返す。

小野寺は溜め息をつきながら、苛立《いらだ》たしげに言った。

「今日の午前中、俺が廊下で言っただろう。受給日には駅前のパチンコ店が満員になるって。パチンコだけじゃない。競馬や競艇につぎ込んでるやつもごまんといる。他にも、中田みたいにキャバクラに行ったり、ヘルス通いしてるやつもいる」

小野寺は中田の書類をカバンにしまうと、次の訪問者の書類を出した。

「まあ、日がな一日、やることもなくゴロゴロしてたら、たまには外に出て憂《う》さ晴らしもしたくなるだろう。気持ちはわからなくもない。だが、真面目に働いてるこっちからすれば、ふざけるな、と怒鳴りたくなる」

聡美は下唇を嚙んだ。

受給者に支払われている金は、地方と国が分担しているとはいえ、もとは市民が払っている税金だ。それをギャンブルや女遊びに使っていると思うと、たしかに腹が立ってくる。だが、今日の昼休みに山川が話していたように、社会復帰を目指してがんばっている人間がいることも事実だ。すべての受給者をひとくくりにして、責めることはできない。

小野寺は気を取り直すように、どれ、と大きな声で言った。

「残りの二軒をさくっと、終わらせてしまおうか」

小野寺は錆びた階段を、足早に上っていく。聡美も急いであとを追った。

一軒は六十九歳になるひとり暮らしの男性だ。アルコール依存症と診断され、現在、治療を受けている。受給歴は八年になる。もう一軒は持病のヘルニアが悪化し働けなくなった、四十一歳の男性だ。受給歴は五年。最初の二年ほどは月に半分ほど、日雇いの建築現場でアルバイトをしていた。月に五、六万収入があり足りない分を生活保護に頼るという、働く意思がある受給者だったが、三年前から持病のヘルニアが悪化し、現場作業ができなくなった。以来、生活費のすべてを、生活保護に頼っている。

チャイムを鳴らすが、二軒とも誰も出てこない。外出しているようだ。散歩にでも出ているのだろうか。もしかしたら、病院に行っているのかもしれない。

小野寺は手にしていた訪問記録に「不在」と記入すると、カバンにしまった。

車に戻ったときは、すでに四時半になろうとしていた。

小野寺は運転席に乗り込むと、肩の凝《こ》りをほぐすように首をぐるりと回した。

「ああ、疲れた。やっぱり嫌な仕事だよなあ、ケースワーカーなんて。薄汚れた部屋で相手の悩みや愚痴を聞いてると、気が滅入ってくる。精神科医が気を病む気持ちがよくわかるよ」

聡美は助手席で、今日、訪問した受給者のことを思い返した。はじめてケースワーカーとして受給者の住宅を訪問したが、たしかに楽しい仕事とは思えない。だが、頭の片隅に、昼休みに山川が言った言葉が残っていた。

——いつか、この仕事をしていてよかった、と思えるときがくるよ。

本当にそうだろうか——

考え込んでいると、隣から小野寺が顔を覗き込んだ。

「どうした。聡美ちゃんも気が滅入ったか。じゃあ、今日は、ぱあっと飲みに行くか」

聡美は、はあ、と曖昧《あいまい》な返事をした。ぱあっと飲んで気が晴れるような気分ではなかった。気のない返事から、乗り気ではないと悟ったのだろう。小野寺は肩をすくめて、車のエンジンをかけた。

社会福祉課に戻ったときは、まもなく五時になろうとしていた。席に着くと、美央が茶を持ってきてくれた。

聡美は礼を言って、受け取った。茶の温かさに、沈んでいた気持ちが少しだけ軽くなったような気がする。

課長補佐の倉田が、聡美に声をかけた。

「どうだった。はじめてのケースワーカーは」

聡美は済まなそうに倉田を見た。

「受給者への質問や指導などは、すべて小野寺さんがしてくれました。私は横で見ていただけです」

倉田は椅子の背にもたれて笑った。

「最初は誰でもそうだよ。じきに慣れる」

どう言葉を返していいかわからず、聡美は茶を口にした。

ところで、と言いながら、倉田は山川の席を見た。

「山川くんは、まだか。いつもなら戻っている頃なんだが、今日はちょっと遅いな」

聡美も山川の席を見る。外から戻った形跡はない。

美央が盆を胸に抱えながら、心配そうに言った。

「なにかトラブってるんでしょうか」

自分の席で書類を整理していた猪又が、三人の話に割って入った。

「今日、山川くんは北町の成田を回る言うとったな。あそこはあまり治安がようない。聡美ちゃん、ちょっと連絡とってみてくれんか」

聡美は肯くと、仕事用に渡されている携帯を手にした。

山川に電話をかけようとしたとき、けたたましいサイレンの音が聞こえてきた。窓の外を見ると、市役所の前の通りを、消防車がサイレンを鳴らしながら疾走していく。一台ではない。あとに二台ほど続いていた。

「消防車が三台も出動するなんて、けっこう大きな火事みたいですね。方向からすると、北町方面ですよね。出火元はどこなんだろう」

美央がそわそわしながら、つぶやく。

猪又が卓上の電話で、どこかに電話をかけた。

「ああ、社会福祉課の猪又じゃ。さっき消防車が出動したみたいじゃが、火元はどこな」

おそらく生活安全部の防災課にかけているのだろう。防災課は消防署と連携しており、火事が起きると報告が入るようになっている。

話をしている猪又の顔色が変わった。

「なに、そりゃ間違いないんか」

部屋にいる全員の視線が、猪又に注がれる。

猪又は、ああ、とか、ほうか、と相槌《あいづち》を打っていたが、電話を切ると職員の顔を眺めながら、真剣な口調で言った。

「火元は北町の成田にある北町中村《なかむら》アパートじゃ」

聡美の心臓が大きくはねた。山川が午後に回ると言っていたアパートだ。火事に巻き込まれていなければいいが。

猪又も同じことを考えたのだろう。聡美にもう一度、急いで山川に連絡を取るよう指示した。

聡美は携帯から山川に電話をかけた。すぐに音声ガイダンスが流れる。

〈おかけになった電話は、ただいま電波の届かない場所にあるか、電源が切れているため……〉

聡美は猪又を見て首を振る。

「繋がりません」

「かけ続けてくれ」

聡美は数分おきに、電話をかけた。結果は同じだった。

心配でじっとしていられないのだろう。小野寺が席から立ち上がった。

「課長、俺、火元に行ってみます」

猪又は顎に手を当て、少し考えるような素振りをしたが、顔をあげると肯いた。

「頼む」

小野寺が背もたれに掛けていた上着を手にとり、ドアへ向かう。

猪又は聡美を見た。

「聡美ちゃんも行ってくれんか。なんもないとは思うが、万が一のときはふたりのほうが動きやすいじゃろう」

聡美は返事をして、小野寺のあとを追った。


北町へ向かう車中で、聡美は引き続き山川の携帯に電話をかけ続けた。やはり繫がらない。携帯の電源が入っていないことを告げる、女性の機械的な声が流れるばかりだ。

「山川さん、どこにいるんだろう。どうして繫がらないのかな」

聡美は助手席で、独り言のようにつぶやいた。ハンドルを握りながら小野寺は、落ち着いた口調で答える。

「携帯が繫がらないのは、おそらく電池切れだろう。現場に行けば、火事を見物している野次馬のなかに、山川さんがいるさ」

山川が訪問している北町の成田は、役所から車で二十分ほどのところにある。街の中心部を抜け、北に車を走らせる。近づくにつれ道が狭くなり、古いビルが目立つようになってきた。路肩に無断駐車している車が多くなり、狭い道幅がよけい狭くなる。対向車とすれ違うのもひと苦労で、なかなか前に進めない。

小野寺がハンドルを、せわしなく指で叩きはじめた。車が思うように進まないことに苛立っているのだろう。

聡美は助手席の窓を開けて、外に半身を乗り出した。首を伸ばし、立ち並ぶビルの合間から前方に目を凝らす。細めた目に、空に立ち上る黒煙が映る。

「小野寺さん、煙が見えます。ほら、あそこ！」

聡美は前方を指差した。小野寺も窓を開けて、顔を外へ出す。小野寺の顔が見る間に曇《くも》る。

「すごい煙だ。これはかなり燃えてるぞ」

車はゆっくり前へ進む。火事の現場に近づくにつれ、人が多くなってきた。野次馬だろう。みな伸びをするような体勢で、現場のほうを眺めている。

あと少しで火事の現場に着くというところで、制服姿の警官に車を停められた。

警官が運転席側の窓をノックする。小野寺が窓を開けた。見た目、二十代後半くらいだろうか。警官はきびきびとした声で小野寺に言った。

「現在、この先で火災が発生しています。消火活動のため、この先は封鎖中です。迂回《うかい》して別な道をいってください」

小野寺は警官に事情を説明した。

「市役所の者ですが、同僚が火災があったアパートを訪ねているんですが、連絡が取れないんです。無事を確認したらすぐに戻りますから、ちょっとだけ通してもらえませんか」

警官は困惑した表情で、ちょっと待ってください、と言うと小野寺に背を向け、腰につけていた無線機を取り出した。上司の指示を仰《あお》いでいるのだろう。警官は話し終えると無線機を腰に戻し、小野寺に向き直った。

「車両を近くの駐車場に停めてきてください。現場の近くで事情を聞かせてもらいます」

小野寺は車をバックさせると、脇道にそれてコインパーキングに入れた。車を降り、先ほど対応した警官のもとへ急ぐ。警官は車両封鎖を別の警官にまかせ、小野寺と聡美を連れて、現場へ向かった。

野次馬をかき分け雑居ビルの角を曲がると、ものすごい熱気が全身を包んだ。思わず腕で顔を覆《おお》う。腕の隙間から熱源の方向に目をやると、燃えているアパートが見えた。赤い炎がときおり空に向かって立ち上り、黒煙を撒《ま》き散らしている。消防ホースからの放水であたりは白く煙《けむ》っている。

三台の消防車が懸命に消火活動を行っていた。壁はほとんど焼け落ち、柱と屋根を残すだけになっている。ほどなく鎮火《ちんか》に向かいそうだが、延焼の危険を考えるとまだ油断できない状況にあった。

警官は消防車の二十メートルほど手前の封鎖線で立ち止まると、ふたりを振り返った。

「これ以上近づくのは危険です。ここが限界です」

そこから先は、野次馬の立ち入りを防止するため、黄色いテープで封鎖されていた。すでに近所から集まってきた野次馬が四、五十人、ひしめいている。

聡美は警官に先導され、封鎖テープ手前の最前列に立つ。消防車の間から、黒く煤《すす》けたアパートの骨組みを見つめた。こんなに近くで火災現場を見るのは、はじめてだった。炭化した木材の臭いとビニールが燃えたような強烈な刺激臭が鼻を突く。

警官が、濃紺の消防作業服と帽子を身に着けた男性に声をかけた。四十代半ばくらいだろうか。男性は、火災調査を担当している消防士長の菅田《すがた》と名乗った。警官から事情を聞くと、菅田は小野寺に訊ねた。

「知り合いという人は、ここの住人ですか」

小野寺は首を振った。

「市役所の同僚です。生活保護受給者の住宅訪問のため、このアパートを訪れていたはずです。いつもなら、もう職場に戻っている時間なんですがまだ戻りません。しかも、携帯も繋がらないんです。無事だとは思うのですが、もしかして、火事に巻き込まれたんじゃないかと心配になって駆けつけたんです」

菅田は脇に抱えた作業カバンから、手帳とペンを取り出した。

「その方の名前と年齢、今日の服装。身体的特徴を教えてもらえますか」

小野寺は質問に答えた。「氏名は山川亨、市役所の社会福祉課の職員で、三十七歳。身長は百八十弱。太ってもいないし痩せてもいない、標準的な体型です。それから今日の服装は……」

記憶が曖昧なのだろう。助けを求めるように、小野寺は聡美を見た。

聡美は、懸命に記憶を辿《たど》る。生活保護費が入った段ボールを抱え、廊下を歩く山川の背中を思い出す。聡美はうつむいていた顔を勢いよくあげて、菅田を見た。

「ダークグレーのスーツです」

「ダークグレーのスーツ、間違いないですね」

聡美は確信を込めて、大きく肯く。

「ほかになにか、山川さんだと特定できるものはありますか。たとえば結婚指輪をしていたとか、特徴のあるライターを所持しているとか」

「あの」

小野寺が口を挟んだ。

「この火事で死傷者が出ているんですか」

菅田は事務的な口調で答えた。

「まだ消火活動中で、遺体が発見されたという情報は入ってきていません。消防が駆けつけたときはすでに火の海でしたから、マルヨンが……いや、焼死者がいるかどうか、まだわかっておりません。情報を集める作業は、行方がわからなくなっている方の関係者全員に伺うものです。まだ、あなた方の同僚になにかあったというわけではありませんので、どうかお気を悪くなさらずに」

小野寺はほっとしたように息を吐くと、聡美に訊ねた。

「聡美ちゃん、山川さんが身に着けていたもので、なにか特徴があるものを覚えてないか。菅田さんが言っている指輪とか、ライターとか」

生活保護費の振り分け作業をしている、山川の手を思い出す。指輪をしている記憶はない。山川は煙草を吸わないから、ライターも持っていないはずだ。

聡美がそう答えると、小野寺は腕組みをして難しい顔をした。

「山川さんがいつも身に着けていたもの……」

小野寺は呪文のように、同じ言葉を繰り返す。

いきなり、小野寺が顔をあげた。

「時計……」

そうつぶやき、腕をほどいて聡美に顔を向ける。

「そうだ、時計だ。腕時計だよ！」

山川の左腕を思い出す。腕時計。そういえば、山川は文字盤が大きくて高そうな腕時計をしていた。小野寺は菅田に向き直った。

「山川さんはいつも、ブライトリングというブランドの時計を着けていました」

「今日も、同じ時計を着けていましたか」

明るかった小野寺の顔が曇る。

「はっきりとは覚えていませんが、同じものだったと思います」

それに、と言って小野寺は言葉を続けた。

「山川さんは時計の裏に、名前のイニシャルを彫《ほ》っていました。だから、時計の裏を見ればその時計が山川さんのものかどうか、すぐにわかるはずです」

なるほど、と言って菅田はメモ帳にペンを走らせた。

「ほかになにか、身元が判明できるものはありませんか」

菅田が再び質問をしたとき、あたりに轟音《ごうおん》が響き渡った。二階建てのアパートの屋根が、崩れ落ちたのだ。あたりは女性の悲鳴と、逃げろ、という叫び声に包まれた。

菅田は聡美と小野寺に向かって「下がって！」と叫んだ。ふたりは走って道の奥まで戻り、後ろを振り返った。アパートがあったはずの場所は、黒煙が濛々《もうもう》と立ちこめていた。


完全に鎮火したのは、火災発生からおよそ一時間後だった。

そのあいだに聡美は課長の猪又に何度か連絡をとり、山川が戻っていないか確認をした。山川はやはり戻っておらず、連絡もないとのことだった。

小野寺と聡美は、焼け落ちたアパートを呆然《ぼうぜん》と眺めていた。

「すごい臭いだな」

小野寺が眉間《みけん》に皺《しわ》をよせながらつぶやく。あたりは喉《のど》がひりつくような、焦《こ》げた臭いが充満していた。聡美はバッグからハンカチを取り出すと、鼻と口を押さえた。

焼け落ちたアパートの残骸《ざんがい》のなかを、濃紺の消防作業服と、県警のライトブルーの作業服を着た人間が歩きまわっている。火災現場の調査をしているのだろう。

「マルヨン発見！　マルヨン発見！」

突然、緊迫した声が響き渡った。動きが急に慌ただしくなる。

「死体が発見されたみたいだな」

小野寺がつぶやく。

心臓が大きく跳《は》ねた。

違う。山川ではない。自分で自分に言い聞かせる。

県警の係官が腰を屈《かが》め、別の係官になにやら指示を出している。

「あれはおそらく、検視官だ」

小野寺が言う。

「医師の目の前で死亡しない限り、事故であれ自殺であれ、資格を持った警察官が必ず検視を行う。そこでだいたいの死因が判明するが、事件性がある場合、解剖に回されてさらに詳しく調べられる」

小野寺は検視や解剖について、どうしてそんなに詳しいのか。訊ねると、小野寺は無表情に答えた。

「大学時代に、同じ寮に入っていたやつが部屋で首を吊《つ》ったんだ。そのときに検視官がやってきて、あれこれしていた。だから知っている」

訊いてはいけないことを、口にしてしまっただろうか。聡美は小声で、すみません、と詫びた。

遺体発見から二十分が過ぎたころ、待機していた救急車から担架《たんか》が運び出された。寝袋のようなものに包まれた遺体が担架に乗せられる。白衣を着た救急隊員は、遺体を救急車に運び込むと、サイレンを鳴らすことなく現場を去っていった。

あの遺体はいったい誰だったのか。アパートの住人だろうか、それとも——。

緊張のせいか、煤交じりの空気を吸い込んだからか、急にめまいがした。

「大丈夫か、顔色が悪い」

聡美の体調の変化に気づいたのだろう。小野寺が顔を覗き込んだ。

「気分が悪いなら、車に戻っていたほうがいい」

聡美はやっとの思いで、首を横に振った。

「大丈夫です。山川さんの無事を確認するまで、ここにいます」

しっかりしろ、と自分を叱責《しっせき》する。そのとき、菅田がふたりのもとへやってきた。

「いま、遺体を発見しました。損傷が激しく、顔の判別はつかない状態です。衣類も焼けてしまい、なにを着ていたのかもわかりません。身元を判明できるものは、これしかありませんでした。ご確認いただけますか」

菅田は手にしていたビニール袋を差し出した。透明なビニール袋の中には、黒く煤けた腕時計が入っていた。小野寺が受け取り、ビニールに入ったままの時計を手のひらに載せた。横から覗きこむ。細かい目盛がついていて、飛行機の計器のような文字盤だ。煤で汚れているが、ブライトリングというロゴが読みとれる。

小野寺が時計を裏返した。

時計の裏側を見た聡美は、頭を強打されたようなショックを受けた。時計の裏側には、T・Yというイニシャルが彫られていた。トオル・ヤマカワだ。

視界がぐらりと揺れた。

「聡美ちゃん！」

小野寺に腕を摑《つか》まれ、ふらつく身体を支えられた。激しく首を振り、腕からそっと小野寺の手を外す。

「すみません。大丈夫です」

小野寺は聡美を励ますように言う。

「この腕時計を身に着けていたといっても、遺体が山川さんとは限らない。山川さんがなにかのはずみで落とした腕時計を、アパートの住人がこっそり自分の腕に着けたとか、山川さんから無理やり奪い取ったということも考えられる」

そう言いながらも、小野寺の声はかすかに震えていた。

菅田にビニール袋を返しながら、小野寺は訊ねた。

「遺体は、どこに運ばれたんですか」

「津川中央病院に回されました」

「病院へ、ですか」

すでに死亡している者を、なぜ病院へ運ぶのだろうか。

心で思った聡美の疑問に、聞き覚えのない声が答えた。

「焼死体は死因を特定するため、すべて司法解剖に回されるんですよ」

聡美は声がした方を見た。菅田の横に、黒いスーツ姿の男性がいた。四十を少し過ぎたくらいの年回りだろうか。切れ長の細い目と薄い唇が、冷たい印象を人に与える。

菅田は隣に男性がいることに気づくと、驚いた顔をして帽子を脱いだ。

「若林《わかばやし》警部補、お疲れ様です」

警部補、ということは刑事か。

若林はスーツの左胸ポケットから身分証明を取り出し、小野寺と聡美にかざした。

「津川署刑事課の若林永一郎《えいいちろう》といいます」

若林は身分証明を胸ポケットにしまうと菅田に向かって、この場は自分が引き継ぐから現場に戻っていい、と丁寧な言い方で指示した。菅田は若林に頭を下げると、焼け跡の方へ駆けて行った。

若林は小野寺と聡美を交互に見た。

「おふたりのことは、部下から聞きました。職場の同僚を捜しておられるとか」

菅田に対する指示のときも感じたことだが、若林の言い方は言葉は丁寧だが、冷たい印象を受ける。声に感情がこもっていないからだろう。

小野寺は菅田に話した事情と同じ内容を、若林に手短に伝えた。

「先ほど病院へ運ばれた遺体の身元は、いつはっきりするんですか」

小野寺の質問に、若林は事務的な口調で答えた。

「すでに部下があなた方の職場に連絡をして、山川さんのご家族の連絡先を聞いています。ご家族と連絡が取れ次第、山川さんが通っていた歯科医からカルテを取り寄せ、歯型の照合をするとともに、DNA鑑定を行います。最終的にはDNA鑑定で、遺体が特定されます」

まあ、と言いながら若林は、靴の裏に付いた煤汚れを路面にこすりつけた。

「DNA鑑定もしますが、歯型を検証した段階で、遺体が本人かどうかわかりますがね。DNA鑑定は結果がでるまで時間がかかりますが、歯型の照合だけなら、早ければ明日にでもわかります」

明日——

聡美は息をのんだ。明日には、遺体が山川かどうかはっきりするのだ。

「アパートの住人で、行方がわからない人はいないんですか」

小野寺が若林に訊ねる。若林は、います、と即答した。

「アパートは、一階と二階合わせて八世帯が入れるようになっていましたが、実際に入居していたのは六世帯。全員、ひとり暮らしです。そのうち三人は火災時アパートにいましたが、逃げて無事でした。そのほかふたりとは連絡が取れたのですが、残りのひとりの行方がまだわかりません」

「じゃあ遺体は、入居者かもしれないんですね。山川さんじゃない可能性があるんですね！」

小野寺が若林に詰め寄る。聡美は驚いて、若林と小野寺のあいだに割って入った。

人がひとり死んだことは事実だ。聡美は、山川でないことを願う気持ちはわかる。それは聡美も同じだ。だが、ともすれば他の人の死を願うような意味合いにもとれるような発言は控《ひか》えるべきだ。そう言おうとするが、言葉がつまり喉から出てこない。そんな言い方はするべきではない、という意味を込めて、首を横に振るだけで精一杯だった。

聡美が言いたいことを悟ったのだろう、小野寺は取り乱したことを恥じるように視線を若林から逸《そ》らすと、聡美に詫びた。

「みっともないところを見せた。済まない」

だが、と小野寺は振り絞《しぼ》るように言った。

「俺はあの遺体が山川さんだなんて、絶対に信じたくないんだ」

身体の横で握りしめている拳が、小刻みに震えている。

「お取り込み中、すみませんが」

小野寺と聡美の会話に、若林が割って入った。きっといままでに、被害者の身内が動揺する場面に、何度も立ちあっているのだろう。ふたりの言い合いを目の当たりにしながらも、顔色ひとつ変えない。

「山川さんの今日一日の行動など、いろいろとお訊きしたいことがあるので、署にご同行願えますか」

「これからですか」

小野寺が不満げに言う。気分が優《すぐ》れない聡美を気遣《きづか》っているのだろう。

「できれば」

若林が答える。相手に決定権を委《ゆだ》ねる言い方をしてはいるが、声には命じるような強さがあった。

「私、行きます」

身体に力を込めて言った。

小野寺は聡美を止めた。

「いや、聡美ちゃんはいい。市役所に戻れ。警察には俺だけ行ってくる」

聡美は強く首を振った。

「大丈夫です。私にできることがあるなら、なんでもします。いまは山川さんの無事を一刻も早く確かめたいんです」

「だが……」

聡美を思いとどまらせようとする小野寺を、若林が遮《さえぎ》った。

「こちらとしては、できるだけ多くの情報を集めたいんです。ぜひ、おふたりからお話を伺いたいんですがね」

情報収集をはじめとする捜査が刑事の仕事だとはわかっているが、立っているのがやっとである聡美を、まったく気遣う様子のない若林に怒りを覚えたのだろう。小野寺は若林を睨《にら》んだ。

聡美は慌てて、ふたりのあいだに割って入った。

「小野寺さん、私、本当に大丈夫ですから。課長にも事情を伝えて、戻りが遅くなることを伝えます」

聡美は携帯を取り出し、猪又直通の番号に電話をかけた。

敵意をむき出しにする小野寺を無視し、若林は聡美に礼を言った。

「市民のご協力、感謝します」


警察を出て市役所に戻り、自宅に着いたときは、すでに夜の十一時を回っていた。

「ただいま」

玄関を開けると、昌子がスリッパの音を鳴らしながら奥から出てきた。

「おかえり。大変じゃったね、疲れたろう」

昌子が心配そうに、聡美の顔を覗き込む。たしかに疲れていた。だが、聡美は無理に笑顔をつくった。

「椅子に座って刑事さんから訊かれたことに答えとっただけじゃけえ、それほどでもないよ。それより、おなかすいた。今日はお昼からなんにも食べとらんのよ。なにかある？」

昌子の顔が、ぱっと明るくなる。

「疲れて帰ってくる思うて、あんたが好きなから揚げの甘酢漬けを作っといた。早《はよ》う着替えて台所に来んさい。用意しとくけん」

昌子が台所へ向かう。

聡美は階段を上がり、二階にある自分の部屋のドアを開けた。バッグを部屋の隅に放り投げ、ベッドへ倒れ込む。

本当は食欲などなかった。山川の安否が気になり、なにも食べる気になれなかった。だが、食欲がないと言えば昌子が心配する。昌子に心配はかけたくなかった。

昌子は二年前に、心臓の病《やまい》で入院している。大事には至らなかったが医師からは、心臓に負担をかけるような激しい運動を控え、精神的に穏やかな暮らしを心がけるよう言われていた。

昌子には警察へ向かう車から、事情を伝えた。

本当は伝えようか伝えまいか迷った。火災現場から発見された遺体が、娘の同僚かもしれない、と知れば昌子が動揺するとわかっていたからだ。

だが、もし遺体が山川だとすれば、明日にでもその死をニュースで知ることになる。どのみち耳に入るのならば、娘の口から事情を聞いていた方が、ショックが少ないと考えた。

案の定、これから警察に行くから帰りは遅くなる、と伝えると、昌子はひどく驚いて取り乱した。慌てて、警察に行って話をしてくるだけだ、小野寺も一緒だから心配はない、と付け加えると、昌子はやっと落ち着きを取り戻した。同僚が一緒だと知り、安心したのだろう。

ベッドに仰向《あおむ》けのまま、聡美は手の甲を目に当て瞼《まぶた》を閉じた。今日の火災現場の様子と、救急車で運ばれていった遺体が脳裏に浮かぶ。

警察で若林とは別の刑事から、今朝からの山川の行動を訊ねられた。今日は生活保護費の支給日なので、午前中は受付にくる生活保護受給者の対応をし、その後、昼食を一緒に食べた。午後から、聡美と小野寺は東町の神成地区にいる生活保護受給者の住宅訪問をし、山川は北町の成田へ向かった、と答えた。

刑事は聡美と小野寺が回った世帯名を確認し、どの家に何分くらい滞在していたか訊ねた。その後も山川の家族構成や交友関係などを訊ねられ、解放されたときには体中の力が抜けるくらい疲れ果てていた。

事情聴取を終えて廊下へ出ると、ちょうど小野寺と若林も隣の部屋から出てきたところだった。小野寺は聡美に気づくと、おう、と手をあげて力なく笑ったが、顔には疲労の色が浮かんでいた。

若林はふたりを出口まで見送ると、なにかあったらまた話を聞かせてほしい、という旨のことを言い、建物のなかへ戻っていった。

警察署を出ると小野寺と聡美は、車を戻すため市役所に向かった。車の中で、ふたりとも無言だった。話す気力もなかった。市役所に戻ると宿直の警備員に車の鍵を渡し、お互い帰路についた。

聡美の耳に山川の声が蘇《よみがえ》る。数時間前まで笑っていた山川が、いまはもうこの世にいないかもしれないなんて、信じられなかった。いや、思いたくなかった。明日の朝、出勤すればいつもどおり山川が、おはよう、と笑っている——そうであってほしいと願った。

見上げている天井が、浮かんできた涙でぼやけてきたとき、階下から夕食ができたことを告げる、昌子の声がした。

普段と同じ時刻に出勤した聡美は、自分の席に着くと、目頭をつまむようにして押さえた。寝不足で目の奥がひどく重い。昨夜は明け方まで眠れなかった。ベッドの中で目を閉じると、黒煙をあげながら崩れ落ちるアパートと、担架で運び出される遺体、山川の笑顔が順番に浮かび、聡美を激しく動揺させた。

先に出勤していた小野寺が、聡美の斜め向かいにある自分の席で、読んでいた新聞を捲《めく》った。怖い顔で紙面を見ている小野寺の目が、赤く充血していた。おそらく小野寺も、聡美と同じような理由で眠れなかったのだろう。

聡美は向かいにある山川の席を見た。やはり、山川はいない。空席だ。いつもならもう出勤している時間だ。

ずきんと頭が痛み、目を閉じてこめかみを押さえたとき、隣から声をかけられた。

「おはよう、昨日は大変だったね」

美央だった。いま出勤したばかりらしい。ショルダーバッグを、まだ肩から下げたままだ。

聡美は心配をかけまいと、無理に笑顔をつくった。美央は肩からバッグを外し、聡美の隣にある自分の席に着くと、椅子ごと聡美に身体を向けた。あたりに目を配りながら、小声で訊ねる。

「昨日の火事、すごかったね。夜のニュースで観た」

いまは火事のことには触れたくない。聡美は火事の話題には触れず、机の上に置かれている出勤簿を開くと、自分の欄に判を押して美央に渡した。

美央はよく言えば、細かいことにこだわらない快活な性格だが、言い換えれば、忖度《そんたく》がないともいえる。美央は出勤簿を受け取りながら、火事の話題を続ける。

「ニュースキャスターが、現場から遺体が発見されたって言ってたけど、聡美ちゃん、それ見た？　山川さんじゃないよね」

聡美の脳裏には、T・Yというイニシャルが彫られた黒く煤けた腕時計が浮かんだ。

「ね、違うよね」

美央は執拗《しつよう》に、返事を求める。美央は美央なりに山川の身を案じているのだろうが、訊かれるのが辛い。火事の現場に行き、警察署で刑事の質問に答えてきただけで、聡美も火事に関してなにも知らないのだ。腕時計にしてもそうだ。山川の名前と一致するイニシャルが刻まれていたというだけで、それが山川のものであると確認されたわけではない。警察からの正式な発表があるまでは、不用意に話すべきではない。美央を動揺させるだけだ。

かといって、美央にどう言葉を返していいかわからない。美央は聡美の腕を摑み、同意を求め続ける。

困り果て、手洗いに行くと嘘をついてこの場を逃れようと席を立ちかけたとき、聡美と美央のあいだを、新聞が遮った。驚いて後ろを見ると、いつのまにか小野寺がいた。小野寺はふたりのあいだに差し込んだ新聞を、美央の机に乱暴に置くと、上から美央を睨んだ。

「いまわかっていることは、ここに書かれてることだけだ。記事にもあるように、警察はいま、DNA鑑定や歯型の照合で、遺体の身元の判明を急いでいる。結果が出るまでは、なにもわからないことを聡美ちゃんに訊いても、なんにもならないだろう。いま、俺たちができることは、山川さんの無事を願うことだけだ」

小野寺がいうことはもっともだと思ったらしく、美央は椅子を元の位置に戻し肩を竦《すく》めた。

小野寺は美央の机の上から新聞を取り上げると、自分の席に戻っていった。助け船を出してくれた小野寺に、心の中で感謝する。

始業時間になり、課長の猪又が朝礼を開いた。山川をのぞいた社会福祉課の職員全員が、椅子から立ち上がる。

猪又は神妙な面持ちで、口を開いた。

「今朝、山川くんの奥さんから連絡があったんじゃが、山川くんは昨夜、自宅に戻っておらず、連絡もないそうじゃ」

部屋の中に、重い空気が流れる。

「警察からなにか連絡が入り次第、奥さんから私に電話が入るようになっとる。それまでは、こっちも手の打ちようがない。通常どおり、業務に専念してくれ。私からは以上だ。ほかに、誰か業務連絡はあるか」

猪又が部屋を見渡す。手をあげる者はいない。

「ではこれで朝礼を終わる。仕事に入ってくれ」

猪又が席に座る。それを合図に、全員が着席した。

いつもなら、仕事の合間に雑談を交わすが、今日は口を開く者は誰もいない。みな黙々と、目の前の仕事をこなしている。

静まり返っている部屋で、絶え間なく響いている音がひとつだけあった。猪又の内線電話の着信音だ。猪又の内線が鳴るたびに、課の全員が作業の手を止めて、猪又を見た。

猪又は毎回、緊張した面持ちで受話器を持ちあげ、すぐにがっかりしたような表情で、ああ、とか、いやまだだ、などと電話の相手に向かって答えた。別な課の人間が、山川の情報を求めて内線をかけてくるのだ。

「みんな心配なのはわかるが、こうもひっきりなしに電話が鳴ると、こっちの心臓がもたんわ」

何度目かに受話器を置くと、猪又はうんざりした口調でそう言った。

猪又の言うとおり、内線が鳴るたびに聡美の心臓も大きく跳ねた。これではこちらの身がもたない。しかし、昼近くになる頃には、電話の音にも慣れてきた。内線が鳴っても「きっとまた、山川の安否を確認する内部の人間からの電話だろう」と思うようになった。それは猪又も同じと見えて、電話に対応する声が、いつもの落ち着いた声に戻っていた。

聡美は壁にかかっている時計を見た。まもなく昼休みだ。昨日の昼食は、食堂で山川ととった。聡美は目を閉じた。今日はとても、食堂で昼食をとる気になれない。かといって、部屋で食べるのも息が詰まる。外に出ようか。

そう考えていたとき、また猪又の内線が鳴った。猪又がいささかうんざりした表情で、電話に出た。その顔色が変わる。

「はい、はい、いつもお世話になっております。猪又です。今朝はどうも」

いままでとは違う様子に、部屋の中にいる人間の目が、一斉に猪又に注がれる。

山川さんの奥さんからだ――

直感だった。室内の空気が、ぴんと張り詰める。

猪又は受話器を両手で持ち、険しい顔つきで相槌を打っている。その顔が、見る間に曇る。

「わかりました。なんと言っていいか……まだ、決まったわけじゃないですけ、お力を落とされんように。またなにかわかりましたら、何時でもかまいませんけ、連絡ください」

猪又が電話を切る。室内にいる全員が、猪又の言葉を待った。猪又はうつむいていた顔をあげると、重々しい口調で言った。

「山川くんの奥さんからだ。警察から連絡があって、昨日発見された遺体の歯型と、歯医者にあった山川くんのカルテの歯型が一致したそうだ」

室内が静まり返る。

静寂を破ったのは、美央だった。

「嘘でしょう……」

美央が呆然とつぶやく。

歯型が一致したからといって、遺体が山川と断定されたわけではない。最終的な判断は、DNA鑑定になる。だが、それが、単なる希望でしかないことは聡美にもわかっていた。昨日の刑事も、歯型を検証した段階で遺体が本人かどうかわかると言っていた。それに、黒く煤けたイニシャル入りの腕時計。あの遺体は、やはり山川なのだ。

美央のすすり泣く声が、無言の室内に響き渡る。

顔の前で手を組み、宙を睨んでいた猪又がいきおいよく席を立った。

「秘書課に行ってくる。副市長に伝えんと」

猪又が出口へ向かう。猪又がドアノブに手をかけようとしたとき、先にドアが開いた。同時に、四人の男が部屋に入ってきた。職員ではない。職員ならば、首から身分を証明するパスケースを下げているはずだ。男たちの首にパスケースはない。

「ここが、山川亭さんが籍を置いていた社会福祉課ですね」

そういいながら、ひとりの男が後ろから前に歩み出た。その男に、聡美は見覚えがあった。昨日、警察で聡美から事情を聞いた刑事だった。名前はたしか谷《たに》といった。谷の後ろに目を凝らすと、若林の顔もあった。刑事がなぜ、死傷者の職場に来るのだろう。

聡美は小野寺を見た。小野寺も谷と若林に気づいたらしく、四人の男たちを食い入るように見つめている。

男たちが刑事とは知らない猪又は、この忙しいときにいきなりずかずかと部屋に入ってきた来訪者を、不機嫌そうに眺めた。

「ここが社会福祉課ですが、あなた方はどなたですか。いま重要な案件を抱えていて取り込み中なんです。急ぎの用件なら、廊下の奥にある相談室で、少々お待ちいただけんでしょうかね」

男たちの返事を待たず、横を通り過ぎようとした猪又を、若林は手で制した。

「すみませんが、こちらも重要な用事でしてね。待つわけにはいかないんですよ」

「なに？」

猪又の顔が険しくなる。小野寺が猪又に駆け寄り、男たちの身元を伝えた。

「課長。この人たちは、刑事です」

猪又の目が、大きく見開かれる。

若林は前に歩み出ると、背広の内ポケットから警察手帳を取り出し、猪又に向かってかざした。

「津川署の若林です。後ろの三人は、捜査本部の同僚です。こちらに勤務していた山川亭さんについて、みなさんから話をお聞きするためにきました」

部屋の中がざわついた。美央も涙を拭《ぬぐ》うことも忘れて、口を開けたまま四人の刑事を見ている。

小野寺が、若林と猪又のあいだに入り、若林と向き合った。

「昨日はどうも」

軽い口調で若林が言う。

小野寺はこの場にいる誰もが、一番知りたい事実を訊ねた。

「先ほど山川さんの奥さんから連絡があり、遺体の歯型と、山川さんの歯型が一致したと聞きました。遺体は山川さんなんでしょうか」

若林は背広の内ポケットに警察手帳をしまいながら、残酷な答えを淡々と述べた。

「ほぼ間違いないです」

小野寺がうつむく。

部屋に再び沈黙が広がった。

小野寺はうつむいていた顔をあげて、若林が敵でもあるかのような目で見た。

「そのことを伝えに、わざわざ三人も引き連れて、被害者の勤務先にきたんですか」

「まさか」

小野寺の嫌味を、若林はさらりとかわした。部屋の中にいる人間を見渡し、声を張った。

「昨日発生した火災ですが、山川亭さんの遺体を解剖した結果、放火殺人である可能性がでてきました。そのため、同僚だったみなさんから、お話を伺うためにきました」

聡美は言葉を失った。放火殺人ということは、火災は住人の不注意といった事故で起きたものではなく、人の手によるものだったということか。

小野寺は若林に詰め寄った。

「放火殺人って、山川さんは誰かに殺されたってことですか。司法解剖で、いったいどんな結果が出たんですか」

若林は冷たく言い放った。

「この場ではお答えできません」

全員の前で情報を伝えてしまうと、いまの時点で、誰がどんな情報を個別に持っているかわからなくなってしまうからだろう。

若林は部屋の中にいる全員を見渡した。

「いまから個別に、みなさんからお話をお聞きしていきます。捜査協力、よろしくお願いします」

刑事の言うことに逆らうことはできない。気が進まなくとも、若林の言葉に従うしかなかった。


昼休みを挟み、空いている会議室で刑事による事情聴取が行われた。

職員がひとりずつ順番に呼ばれ、話を聞かれる。第一会議室には猪又が、第二会議室には倉田が入っていく。

社会福祉課には課員が七人いる。猪又と倉田は事情聴取、美央は、自分の番が来るまで少し頭を冷やしてくる、といって部屋を出て行った。聡美と同じ臨時職員の高村は、手洗いに行っている。部屋には小野寺と聡美のふたりだけになった。

聡美は自分の椅子の上で、深く息を吐いた。

「放火殺人なんて、信じられない」

小野寺が椅子の背にもたれた。

「昼休みに、ネットの情報サイトで県内ニュースを確認したが、昨日の火事のニュースがトップにあがっていた」

「どんな内容が載っていたんですか」

小野寺は、斜め向かいの席から、Ａ４の紙を差し出した。

「記事を印刷したものだ」

紙を受け取ると、聡美は急いで目を通した。

『六月五日午後五時頃、津川市北町で火災が発生した。消防が駆けつけ、火はおよそ一時間後に消し止められたが、北町中村アパート（北町二丁目三十一番地）の木造二階建ておよそ百二十平方メートルが全焼。焼け跡から遺体が見つかった。アパートを訪問していたとみられる津川市役所社会福祉課、山川亨さん（37）の行方がわからなくなっていることから、警察は歯型の確認とDNA鑑定を行っている。現在、警察は出火の原因を調べているが、遺体の状況と出火原因に不審な点があるため、放火と殺人の疑いもあるとみて捜査を進めている』

不審な点、という言葉に、聡美はひっかかった。司法解剖で、いったいなにが判明したのか。

事情聴取がはじまってから一時間後、猪又が部屋に戻ってきた。

猪又は疲れ切った表情で、締めているネクタイを緩めながら席に着くと、聡美に向かって言った。

「聡美ちゃん、第一会議室じゃ。刑事が呼んどる」

思わず深い溜め息が出る。昨日、訊かれたことはすべて話した。ほかに知っていることはなにもない。これ以上、なにを話せというのか。

そうは思っても、事情聴取を受けないわけにはいかない。聡美は覚悟を決めると、第一会議室へ向かった。

第一会議室は、同じ階の突き当たりにある。部屋の前に立つと、深呼吸をしてドアをノックした。中から、どうぞ、という声がした。部屋の中は、コの字形に会議テーブルが置かれ、中央に若林がいた。谷もいる。若林の隣で、ノートパソコンを開いている。

聡美が部屋に入ると、若林は机を挟んで置かれている椅子を聡美に勧めた。指示されるまま、若林と向き合う形で座る。

「ではいまから、山川亨さんに関する話をお聞きします。まず、あなたの氏名を教えてください。住所と生年月日、それから——」

「待ってください」

聡美は若林の言葉を遮った。名前や住所といった基本的な情報は、昨日の事情聴取で谷に伝えてある。なぜ、同じことを答えなければいけないのか。

若林は事務的な口調で、事情聴取はすべてその都度記録するからだ、と答えた。仕方がなく、聡美は改めて氏名と住所を伝えた。聡美の言葉を、谷がパソコンに打ち込んでいく。

若林が、聡美の家族構成を訊ねた。

「ちょっと待ってください」

聡美は再び、若林を止めた。

「どうして私の家族構成まで訊くんですか。今回の事件に、私の家族は関係ありません」

「必要だからです」

若林が淡々と答える。

答えになっていない。しかし、必要だと言われたら、これ以上言い返すことはできない。母と兄がいる、と聡美は答えた。

「おふたりの氏名を教えてください。それから、漢字も」

続けて若林は、聡美の職歴を含めた経歴と、山川と知り合った経緯を訊ねた。地元の大学を卒業後、この春から市役所の社会福祉課に勤務し山川と知り合った、と聡美は話した。

質問は聡美のことから、山川に移った。職場での山川の勤務態度、仲良くしていた友人や知人、親しくしていた異性関係、借金の有無まで、若林は矢継《やつ》ぎ早《ばや》に訊ねる。

昨夜はそこまで踏み込んだ質問はなかった。訊かれたのは山川の勤務内容と、せいぜい人となりくらいだ。

聡美の胸に、苛立ちが込み上げてくる。自分たちが知りたいことだけ聞いて、火事の原因や遺体の情報など、こちらが知りたい情報は言わない。都合よく利用されているだけのように思えてくる。聡美は若林を睨んだ。

聡美の視線に気づいたのだろう。若林はわざとらしく首を捻った。

「なにか」

聡美は毅然《きぜん》とした口調で、若林に意見した。

「質問にはお答えします。ですが、まず、昨日の火事が放火殺人かもしれないと疑う理由の説明があってもいいんじゃないんですか。こっちは、昨日まで一緒に仕事をしていた同僚が火事で亡くなり、しかも、その火事が放火殺人かもしれないと聞いて動揺しているんです。そちらが情報を得たいように、こっちも山川さんになにがあったか、知りたいんです。どんな些細《ささい》なことでもいい。事件に関する情報を、教えてください」

若林は切れ長の目を、わずかに見開いた。聡美の顔をまじまじと見やると、椅子の背にもたれて脚を組んだ。顔に、面白がっているような笑みが浮かんでいる。その笑いは、いったいなにを意味しているのか。

こんどは聡美が訊ねた。

「なにか」

若林は、いや、と言いながら、聡美の怒りを鎮《しず》めるように手をかざした。

「まだお若いが、言うことはしっかりしているなあ、と思いましてね。物事をはっきり言う女は嫌いじゃない」

うまくはぐらかされたような気がして、怒りはさらに募《つの》る。

「その発言はセクハラに当たると思いますが」

若林は声に出して笑った。

「いや、これは失礼。ごもっとも」

谷はキーボードを叩く手を休め、心配そうにふたりのやり取りを眺めている。

じゃあ、と言いながら若林は身を起こした。

「昨日の火事の詳細を、伝えられる範囲で話そう」

口調が一気に、親しげなものになる。

谷が驚いた顔で若林を見た。教えていいのか、と言いたげな表情だ。

「どうせ今日の夕刊には載る」

若林がそう言うと、谷は何も言わず、パソコンに視線を戻した。

若林は椅子の上でゆったりを身体を揺らしながら、話をはじめた。

「昨日、鎮火してから鑑識による現場検証が行われ、火元の特定ができた。火元は二階の二〇三号室。そこは空き部屋だった」

「空き部屋……」

若林は肯いた。

「そう、火の気のないところからの出火に加えて、火元の周辺から灯油の成分が検出された。それで放火の疑いが出てきた」

しかも、と若林は言葉を続ける。

「山川さんの遺体は、その場所から発見された。検視をしたところ、遺体に不審な点があった。解剖報告書によると、山川さんと思われる遺体は、火災が起きる前にすでに死亡していた」

聡美は出そうになる驚きの声を、やっとの思いで押しとどめた。

「焼死した場合、死因を特定するため気管支内の煤の吸い込み具合や、気管内粘膜の火傷《やけど》の状態を見る。生きている状態、つまり呼吸している状態で火災に遭った場合、気管支内に火災で発生する有毒ガスを吸った痕跡や、火傷の痕が見られる。だが、遺体にはその痕跡がなかった」

あとに続くであろう言葉を、聡美が引き継いだ。

「ということは、火災が起きたとき、山川さんの呼吸はすでに止まっていた、ということですか」

「そう。さらに」

若林は頭の後ろで、腕を組んだ。

「遺体の頭蓋骨が陥没《かんぼつ》していた」

アパートは、火災により跡形もなく崩れ去った。陥没の痕は、アパートが崩れ落ちたときにできたものではないのか。

若林は聡美の疑問を否定した。

「頭蓋骨骨折は、線状骨折と陥没骨折のふたつに分かれる。線状骨折とは鈍い衝撃により生じるもので、陥没骨折は堅い物体が、かなりの強さで頭にぶつかり生じる。遺体の骨折は、後者の陥没骨折だった」

若林は揺らしていた身体を止めて、机に身を乗り出した。

「以上のことから、なにが推測できるか。火災現場から発見された遺体は、堅い鈍器で殴られ死亡した。その後、犯人は殺人現場に灯油を撒き、火をつけ逃走した。焼け具合から二〇三号室が火元と特定されている。火はあっという間に木造アパートを飲み込み全焼。崩れ落ちたアパートの残骸の中から、遺体が発見された。警察は放火殺人と断定し、県警と所轄の合同捜査本部をたちあげた、ということだ」

聡美は絶句した。それじゃあ遺体は、山川は誰かに撲殺《ぼくさつ》されたというのか。激しく首を横に振る。

「ありえません。そんなこと」

「なぜ、そう思う」

若林の声が鋭く尖《とが》る。

聡美の脳裏に、ケースワーカーの仕事を任され落ち込んでいる聡美を励ましてくれた、山川の笑顔が浮かぶ。

「もし、あの遺体が山川さんだとしたら」

聡美の言葉を、若林が遮る。

「遺体は九十九パーセント、あんたの同僚だ。身に着けていた腕時計も、山川さんの奥さんがご主人のものだと確認した」

認めたくない事実を突き付けられ、胸が詰まる。

若林が聡美に訊ねる。

「山川さんが誰かから恨まれていたとか、人間関係や金銭でトラブルを起こしていたとか、そういう話はなかったか。もう一度、よく思い出してみろ」

聡美は奥歯をぐっと嚙みしめると、顔をあげて若林を見た。

「山川さんは人から好かれることはあっても、恨まれることなんてありません。思いやりがあって優しくて。誰かが仕事で悩んでいると、さり気なく相談に乗ってくれるような人です」

「異性関係は」

聡美は声を大きくした。

「私が人から好かれる、と言ったのは、人として好まれる、という意味です。たしかに山川さんに好意を寄せていた女性はいました。でも、山川さんが不貞を働いていたという話はありません。噂《うわさ》になった女性も、私が知る限りいません」

役所というところは、誰と誰が付き合っているとか、誰と誰が仲が悪いなどといった噂話は、あっという間に広がる。実際、市民課に臨時で入った女性と既婚者の職員が不倫関係になった話は、階を違《たが》える社会福祉課にまで、すぐに伝わってきた。もし、山川が誰かと付き合っていたとしたら、どこからともなく耳に入ってくるはずだ。

なるほど、と若林は関心がないような口調で言うと、別な質問に切り替えた。

「どこか金融機関から借金をしているとか、誰かから金を借りているとか、そういう話はなかったか」

「ありません」

聡美はきっぱりと否定した。

「なるほどねえ」

若林がわざとらしく相槌を打つ。

言葉やしぐさなど、ひとつひとつが癇《かん》に障《さわ》る。

「なにか、気になることがあるんですか」

聡美が訊ねる。

「いや、市役所の職員ってのは高給取りなんだなあ、と思ってね」

どういう意味だろう。聡美は眉をひそめた。

若林は顔に薄い笑いを浮かべた。

「山川さんがしていた時計。あれ、正規の値段でいくらすると思う」

聡美は時計にあまり詳しくない。特に男ものとなるとまったく見当がつかない。

「山川さんが身に着けていた時計は、ブライトリングのナビタイマー一四六一。定価、九十四万五千円のものだ」

金額に声を失う。高そうな時計だとは思っていたが、まさかそんなにするとは思っていなかった。

「でも」

聡美は頭に浮かんだ推論を口にした。

「その時計が新品かどうかわかりませんよね。中古でもっと安く買ったかもしれないし、もしかしたらレプリカかもしれません」

ありえない、というように若林はだるそうに首の横を掻いた。

「ブライトリングのナビタイマー一四六一は、五年前に発売された限定品で後ろにシリアルナンバーが彫られてる。レプリカにイニシャルを入れるなんてことも、まあ考えられなくはないが可能性は低い。いま、科捜研が調べているが、間違いなく本物だろう」

なんにせよ、と若林は言葉を続けた。

「市役所の職員は、同じ公務員でも、我々、警察とは桁《けた》が違うらしい」

嫌味を含んだ言い方に、聡美はむっとした。

「山川さんがもっていた時計が本物だとしても、高級な腕時計ひとつ持っていただけで、どうして高給取りなんて言えるんですか。もしかしたら、一生懸命お金を貯めて買ったものかもしれないし、ローンを組んで買ったのかもしれない」

いやいや、と若林は意味ありげに笑った。

「先ほど山川さんのご自宅に伺って、奥さんに山川さんの私生活に関して話を聞いたんだが、彼はかなりの時計マニアだった」

山川が時計マニアだった話は初耳だった。

「奥さんの話によると、山川さんはスポーツをするでもなく、ファッションに凝るわけでもない。これといった趣味がなかった。その山川さんの唯一の楽しみが、時計だったそうだ。彼のコレクションを見せてもらったが、時計に詳しくない俺でも、ひと目見て自分の給料の三カ月分はするとわかる高いものだった。一緒に自宅を訪問した刑事が時計に詳しいやつだったが、そいつも時計を見て唾《つば》を呑み込んでいた。自分もこんないい時計が欲しいってね」

聡美は呆然とした。山川は火事で焼けた時計のほかにも、いくつも高い時計を持っていた。すべての時計が今回、身に着けていた時計と同じくらいの金額だとしたら、かなりの額になる。

臨時職員の自分の月給は、家に生活費を入れて自分の身の回りのことに使えば無くなってしまうほどだ。貯金する余裕はない。だが、大卒で市役所に十五年も勤めている正規職員の山川なら、妻とふたりの子供を養《やしな》っていけるくらいは余裕でもらっていたはずだ。しかし、高級時計をいくつも買えるほどの収入かと問われたら肯くことはできない。

「まあ、そのあたりも、おいおい明らかになるだろう」

若林がいう、そのあたり、というのは金銭関係だろう。

聡美は自分の膝に、視線を落とした。

「山川さんは人一倍、仕事熱心な人でした。ケースワーカーの仕事も一生懸命で、生活保護受給者の自立に力を入れていました。そんな人が、誰かに恨まれるとか、誰かに殺されたなんて、信じられません」

殺された——

自分で口にして、はじめて山川の死が実感として湧いてきた。目頭が熱くなり、脚が震えてくる。

「生活保護か……働き蟻《あり》の法則だな」

若林がぽつりとつぶやいた。

聞いたことのない言葉に、聡美は思わず繰り返した。

「働き蟻の法則……」

若林は少し間をおいてから答えた。

「つまるところ、どんなに一生懸命やったって、堕落者《だらくしゃ》はいなくならないってことだ」

そう言った若林の目には、嫌悪の色が浮かんでいた。

意味がわからず、さらに訊ねようとしたとき、若林が先に口を開いた。

「最後の質問だ。カネダリョウタ、という人間に覚えはないか」

すぐには思い出せなかった。古い曲のように、なんとなく聞いた覚えがある、そんな感じだった。

知っていると気づいたのは、漢字を若林から聞いたあとだった。金銀の金、田んぼの田、良し悪しの良に太い。

自分が知っている金田良太と同じだ。だが、同姓同名の別人である可能性もある。もし違っていたら、自分が知っている金田に、迷惑がかかることになりかねない。若林に伝えるのは、その金田良太が今回の事件とどのような関係があるのか知ってからのほうがいい。

聡美は、いいえ、とだけ答えると、逆に問い返した。

「その、金田良太という人がどうかしたんですか」

若林は、焼け落ちたアパートの住人だ、と答えた。

「金田さんとは、いまだ連絡が取れていない。調べてみると、あのアパートの住人は全員、生活保護受給者だった。だから、受給者だった金田さんについて、なにか知っているかと思って訊いたんだ」

若林が自分の腕時計を見た。

「あっちの方もそろそろ終った頃だろう。今日の事情聴取はこれで終わる」

若林が言うあっちとは小野寺、美央、高村の事情聴取だろう。

今日の、という言葉に聡美は思わず声を大きくした。

「今日って、今後も事情聴取があるってことですか」

「必要なら」

谷がパソコンを書類カバンにしまい、立ち上がる。続いて若林も席を立ち、ドアへ向かう。

「それじゃあ、また」

また、がないことを祈りながら、聡美は部屋を出ていく若林の背中を見つめた。

帰宅した聡美はまっすぐ二階へ上がると、着替えもせずにバッグから携帯を取り出した。

三歳上の兄、亮輔に電話をかけるためだ。銀行員の亮輔は、転勤で実家がある津川市を離れて、車で三時間のところにある八雲《やくも》市に住んでいる。心臓が弱い昌子には聞かせたくない話だった。

亮輔の携帯に電話をかける。数回のコールで繋がった。

「おう、聡美か」

昔から聞きなれた穏やかな声に、気持ちが落ち着く。

「お兄ちゃん」

情けない声だったのだろう。亮輔は、おいおい、と呆《あき》れと心配が入り混じった声で言った。

「なんなら、そがな情けない声して。聡美が沈んどったら、母さんが心配するじゃろう。お前も辛いじゃろうが、母さんに心配かけるなよ」

同僚が火災に巻き込まれて亡くなったことを、亮輔はすでに知っていた。昼休みに聡美から連絡を受けた昌子が、亮輔に伝えていたのだ。

「いま、電話ええね」

今しがた帰宅したばかりなのか、電話の向こうから衣擦《きぬず》れの音がする。スーツから普段着にでも着替えているのだろう。

「たったいま、寮に帰ったばかりじゃ。あとでゆっくり聞くから、いまは手短に頼む」

亮輔が住んでいる単身寮の食堂は、午後八時には閉じてしまう。部屋の壁にかかっている時計の針は、七時半を指していた。

　聡美は早速、本題に入った。

「お兄ちゃんの高校の同級生で、金田良太さんいう人がおったでしょう。いまでも連絡とっとるんね」

　亮輔の答えは、否《いな》だった。

　亮輔と金田は、もともとつるんでいたグループが違っていた。同じクラスだったから、話をしたことはあるが、それだけの付き合いだったという。

「それにあいつ、高校を二年で中退したじゃろう。あいつが、学校を辞めてからは、まったく連絡はとっとらんし、あっちからもこん。それにしても、どうしていまさら、そんな昔の話をするんじゃ」

　聡美は、階下にいる昌子に聞こえないように注意を払いながら、小声で伝えた。

「金田良太さんだけど、昨日、火災があったアパートに住んどったの。いま、行方がわからなくて、連絡もとれないって、警察が捜しとる」

　亮輔はひどく驚いた様子で、聡美に確認した。

「その行方不明になっている金田は、本当に俺が知っとる金田良太なのか」

　聡美は、間違いない、と答えた。若林たちが帰ったあと、聡美は課のキャビネットに保管されている生保受給者の記録で、北町中村アパートに住んでいた金田良太の経歴を確認した。刑事が捜している金田良太は、間違いなく、兄の元同級生だった。歳も、通っていた高校も亮輔と同じだった。

「お兄ちゃん、金田さんについてなにか知らんね」

　少しの間のあと、亮輔は聡美に問い返した。

「お前が勤める社会福祉課に刑事が来て、金田のことを訊ねていったということは、金田はお前の仕事になにか関係しとるんか。たとえば、金田は生活保護を受けとったとか」

聡美は押し黙った。

社会福祉課には、生活保護受給者の個人情報は外部に漏らさない、という守秘義務がある。肉親であろうと、情報を漏らすわけにはいかない。社会福祉課に配属になったとき上司から、規則を厳守するように、何度も釘を刺されていた。

黙り込んだ聡美から、実情を悟ったのだろう。亮輔はそれ以上追及せずに、もし、と話を続けた。

「金田が生活保護を受けとるいうても、俺は驚かん。あいつならあり得る話じゃ」

亮輔が言わんとしていることは、聡美にもすぐにわかった。

金田は昔から素行が悪く、地元では有名な不良だった。噂では、金田の両親は金田が中学のときに離婚し、本人は母親に引き取られ、母子家庭で育った。離婚したあと母親は、生活保護を受けていたという。

母親はたまに夜の仕事をしていたらしい。中学の頃、街で友人から、あれが金田の母親だ、と教えられたことがある。道路を挟んだ向かい側の歩道を歩く中年女性は、革のミニスカートに、胸元が大きく開いた真っ赤なノースリーブを着ていた。

金田が荒れはじめたのは、その頃からだ。

中学のときは成績もよく、野球部のレギュラーにも選ばれていた。だが、両親の離婚直後、高校に入学した頃から、金田は悪い仲間と付き合うようになった。服装や髪形が乱れて深夜徘徊を繰り返し、万引きや恐喝《きょうかつ》で警察に捕まったこともある。

金田のことに詳しいのは、友人の恵美《えみ》が金田に一目惚れし、同級生の兄を持つ聡美に、告白する手伝いをしてくれ、と頼んできたからだ。金田は女子が憧《あこが》れる、不良のイケメンだった。情報のほとんどは、恵美の受け売りだ。

たまに近くのコンビニで、金田を見かけることがあった。金田は髑髏《どくろ》の模様がプリントされたジャンパーを羽織《はお》り、金髪に染めた髪を逆立てて、似たような格好をした友人たちとたむろしていた。金田は恵美の告白を待たず、高校二年のとき学校を辞めた。亮輔の話では、辞めたというのは表向きで、放校処分になるまえに自主退学した、というのが真相だった。放校の理由を訊ねた聡美に亮輔は、度重なる問題行動に学校の堪忍袋の緒が切れたからだ、と言った。

学校を辞めたあともしばらくのあいだ、金田の噂は聡美の耳に入ってきた。出所は恵美だったが、いい話はひとつもなかった。地元の暴力団員と一緒にいるところを見たとか、金田に恐喝されて金をとられた高校生がいるらしい、などと口にするたびに、恵美の口調は冷めたものへと変わっていった。

亮輔はそんな金田の経歴を知っているので、金田が真面目に働くわけがない、暴力団員になって生活保護の不正受給に手を染めていても不思議はない、と言いたいのだろう。

たしかに金田は、問題児だった。人に迷惑をかけ、警察のやっかいになるような不良だった。金田をよく言う人間はいなかった。だが、聡美は金田の意外な一面を見たことがある。

聡美が中学二年生のときだった。部活で帰りが遅くなり、あたりはすっかり暗くなっていた。早く家に帰りたくて、普段なら通らない人気のない公園を横切ろうとした。公園の外周をぐるりと回るよりも、横切った方が早いからだ。

公園の出口に差し掛かったとき、目の前に学生服を着た三人の男子生徒が立ちはだかった。学生服の前をはだけさせ、だぼだぼのズボンのポケットに手を突っ込んでいる。制服から見るに、津川西高の生徒らしかった。

男子生徒は聡美に、金を要求した。言葉こそ、「頼むけん金を貸してくれや」とか「困っとるわしらを助けてくれい、のう」などと懇願《こんがん》の態《てい》だが、口調は乱暴で威圧的だった。

半分泣きながら、聡美は貰《もら》ったばかりの小遣いを財布から出そうとした。五千円札を取り出したとき、茂みの陰から姿を現したのが金田だった。

男子生徒たちとは面識がなかったようで、金田は聡美を取り囲んでいる男たちを睨みつけると、

「おどれら、なにやっとんじゃこらっ！」と大音声《だいおんじょう》をあげて凄《すご》んだ。

男子生徒たちは、北高の金田だ、と小声で囁《ささや》きあった。金田は男子生徒に近づくと、ひとりの胸倉を摑み上げ、「こりゃわしの知り合いの妹じゃ、舐《な》めた真似しとったら、ただじゃおかんど！」と怒鳴った。胸倉を摑まれた男子生徒は、相手が有名な不良とはいえ、仲間の前で恥をかかされて頭に血がのぼったのだろう。「なんじゃ、われ！」と叫び、右の拳を振り上げた。

と同時に、ひとりが素早く間に割って入り、耳元で囁いた。

「のう、やめいや。相手が悪いよ、のう」

もうひとりも、仲間を後ろから羽交《はが》い締《じ》めにし、必死に宥めている。

「今日は黙ってこのまま帰ろうや、のう」

拳を振り上げた男は、仲間の説得に戦意喪失し、渋々拳を下ろすとふたりに目配せした。

それが解散の合図だった。

男子生徒たちが逃げるように立ち去ると、金田は聡美に向かって、大丈夫か、と訊いた。

聡美は怖くて言葉が出なかった。必死に肯く。

金田は聡美の無事な様子を確認すると、諭すように言った。

「ここいらは夜、危ないけ、ひとりで歩いちゃいけんで」

以後は無言のまま、明るい大通りまで聡美に付き添うと、金田は挨拶もせず姿を消した。

聡美はそこではじめて、礼の言葉を伝えていないことに気づいた。

このことは誰にも話していなかった。なぜだか、話してはいけないような気がした。恵美にさえ打ち明けなかったのは、どんな心持ちからだろう。いまとなっては思い出せない。

しかしあのときの金田が、周りから聞こえてくるどうしようもない不良の金田とは別人のように思えたのは、たしかだ。

「ほうか。あの金田が行方不明になっとるんか」

聡美と同じように、亮輔もかつての同級生の姿を思い出しているのだろう。懐かしむような声だった。

亮輔はいきなり、なにかが吹っ切れたような大きな声を出した。

「わかった。そういうことなら、友達に連絡して調べてみる。じゃが、さっきも言うたように、俺は金田とは遊んでいた仲間が違うけえ、俺の友達で金田に関して知っとるやつはおらんと思う。あまり期待はするな」

ありがとう、そう言って聡美が携帯を切ろうとしたとき、ちなみに——と、亮輔が独り言のようにつぶやいた。

「もしあいつが、生活保護を受けとるんなら、どがあな理由じゃろうのう。生活保護をもらうには、病気とかなにかしら働けない理由が必要なんじゃろう。健康だけが取り柄だったあいつが、身体を壊すとは思えん」

聡美は静かに電話を切った。携帯を手にしたままベッドに横たわる。一日の疲れが、身体に重く圧し掛かる。身体の疲れではない、精神的な疲労だ。

さきほどの亮輔の声が耳の奥でよみがえる。

――もしあいつが、生活保護を受けとるんなら、どがあな理由なんじゃろうのう。

金田が生活保護を受給している理由を、聡美は知っている。金田の経歴を確認したとき、書類で見た。

金田の申請理由は、学歴がなく、仕事に役立つ資格も持っていないため、就職先が見つからない、というものだった。

市の職員は申請を受けたあと、若く健常者であることから、建築現場などでの就職を勧めたが、以前、バイク事故で腰椎を傷つけいまだに痛む。そのため力仕事はできないとのことだった。医師の診断書もあり、扶養してくれる親族もいないことから、職員は生活保護の申請を認めた。金田の母親は、彼が二十歳のときに自殺している。

「山川さん……」

聡美は声に出してつぶやいた。

昨日まで元気な姿を見せていた、職場の同僚が死んだ。それだけでも信じられないことなのに、山川は誰かに殺された可能性が高い。刑事が言明するのだから、間違いないのだろう。

いったい、誰がどんな動機で、山川を殺したのか。

もしかしたら――

頭に恐ろしい推測が浮かんだ。行方不明になっている金田が犯人ではないか、ということだ。北町中村アパートを担当していた山川は、当然、金田と面識があるはずだ。山川は火災当日、金田のもとを訪ねた。そこでなにかしらのトラブルが起こった。金田は山川を殺し、犯行を隠すためにアパートに火をつけた。

頭に浮かんだ考えを、聡美は懸命に振り払った。

仮に、山川と金田のあいだにトラブルがあったとしても、山川がそう簡単に殺されるだろうか。山川は、多くの生保受給者と向き合ってきた。なかには気性が荒く手が早い受給者もいたはずだ。長年、ケースワーカーをしていた山川なら、身の危険を感じるようなトラブルも経験しただろう。受給者と向き合うときは、心の片隅に警戒心を抱いていたはずだ。その山川が、もと不良の金田に気を許すとは思えない。

山川の腕時計の件も、疑問が募る。

山川が身に着けていた腕時計が、まさか百万円近くもするものだとは思わなかった。しかも、同じような高価な腕時計を、自宅にいくつも持っていたという。

公務員の給料は、県内の平均年収を上回っている。とはいえ、ひとつ百万円もするような時計を、いくつも買うほどの余裕はなかったはずだ。いったいその金は、どこから用立てたのだろう。

聡美は大きく息を吐いた。

山川の死に関することは、わからないことだらけだ。だが、ひとつだけわかっていることは、山川はもうこの世にいないということだ。あの優しかった山川は、もういない。

聡美は目をきつく閉じると、胎児のように身を丸めた。今夜も、眠れそうになかった。

世の中は無情だ。人が死んでもいつもと変わらず朝は訪れ、社会は動き出す。

聡美は二日続けてよく眠れなかった。うとうとしたかと思うと、夢を見てすぐに目が覚めた。燃え盛る炎が人を呑み込むものだったり、誰かに追い掛けられ真っ暗な夜道を走って逃げているものだったり、夢は嫌なものばかりだった。気がつくと、全身に汗をびっしょりかいていた。

よほどやつれた顔をしていたのだろう。朝、台所に行くと朝食の準備をしていた昌子は、役所を休むように勧めた。聡美は首を横に振って、食卓へついた。社会福祉課は暇な職場ではない。生活保護に関する業務はもとより、住みやすい地域づくりを目指した社会福祉計画の取りまとめなど、多くの業務を抱えている。

しかも、山川がいなくなった穴は大きい。

山川がケースワーカーとして受け持っていた世帯は、百六十を超えていた。その百六十を超える世帯を、これから誰かが代わりに担当しなければならない。

人事異動の時期ならば、すぐに代わりの職員が配属されてくることも考えられる。だが、新年度がはじまってまだふた月しか経っていない今、早急な補充は考えられない。やっと新しい体制に慣れてきた時期に、職員を動かすとは思えなかった。緊急で臨時職員を雇うことはあるかもしれないが、山川の代わりが務まるような人材が、すぐに充当されるとは思えなかった。おそらく、しばらくはこれまで以上に忙しい毎日が続くはずだ。

「ほんまに大丈夫なん」

昌子が心配そうに、顔を覗き込んだ。亮輔から、母に心配をかけるな、と言われた言葉が耳に蘇る。

聡美は頰を両手で強く叩くと、昌子に笑顔を向けた。

「大丈夫。途中、コンビニで栄養ドリンクでも買《こ》うていく。今日はたぶん、昨日よりは早く帰れると思う。夕食のおかずは、なにかスタミナがつくのがええわ」

笑顔を見てほっとしたのだろう。昌子は安心したように微笑むと、ご飯とみそ汁を聡美の前に置いた。

朝食を済ませ身支度をすると、いつもとおなじ時間に家を出る。

職場に着くと、黙々と朝の雑務をこなした。職員の机を布巾で拭《ふ》き、お湯を沸かしてポットに入れる。職員が出勤すると、朝のお茶を淹れた。

課長の猪又をはじめ、課長補佐の倉田も、課員の小野寺や美央、高村も、眠そうな目をしている。誰もがあまり眠れなかったのだろう。

始業のチャイムが鳴った。

それぞれが、仕事をはじめる。

聡美も来月分の生活保護受給者のリストを棚から持ってきて、名簿と照合しようとした。一件ずつチェックしていると、猪又が聡美を呼んだ。

「聡美ちゃん。作業中悪いが、ちょっとええか」

聡美はペンを置くと、席を立ち猪又の机に向かった。猪又は椅子の背にもたれ、目の前に立つ聡美を見た。

「聡美ちゃんも、よう眠れんようじゃの。目の下に隈《くま》ができとる」

思わず手で、目の下を押さえる。猪又は、わしもじゃ、と言って溜め息をついた。

「山川くんはほんまに仕事熱心で優秀なやつじゃった。人柄もええ。それが、あがな死に方をするとはのう」

殺された、と言わずに、あがな死に方、という言い方をしたのは、仕事をしながら話を聞いている職員たちを、少しでも動揺させないための配慮だろう。

じゃが、と言って猪又は背もたれから身を起こした。

「仕事は待ってくれん。冷たいと思うかもしれんが、職員がひとり亡《の》うなっても、市民の生活にはなんも関係ない。山川くんの死を悼《いた》む気持ちは気持ちとして、わしらは粛々《しゅくしゅく》と公務をこなさにゃあいけん」

聡美は肯いた。

「まず、近々に手を打たにゃあいけんのは、山川くんが担《にな》っとった業務じゃ。山川くんの仕事を、誰かが代わりにせんといけん」

それは聡美も考えていたことだ。猪又は机の引き出しから、書類の束を取り出した。

「山川くんがケースワーカーとして担当しとった、生活保護受給者の書類じゃ。聡美ちゃんに引き継いでもらいたい」

「私が、ですか」

思わず大きな声が出る。猪又は右手を横に振った。

「全部とは言わん。それはいくらなんでも、荷が重いじゃろ。代わりの職員が配属されてくるまでのあいだ、回れるだけでええけん」

山川の代わりを誰かがしなければいけないことは、わかっていた。だが、まさか自分がすることになるとは、思ってもいなかった。

猪又は書類を机の上に置くと、腕を組んだ。

「なるべく早う、契約でも短期の臨時でもええけ人員を回してくれるように、人事に頼んどる。人事課長の小柳《こやなぎ》さんは社会福祉課にもおった経験があるけん、うちの課の忙しさはよう知っとる。早急に手配する、とは言うてくれとるが、すぐ配属されてくるわけじゃないけん、新しい人員が配属されてくるまでのあいだ、聡美ちゃんに頼みたいんじゃ。それに遅かれ早かれ、聡美ちゃんもケースワーカーの仕事は覚えにゃあいけんしのう」

新米の自分に、山川の代わりが務まるのだろうか。気が重いが、嫌だ、とは言えない。聡美は小さな声で、はい、と返事をした。

声の調子から、聡美の不安を悟ったのだろう。猪又は安心させるためか、顔に笑みを浮かべ、声に力を込めた。

「大丈夫じゃ。ひとりじゃない。当分のあいだは、小野寺くんも一緒に回ってもらおう思うとる」

「俺もですか」

小野寺の驚く声がした。聡美は振り返った。小野寺は腰を半分浮かせた状態で、猪又を見ている。先ほどからふたりの会話に、耳をそばだてていたのだろう。

猪又は小野寺を見ながら、眉間に皺を寄せた。

「山川くんが担当しとった地区は、治安があまりようない。若い女性をひとりで行かせるんは心配じゃろうが」

「それはそうですが……」

小野寺は気まずそうに、視線を泳がせた。小野寺がケースワーカーの仕事を疎《うと》んでいるのは、聡美も知っている。

猪又は命令口調で言った。

「まずは、火災で焼け出された受給者を回ってくれ。着る物や家財道具を失って、困っとるじゃろ。いま、生活手当の特別支給の手続きをしとるが、上から決裁が下りるまで、あと二、三日はかかる。それを伝えてほしい」

猪又は聡美に、書類の一部を手渡した。

「火災があったアパートは、八世帯が入れる造りになっとった。じゃが、実際住んどったんは六世帯じゃ。そのすべてが生活保護受給者じゃった。連絡が取れん金田良太さん以外の五世帯は、市で用意した緊急の入居先に移っとる。これがリストじゃ」

聡美は猪又から、クリップでとめた書類を受け取った。書類には受給者の氏名、年齢、性別などが書かれており、住所欄の横に「転居」という判子《はんこ》が押されていた。頭に猪又の字で「(仮)」という文字が書き添えてある。

「そこの住所が、仮の転居先じゃ。ふたりとも、頼んだぞ」

ふたり、と言いながらも、猪又の目は小野寺を見ていた。小野寺は、はあ、と返事とも溜め息ともつかない声を出し、席に腰を下ろした。

聡美は残りの書類を猪又から受け取ると、席に戻った。

早急に回らなければいけない五世帯分の書類を、順に見ていく。

うち三人は、市営住宅に移っていた。場所は前のアパートがあった地区と同じ北町だ。他のふたりは、西町《にし》にある市営アパートに入居している。空きがあるところに、とりあえず分散させたのだろう。

書類に目を通していると、後ろに人が立つ気配がした。振り返ると、小野寺が立っていた。

「焼け出された五世帯は、いまどの地区にいるんだ」

気が乗らないが仕方がない、とでもいうような表情で、小野寺がだるそうに訊ねた。聡美は五世帯の書類を、小野寺に渡した。ふうん、と言いながら小野寺は書類を眺めた。

「五世帯と言っても、場所は二箇所か。半日もあれば、回りきれる」

小野寺は聡美に書類を返した。

「総務に電話して、車を借りる手続きをしてくれるか。午後から出掛けよう」

返事をして、聡美は内線電話をあげた。

午後になると、聡美と小野寺は市役所の公用車でケースワークに出掛けた。

ふたりはまず、三人が移り住んだ市営住宅がある北町に向かった。火災が起きた北町中村アパートから、車で十分の距離だ。

初夏の日差しが窓から入りこみ、車の中は温室のように暑い。小野寺が車の冷房を入れた。小野寺はハンドルを握りながら、それにしても、とつぶやいた。

「午前中、課長が聡美ちゃんに渡していた書類、すごい量あったな」

小野寺が言っているのは、山川が担当していた生活保護受給者の関連書類のことだ。助手席で聡美は肯いた。

「課長から渡されたあと数えたんですが、百七十二世帯ありました」

小野寺が唸った。

「百件はかるく超えているとは聞いていたが、そんなに受け持っていたのか」

「他の業務もありますから、毎日は回れません。仮に週に十軒回ったとすると、ひと月で四十世帯。次に同じ世帯を訪問するのは、四カ月後の計算になります」

信号で車が停まった。小野寺は溜め息をつくと、ハンドルから手を離し頭の後ろで組んだ。

「それを、俺と聡美ちゃん、山川さんの代わりにくる新しい職員の三人でこなすことになるんだろうな」

聡美は驚いて、小野寺を見た。

「課長は、山川さんの代わりの人が来るまで、と言っていましたが」

小野寺は目だけを聡美に向けた。

「山川さんは社会福祉課に八年も勤めていたベテランだった。だから、ひとりで二百件近い保護世帯をさばけていたんだ。ひとりでそんなに多くの世帯を受け持てる職員なんて、そうそういないよ。新しく来る人だって、ひとりで受け持てるはずがない。結局は三人で、分担することになる」

小野寺は前方に視線を戻した。

「課長だって最初からそのつもりだよ。俺たちは今年の春に配属になったばかりだ。しばらく異動はない。そのあいだに、聡美ちゃんと俺を、ケースワーカーとして育てようとしてるんだろう。数年後には、第二の山川さんが出来あがってるという算段だ」

——第二の山川さん。

聡美はうつむいた。

「無理です」

弱々しくつぶやく。

小野寺は隣から、聡美の顔を覗き込んだ。

「どうしてそう思うんだ」

聡美は沈黙した。小野寺は運転席のシートにもたれると、大きく息を吐いた。

「心配ないよ。聡美ちゃんは頭もいいし仕事の要領もいい。すぐに仕事を覚えられるよ」

小野寺は聡美が言った、無理、という言葉を、ケースワーカーの仕事をするのは無理だ、という意味に捉《とら》えたらしい。だが、聡美が言ったのは別の意味だった。聡美は、山川の代わりは自分には出来ない、と言いたかったのだ。

ケースワーカーは、楽な仕事ではない。だが、時間をかければ仕事のやり方や、受給者への対応も覚えていくだろう。しかし、山川のように受給者の自立を考え、受給者に寄り添いながら仕事をしていけるかというと、聡美には自信がなかった。

なんにせよ、と小野寺がつぶやくように言った。

「社会福祉課は、重要な人材を失ったってことだ」

信号が変わると同時に、小野寺はアクセルを強く踏んだ。


車を降りた聡美は、目の前にある市営住宅を見つめた。

鉄筋コンクリートの三階建てで、ひとつの階に四世帯入れる造りになっていた。この前回った市営住宅より、築年数はさらに古いようだ。

壁のところどころはひび割れ、黒ずんでいる。屋上にある貯水タンクも、錆びている。ところどころ修復はされているようだが、老朽化が激しい。築四十年は経っているだろうか。

「下から順に、訪ねていこう」

小野寺が開けっ放しになっている入り口から、中に入る。聡美はバッグから書類を取り出しながら、小野寺の背中に向かって言った。

「きっとみなさん、山川さんのこと残念に思ってるでしょうね」

小野寺は振り向かずに答える。

「だろうな。山川さんはケースワーカーの仕事に、誰より真剣に取り組んでいたからな。あとを引き継ぐ者はやりづらいよ」

小野寺は一〇三号室の前で立ち止まると、チャイムを押した。

聡美は書類を見た。

一〇三号室、徳田《とくだ》真《まこと》。五十三歳。生活保護受給歴は五年。六年前から肝炎を患い、現在も通院中、とある。

三回目のチャイムで、ドアが開いた。ぼさぼさの髪に、パジャマなのか部屋着なのかわからないジャージを着た男が、目をこすりながら出てきた。

「徳田真さん、ですね」

「ほうじゃが」

自分の名前を知っていることを不審に思ったのだろう。目に警戒の色が浮かぶ。

小野寺は首から下げている、顔写真つきの身分証明書が入ったパスケースを徳田に見せた。

「私たちは市役所の社会福祉課の者です。以前は山川という者が担当でしたが、今日は私たちがおじゃましました」

老眼なのだろう。徳田はパスケースに顔を近づけたり離したりしながら、証明書を確認した。徳田の頭が、小野寺の胸につきそうになる。髪が臭うのだろう。小野寺は顔をしかめた。

徳田は、ああ、と声を漏らすと、小野寺から離れた。

「あんたら、ケースワーカーか」

小野寺は鼻から息を吐いて言った。

「担当だった山川の代わりの者です。このたびは、大変な目に遭われましたね。お困りになっていることはないかと、様子を見に伺いました」

小野寺が言う「大変な目」という言葉が火災を指していることは、徳田にもすぐにわかったようだ。徳田は、「まったくじゃ、えらい目に遭《お》うたわい」と投げやりな口調で言うと、「まあ、立ち話もなんじゃけ」とふたりを部屋の中へ招いた。

中には六畳の和室と、三畳ほどの台所があった。手洗いはついているようだが、風呂は見当たらない。

部屋には布団が一式と、隅にゴミ袋があるだけで、ほかには何もなかった。ゴミ袋の中には、コンビニ弁当の空やビールの空き缶が入っていた。

徳田はがらんとした部屋を見渡した。

「六畳間じゃが、なんにもないけん、広う見えるじゃろ。まあ、その辺に座りんさい」

小野寺と聡美は、部屋の入り口に近いところに正座した。

徳田はふたりと向かい合って座ると、吐き捨てるように言った。

「あの火事で、家財道具が一切合財、焼けてしもうた。また一から揃えにゃあいけん」

小野寺が布団に目をやる。福祉課で急遽《きゅうきょ》、用意したものだ。

「寝心地はどうですか。よく眠れていますか」

「寝心地もなんも、寝るところがあるだけましじゃ。そう思わんとやっとられん」

「それはそうですが」

小野寺は申し訳なさそうにつぶやくと、来訪の目的を切り出した。

「ところで、生活費の件なんですが、いま課の方で、特別支給の手続きをしています。転居の費用は別途支給されますが、家財道具を揃える費用や当面の生活費をお渡しできるまで、あと二、三日かかると思います。大変でしょうけれど、もう少しだけ辛抱してください」

「大変といやあ、あんたらの方も大変じゃったよのう」

山川のことを、言っているのだろう。小野寺も察したらしく目を伏せた。徳田は頭をがりがりと掻いた。ふけが肩に落ちる。

小野寺が顔をしかめた。小野寺の表情に気がついたのだろう。徳田は気を悪くする様子もなく、自《じ》嘲《ちょう》の笑みを見せる。

「ここは風呂がないけん。金もないし風呂屋もよういけんのよ。まあ、勘弁しちゃってくれ」

小野寺が、いえ、とか、そんな、とか言いながら慌てて取り繕《つくろ》う。

徳田は視線を遠くで結び、独り言のようにつぶやいた。

「山川さんは、ええ人じゃった。わしはもともと愚痴っぽうての。山川さんがくると、いっつも愚痴を聞いてもらっとった。年寄りの愚痴なんか、聞いても面白うはないよのう。ほじゃがあの人は、嫌な顔ひとつせんで、熱心に聞いてくれた」

徳田は視線を聡美と小野寺に戻し、探るような目で見た。

「山川さん、火事で死んだんじゃのうて、誰かに殺されたんじゃろ」

聡美は口を噤《つぐ》んだ。昨日の夕刊に、北町中村アパートの火災は放火の可能性があり、現場から発見された山川と思われる遺体にも不審な点がある、という記事が載った。

新聞ではまだ、不審な点、としか報じられていないが、聡美は昨日、若林という刑事から山川は撲殺された、とはっきり聞いていた。だが、いまこの場でどこまで自分の知っていることを口にしていいのか測りかねた。

聡美は小野寺をちらりと見た。小野寺は刑事からどこまで話を聞いたのだろう。目で小野寺に、判断を任せる、と伝えた。

聡美の意思を察したのだろう。小野寺が問いに答えた。

「わかりません。私たち同僚も、なにがどうなっているのかわからなくて、困惑しています」

「別に隠さんでもええじゃろう。いずれわかることじゃが」

徳田は、山川は誰かに殺されたと言い切る。その根拠はなんだろう。聡美は横から口を挟んだ。

「どうして、山川さんは他殺だと思われるんですか」

徳田は聡美を目の端で見た。

「警察がやってきてのう、火事のときどこにおったか、とかいろいろ訊かれたんよ」

聡美は昨日のことを思い出した。職場に刑事がやってきて、聡美たちの事情聴取をしていった。きっと、同じようなことを訊かれたのだろう。

「他にも、山川さんと面識ができたんはいつごろじゃったか、山川さんの私生活についてなにか知っとらんか、とかそりゃもう、根ほり葉ほり訊いていきよった。これで、ただの事故じゃとか焼死じゃとか思う方がおかしいわい。ところであんたら、これ、持っとらんの」

徳田は煙草を吸う仕草をした。聡美は、私は吸わないのですいません、と答えた。小野寺も首を横に振る。

徳田は、あっそう、と言うと、舌打ちをして両手を後ろについた。

「それで徳田さんは」と、聡美は話を戻した。

「警察の質問に、なんて答えられたんですか」

徳田は後ろに倒していた身を起こして、胡坐《あぐら》をかいている腿《もも》に肘《ひじ》をつく。

「先に言うとっちゃるが、わしは山川さんの件とはなんも関係ないけん。火事のときは外におったんじゃ。用事を済ませて戻ったら、アパートは火の海よ。おかげで通帳も判子もなんも、持ち出しができんかった」

「立ち入ったことを訊いて申し訳ありませんが、そのときの用事というのは」

聡美が訊ねる。

火事が起きる前——山川が殺害されたとき、徳田がどこにいたのか気になった。

徳田は気まずそうに目を逸らした。

「まあええじゃない。プライベートなことじゃけ。どう言うんじゃったかの、ありゃあ……警察でなにも答えんでええやつ」

「黙秘権ですか」

小野寺が言う。

徳田は、そう、それじゃ、と膝を打った。

「別に悪いことしとったわけじゃないけ、あんたらに言う必要はないよ。まあそれは置いとくとして、山川さんじゃが、わしから見りゃあ、あがなええ人はおらん。ひと言でいやあ、真面目で仕事熱心な公務員の鑑《かがみ》、ちゅうところかのう。じゃがのう——」

徳田は部屋に三人の他は誰もいないのに、声をおとして続けた。

「そがあな人ほど、裏の顔があるんかもしれん。よく言うじゃろ。殺人事件の犯人でもまさかあんなええ人が、ちゅうやつが」

いくらなんでも言い過ぎだ。聡美は思わず徳田を睨んだ。

徳田はおどけた調子で肩をすくめる。

「おいおい、そがな目で見んでもええじゃろ。冗談じゃ、冗談。さっきも言ったとおり、話をよく聞いてくれるええ人じゃったよ、山川さんは。警察にもそう言うといた」

聡美はうつむいた。冗談でも、山川を悪く言われるのは嫌だった。

小野寺が、話を本題に戻した。

「とにかく、徳田さんも災難でした。今後、いろいろ大変でしょうが、私たちもお手伝いできるところは頑張りますので、なにか困ったことがあったらおっしゃってください」

徳田は小野寺の言葉に飛びついた。

「じゃったら、ちいと、金を置いてってくれんかのう、見舞いにもろうた分じゃが落としてしもうてのう。一銭もないんじゃ」

焼け出されたアパートの住人には、当座の見舞金として、一律二万円が配られていた。社会福祉課としては、正式な特別保護支給まで、それで保《も》たしてもらう算段だった。

「それは、ちょっと出来かねます」

小野寺が申し訳なさそうに頭を下げる。

「そりゃわしに、飢《う》え死にせえ言うことか」

徳田の声が尖る。

「いや、なんとかしたいのはやまやまですが、役所の規則がありまして、私個人の裁量ではどうにもならないんですよ。食事でしたら、近くにある市の介護福祉施設で摂《と》れるよう、話を通しておきますから」

「あがな、動けんようなった年寄りばっかりおるとこじゃ、めしぃ食う気にならんわい」

徳田が不貞腐《ふてくさ》れたように言う。

「いや、そうおっしゃられても、どうにもできませんので……」

小野寺が困惑の態で言う。

このままでは埒《らち》が明きそうにない。聡美は思わず口を挟んだ。

「あの、私が立て替えます」

「そりゃまずいよ、聡美ちゃん」

小野寺が声を潜《ひそ》めて窘める。

聡美は小声で、ここは私の好きにさせてください、と小野寺に頼んだ。

「一万円でいいですか」

財布から札を取り出しながら、徳田に確認する。

「そりゃ、ありがたい」

徳田は一万円札を受け取ると、下唇を舐め笑顔を見せた。

靴を履いて玄関のドアを開ける。小野寺は憮然《ぶぜん》とした表情だ。

「じゃあ、また来ます」

玄関先まで見送りに出てきた徳田は、聡美に訊ねた。

「今日わしんとこに来たいうことは、前のアパートに住んどった住人をぜんぶ回っとるんかいのう」

聡美は、はい、と答えた。

「徳田さんが最初でした。これから他の方を回ります」

「ほじゃあ、安西《あんざい》さんのとこにも、行くんじゃの」

北町中村アパートで一〇二号室に住んでいた安西佳子《よしこ》のことだろう。安西はここではなく、市営アパートの方に仮住まいしている。

「なにか、お伝えすることでもありますか」

聡美が訊ねる。

徳田は、いや別に、とつぶやくと少し間をおき、首の後ろを掻きながら言った。

「山川さんに関してなにか知っとるとしたら、安西さんが一番じゃろ」

「どうして、そう思うんですか」

聡美が訊ねると、徳田はにやりと笑った。

「山川さんは安西さんとこに、いっつも長居しとったけ」

徳田は片手を顔の前で立てると拝《おが》むような仕草をした。

「じゃ金のほう、よろしゅう頼むわ」

ドアから離れて階段までくると、小野寺が呆れた口調で言った。

「聡美ちゃん。あれはまずいよ」

徳田に金を渡したことだ。

「すいません。差し出がましい真似をして」

素直に頭を下げる。

「聡美ちゃんは、全然わかってないよ」

頭をあげて、聡美は首を捻った。

「わかってないって……なにがですか」

「落としたとか言っていたが、嘘に決まっている。おそらく、パチンコにでも使ったんだろう。黙秘権なんて言って外出の理由を言わなかったのは、ギャンブルに行っていたことがばれるとまずいからだ」

聡美は驚いた。

「どうしてわかるんですか」

「山川さんのぼやきを思い出したんだ。北町中村アパートにいる受給者で、月に一度、金を貸してくれと泣きついてくる者がいるって。パチンコで使い果たすと、金を落としたと嘘をついて、泣き落としにかかると言っていた」

「それが、徳田さんだと……」

「そうに決まってる」

小野寺は聡美に顔を向けると、怒ったように言った。

「立て替えとは言っても、絶対、戻ってはこないよ」

叱責され、聡美はうなだれた。

落ち込んだ聡美を不憫《ふびん》に思ったのか、とにかく、と小野寺は声の調子を元に戻した。

「済んだことはしょうがない。はい、さっきの半分」

小野寺は自分の財布から五千円札を取り出し、聡美に差し出した。

聡美は驚いて、両手を顔の前で振った。

「受け取れません。さっきのことは、私が勝手にしたことです」

「無理に止めなかった俺も悪い。連帯責任だよ」

小野寺は札を引っ込めなかった。だが、聡美も引くわけにはいかない。立て替えた金が戻ってこないというなら、なおさらだった。自分の浅慮《せんりょ》で小野寺に迷惑をかけるわけにはいかない。

「強情だなあ」

そういいながら、小野寺は聡美の左手に無理やり札を握らせた。

「いいから受け取ってくれ。そうじゃないと、俺の気持ちがおさまらない」

ほら、と小野寺は聡美の肩に手を置き、前を向かせた。

「こんなところでもたもたしてたら、残りの四軒、今日中に回れなくなる。徳田さんが言っていた安西さんって人が気になるから、ここは早く切り上げて、安西さんがいる市営アパートへ向かおう」

小野寺が、聡美の背を押す。

聡美は手の中の札を眺めた。

――いずれ、なにかの形でお返ししよう。

聡美は気持ちを入れ替えると、札をバッグの中に入れて歩きはじめた。

徳田の部屋をあとにした聡美と小野寺は、同じ市営住宅に仮住まいしている他の受給者を回った。

ひとりは五十一歳の男性で、名前は加藤《かとう》明《あきら》。生保受給歴は六年。十年前まで印刷会社を経営していたが、不況の波に飲まれて会社は倒産。多額の負債を抱え悩んだ末に首つり自殺を図った。家の者の発見が早く命は助かったが、搬送先の医師からうつ病と診断された。妻とふたりの子供がいたが、自殺を図った翌月に離婚。子供は妻が引きとった。

退院後も病は癒《い》えず、加藤は新しい仕事を探す気力も湧かなかった。市内の新興住宅地にあった4LDKの自宅はすでに借金の抵当で取られており、妻子と別れて以降は親戚などの頼るあてもなかった。加藤はたちまち、路上生活を強《し》いられた。

駅の地下道で拾った毛布に包《くる》まっていたところ、印刷会社を経営していた時代に取引先だった会社の常務と邂逅《かいこう》し、生活保護の申請を勧められた。加藤は常務の助言に従い自己破産の手続きをして、生活保護受給者になった。

加藤の経歴を頭に浮かべながら、聡美は部屋のチャイムを押した。が、誰も出てこない。中に人がいる気配はするのだが、なんどチャイムを押しても、ドアは開かない。

加藤のケースワーク書類には、山川の字で、訪問したが会えず、とある。日付は四月十日となっている。二カ月前だ。聡美がそれを伝えると、小野寺は開かないドアを見つめた。

「ケースワーカーを、避ける受給者もいるからな」

小野寺が言うには、ケースワーカーから就職を促されることを嫌い、居留守を使う受給者も珍しくない、とのことだった。

小野寺は無言のドアに向かって、「市の社会福祉課の者ですが、また来ます」と声をかけ、次の訪問先へと歩きだした。

もうひとりは、二階に仮住まいする六十三歳の男性だった。安田憲一《やすだけんいち》。受給歴五年。工事現場で働いていた安田は、機材に指を挟み右手の第二指と第三指を切断した。すぐに病院に搬送され再接着の手術が行われたが、指の切断面が潰《つぶ》れていたため繋がらなかった。

安田は身体障害を申請し、六級に認定された。その後、障害年金を受給しようと思ったが、年金未払いの期間が長かったため受給資格に届かなかった。

手が不自由なせいで、仕事の口がみつからない。両親は他界し、兄弟もいなかった。未婚のため、面倒を見てくれる身内もいない。二進《にっち》も三進《さっち》もいかなくなった安田は、公を頼り社会福祉課の窓口を叩いた。

聡美は事前に確認しておいた情報を反芻《はんすう》する。

小野寺と聡美が訪問すると、安田はほっとしたような顔でふたりを部屋にあげた。

部屋の中は徳田の部屋とさして変わりはなかった。部屋の中央に、さきほどまで寝ていたと思われる布団があり、隅には案の定、空のコンビニ弁当を詰め込んだゴミ袋がある。

「今回は大変でしたね」

小野寺が声をかけると、安田は目に涙を浮かべて、自分の右手を左手でさすった。自分はついてない。がんばって生きようとしても、必ずどこかで台無しになる。今回の火事もそうだ。こつこつ揃えた家財道具がすべて焼けてしまった、と項垂《うなだ》れた。

警察は徳田と同じように、死亡した山川の話を、安田にも聞きに来たはずだ。

だが安田は、山川の死を悼むわけでもなく、延々と独り言のように自分の不幸を嘆《なげ》く。

安田の話をひととおり聞くと小野寺は、なるべく早く特別保護支給できるよう取り計らうので、それまで当座の見舞金で生活してほしい、と訪問の趣旨を述べ、畳から立ち上がった。聡美が「なにか困ったことはありませんか」と訊くと、安田は「いまのところは別に」と首を振った。

小野寺が靴を履く。聡美も後に続いた。

無言で項垂れていた安田は、聡美と小野寺が玄関先で会釈《えしゃく》すると、よろしくお願いします、と畳につくぐらい頭を下げた。

市営住宅から出た。初夏の強い日差しが照りつける。手で庇《ひさし》をつくり、陽を遮る。敷地内に停めていた車に乗り込むと、聡美は大きく息を吐いた。

「どうした、溜め息なんかついて」

小野寺が聡美の顔を覗きこむ。聡美は慌てて取り繕った。

「いえ、なんでもありません」

小野寺は車のエンジンをかけて、エアコンを入れた。

「無理しなくていいよ。金をせびられたり、繰言《くりごと》を聞かされたり、気が滅入るのは当たり前だ」

聡美は、はあ、と肯定とも否定ともつかない言葉を漏らした。煮え切らない返答に、小野寺が苛立ちを覗かせる。

「なんだ、なんだ。はっきりしないなあ。言いたいことがあるんなら、言ったほうがいい。山川さんの代わりはしばらく続くんだ。ストレスを溜め込んで体調でも崩されたら、こっちが困る。これ以上、人手が減るのはごめんだ」

聡美は言おうか言うまいか迷ったが、小野寺に目で促され胸の内を言葉にした。

溜め息をついた理由は、金をたかられたり、愚痴を聞かされたりしたからではない。別なところにあった。山川のことだ。

「山川さんのこと？」

小野寺が聞き返す。聡美は肯いた。

「山川さんが生保受給者をクライアントと呼んでいたことを、小野寺さんはご存じですか」

小野寺は意外そうな顔で、いや、と首を振った。

聡美はシートベルトを右手でいじりながら、膝に目を落とした。

「山川さんは生保受給者を、顧客という意味でクライアントと呼んでいました。そのぐらい責任とプライドを持っているんだと。たしかにお金だけ受け取って、日々、だらしのない暮らしをしている受給者もいる。でも、なかには生活保護に頼りたくないと自立を目指し、職を見つけて保護を辞退する人もいる。暗い顔をしていたクライアントが次第に生気を取り戻し、自立できたのは山川さんのおかげです、なんて笑顔で礼を言われると胸がいっぱいになる、そう言っていました」

聡美は唇を嚙んだ。

「山川さんは、ケースワーカーとして受給者の――クライアントの自立に、一生懸命取り組んでいました。でも、今日あった生保受給者たちは、山川さんの死を悼みません。いい人だった、とは言うけれど、悲しみの表情を見せた人はいませんでした。なんだか、山川さんが不憫で……」

小野寺が両手を頭の上に組んで、運転席の背にもたれた。

「言われてみればそうだな。みんな、明日どうやって生きていくかで精一杯な人間ばっかりだ。他人のことを真剣に考える余裕なんかないんだろう」

それに、と小野寺は声を落とした。

「もしかしたら受給者のなかに、山川さんの事件に深く関わっている人物がいるかもしれないしな」

聡美ははっとして、小野寺を見た。

そうなのだ。山川を殺した犯人は、まだ捕まっていないようだ。有力な容疑者も浮かんでいない。警察は火災があったアパートの住人に、当日のアリバイや山川との関わりを尋ね回っている。山川の人間関係を探っているのだろうが、住人のなかに犯人がいる可能性を考慮してのことだろう。いや、アパートの住人とは限らない。ほかの場所に住んでいる受給者が山川となんらかの理由で揉《も》めて、殺害したとも考えられる。山川が担当していた生保受給者は、百七十人を超える。もしそうであれば、その中から容疑者を絞り込むことは、容易ではない。

犯人がアパートの住人にせよ、ほかの生保受給者にせよ、自分が担当していた生保受給者に殺されたのだとしたら、山川は浮かばれない。せめて別の線であってほしい、と痛切に思う。

聡美は視線を上げ、車の窓から外を見た。アスファルトに反射した陽光が目に突き刺さる。聡美は眉間に皺を寄せて目を細め、つぶやくように、言葉を搾《しぼ》り出す。

「亡くなる直前、食堂で山川さんと一緒になりました。そのとき、山川さんが私に言ったんです。いつかこの仕事をしていてよかったと思えるときがくるよ、って。でも、私にはそう思えません。この仕事に果たして遣《や》り甲斐《がい》を見出《みいだ》せるのか、自信がありません」

小野寺は無言だった。エアコンの音だけが、車の中に広がる。

「すみません」

聡美は詫びた。隣にいる小野寺に謝ったのか、亡くなった山川に謝ったのか、聡美自身にもわからなかった。

黙って話を聞いていた小野寺が、口を開いた。

「昔、なりたかったものってあるか」

なんの脈絡もない話の展開に、聡美は戸惑いながら小野寺を見た。小野寺はシートから身を起こすと、ハンドルに腕を預けた。

「俺は、小、中、高校とサッカーをしていた。ポジションはフォワード。点取り屋だ。足が速いのが自慢だった。高校一年のときに、百メートルで十一秒台を出したこともある」

「すごい」

聡美は唸った。

小野寺が話を続ける。

「中学のとき地域のクラブチームに入団し、遠征だなんだと、勉強そっちのけでサッカーばっかりしていた。こう見えても通っていた高校はサッカーの名門校で、推薦で入学してるんだ。高校二年生の冬に、県大会を勝ち抜いて全国大会に出場した。足が速くてシュートも正確だと評判になって、サッカー雑誌に紹介された」

小野寺はほどよく筋肉がつき、均整がとれた身体つきをしていた。いまの体形を維持できているのも、学生時代、運動で鍛《きた》えていたからだろう。

小野寺は昔を懐かしむように、遠くを見た。

「あの頃は、本気でプロを目指していた。先生やコーチ、チームメイトからも、お前ならプロになれると言われていた。だが」

それまで高かった声のトーンが落ちる。

「全国大会に出て、自分の限界をまざまざと見せつけられた。全国には俺より上手いやつらが、ごろごろいた。レベルの違いを実感したよ。全国大会も一回戦で敗退だった。それでも、俺はプロになりたかった。人の倍、練習しなければ無理だと思って、練習量を増やした。その一週間後に、張り切りすぎて右のアキレス腱を切った。医者から、学校の部活程度なら耐えられるが、プロのようなハードな運動は難しい、と言われた」

思わず小野寺の右足に目がいく。視線を感じたらしく、小野寺はシートの下で右足を伸ばして見せた。

「見た目にはわからないよ。日常生活には支障がないから」

「すみません」

無遠慮な視線を向けたことを詫びる。小野寺が屈託のない笑顔を見せる。

「いまはもう気にしてないよ。謝ることはない」

でも、と小野寺は昔を懐かしむような目をした。

「医者から、プロは諦めろ、と言われたときはショックだったなあ。頭の中が真っ白になって、なにも考えられなかった。いっそグレようかと思ったが、そこまでの根性はなかった。でも、その代わりに公務員になれた」

話が見えない。グレなかったことと公務員になれたことが、どう繫がるのだろう。

聡美の疑問を察したらしく、小野寺は照れ臭そうに笑った。

「なんにもやることがなかったから、勉強に打ち込んだ。サッカーに夢中だったころは学年で下のほうだった成績が、上位になった。先生に勧められるまま、公務員試験を受けたら合格した」

聡美はやっと納得した。

「公務員を目指した理由は、世間体がよくて安定しているから。それだけだ。世のため人のため、なんていう崇高《すうこう》な使命感は、これっぽっちもない。誰もが山川さんのように、自分の仕事に、遣り甲斐を感じているわけじゃない。なかには、ノイローゼになるほど嫌な仕事を、生きていくために仕方なく続けている人間もいる」

小野寺は、聡美を見た。

「自分が望んだ仕事に、みんなが就《つ》けるわけじゃない。俺みたいに、夢が叶わない者の方が圧倒的に多い。それでもみんな、生きていくために働いている。だからといって、誰もが人生を投げ出しているわけじゃない。意に添わない仕事をしながら、そのなかで、遣り甲斐を見出している人もいる」

「遣り甲斐を見出す……ですか」

小野寺は聡美から目を逸らすと、自嘲気味に笑った。

「あーあ、俺自身は、この仕事に遣り甲斐を見出そうなんてこれっぽっちも思っていないのに、偉そうなことを言ってしまったなあ」

小野寺が真顔に戻る。

「生保受給者にもいろいろな人がいる。精神疾患や身体的な障害で働けず、生活保護を受けないと生きていけない人がいる。その一方で、働こうと思えば働けるのに、理屈をこねて国や市から金をもらい、パチンコや風俗に通う人間もいる。そういう奴らを見ると、俺は腸《はらわた》が煮えくり返る。こいつら、働きもしないで楽しやがってと思う。担当者がそれではいけないのはわかるが、この気持ちはどうにもならない。俺には向いてないいんだよ、この仕事。遣り甲斐を見出すなんて無理だ。もう諦めてる」

でも――と、小野寺は聡美に微笑んだ。

「その点、聡美ちゃんは偉いよ。悩んでると言いながら、きちんとこの仕事と向きあってるんだから。そのうちきっと、なにか手ごたえが見つかるよ」

そんな自信はない、と反論しかけたとき、小野寺が話を打ち切った。

「無駄話をして時間をくった。残りの訪問先に向かおう。次は西町の市営アパートだったな」

聡美は肯いた。徳田が言っていた、安西佳子が住んでいる場所だ。

「最初に、安西さんのところに行こう。アパートに着くまで、安西さんの情報を読みあげてくれないか」

小野寺がアクセルを踏む。聡美は頭を切り替え、バッグから資料を取り出した。

安西佳子のケースワーク書類は、ほかの受給者のものより厚かった。

佳子の年齢は三十五歳。受給歴は三年だ。高校卒業後、化粧品会社に就職したが、二年で辞めて夜の仕事に就いた。水商売に足を踏み入れたころは雇われホステスだったが、二十八歳のときに自分の店を持つ。おそらくいいパトロンを見つけたのだろう。

店の経営は順調で、開店して半年もしないうちに繁華街で一、二を争う人気店になった。が、店を持って二年が過ぎたあたりから、佳子の体調に変化の兆《きざ》しが見える。全身の倦怠《けんたい》感や発熱、吐き気があり、皮膚の色も黄みがかってきた。病院で診察を受けると医師は、酒の飲み過ぎによるアルコール性肝炎、と診断を下した。初期段階だからアルコールをやめれば治る、と医師には言われたが、せっかく店が軌道に乗ってきたときに、ママである佳子が休むわけにはいかなかった。

佳子は店に出て酒を飲み続けた。体調は悪くなる一方で、だるさや発熱に、むくみが加わった。腹も異様に出てくる。再び病院で診察を受けた結果、肝炎から肝硬変に進んでいる、と医師に言われた。

佳子は医師から、いまの生活を続けていたらあなたは早死にする、と言われて半年間入院し、治療を受けた。退院したものの、もう水商売は続けられず、店を畳んで別な仕事を探した。保険会社の外交員の働き口を見つけたが、身体がついてゆかず、三カ月で辞めた。その後も事務職やレジ打ちなどのパート仕事を転々としたが、どれも長続きしなかった。

パトロンとも別れたのだろう。夜の仕事をしていたころに蓄《たくわ》えていた貯金が底をつき、家賃も滞納するようになった。自暴自棄《じぼうじき》になり、酒に逃げるようになった。一度は落ち着いた体調が、また悪くなった。

ある日、いつものようにマンションの自室でひとり酒を飲んでいたとき、激しく嘔吐《おうと》した。怖くなり救急車を呼んだ。運び込まれた救急室のベッドのうえで看護師に、払える金がない、と言った。財布のなかには、煙草代ほどの小銭もなかった。入院費を払う金など、むろんなかった。

入院して治療を受け、病気が快方に向かったとき、担当の看護師から、生活に困っているなら生活保護を受けてはどうか、と勧められた。医師の診断書があれば、容易に申請が認められるはずだ、という。

佳子には頼れる身内がいなかった。両親は佳子が中学のときに離婚し、佳子は母親に引き取られた。その母親は、佳子が高校三年生のときに信号無視で交差点に突っ込んできたトラックに轢《ひ》かれて死亡した。兄弟はいない。伯父がひとりいるが、扶養を拒否されたらしい。

佳子は退院すると、医師からもらった診断書を手に、市役所の社会福祉課へ向かった。

それが、三年前の話だ。

「以上が、安西佳子さんが生活保護受給に至った経緯です」

聡美は書類から顔をあげると、運転している小野寺を見た。小野寺は感心したように言った。

「ずいぶん細かいことまで、山川さんは聞き出していたんだな」

聡美の耳の奥で、徳田の声が蘇る。

――山川さんに関してなにか知っとるとしたら、安西さんが一番じゃろ。山川さんは安西さんとこに、いっつも長居しとったけ。

そう言ったときの、徳田の嫌な笑みが脳裏に浮かんだ。

山川さんと佳子のあいだに、なにかあったのだろうか。

聡美はもう一度、手元の書類に目を落とした。


佳子が仮住まいしている西町の市営アパートは、北町からバイパスを通り車で二十分ほどの場所にある。昭和四十年代に山を切り開いて造った造成地で、当時は新興住宅地として栄えた地区だった。だが月日が過ぎ、町の反対側に巨大な郊外店が出来ると、若者たちは郊外へ流れ、西町は徐々に寂《さび》れていった。当時、西町にこぞって家を求めた新婚夫婦も歳をとり、かつて子供の声で賑わっていた町は、いまや独居老人を抱える高齢者の町になっている。

小野寺はバイパスから脇道にそれ、坂道を上りきった空地に車を停めた。

聡美は車を降りて、目の前にあるアパートを見上げた。木造二階建ての古い建物だ。アパートの壁には蔦《つた》が這《は》い、鉄製の雨樋《あまどい》は赤く錆びている。青く塗られたトタン製の屋根は、ところどころ塗料が剝《は》がれ、端がめくれ上がっていた。

「ここの何号室だったかな」

小野寺が車に鍵を掛けながら訊ねる。二〇五号室です、と聡美は答えた。

錆びた階段を軋《きし》ませながら、聡美と小野寺は二階へあがった。佳子の部屋は、廊下の一番突き当たりの部屋だった。まだ、表札もかかっていない。

小野寺は聡美が手にしている書類を横から覗きこみ、住所と部屋番号に間違いがないことを確かめると、色褪せた木製のドアをノックした。

返事がない。もう一度、小野寺がノックする。やはり誰も出てこなかった。留守だろうか、と聡美が思ったとき、わずかにドアが開いた。

隙間から女性が顔を覗かせる。

「どちらさまですか」

暗く沈んだ声だ。聡美からは顔は見えない。

小野寺が確認する。

「安西佳子さん、ですね」

女性はぼそりとつぶやいた。

「はい」

小野寺は首から下げている身分証明書入りのパスケースを、佳子にかざした。

「私たちは市役所のケースワーカーです。私は小野寺、隣にいるのは牧野と言います。ふたりで受給者のみなさんを訪問しています」

佳子はゆっくりとドアを開けた。

「どうぞ」

ふたりは靴を脱ぎ、部屋へあがった。

佳子は窓に背をつけるようにして座った。小野寺と聡美は部屋の入り口あたりに、向かい合うかたちで腰を下ろす。

足を横に組み、うつむき加減で座っている安西は、実際の年齢より若く見えた。三十代前半だ、と言われても肯けるほどだ。顔立ちも整っている。化粧をしていないせいもあるだろうが、くっきりとした二重の目は印象的で、ポニーテールに結った髪は少女の幼さを感じさせた。足の形がはっきりとわかる細身のジーンズに白いシャツという服装も、見る者に若々しい印象を与えるようだ。だが、よく見ると肌に張りはなかった。肝臓を患っているせいだろうか、皮膚は黄みがかり、かさかさとしている。肌に潤いがあれば、二十代後半でもいけるだろう。

アパートの間取りは、徳田たちが住んでいる北町の市営住宅と似ていた。六畳ほどの部屋がひとつと台所があるだけだが、狭く感じないのは冷蔵庫や洗濯機といった家財道具が、なにもないからだろう。

佳子はふたりに向かって、小さく頭を下げた。

「あの火事で、家具からなにからぜんぶ焼けてしもうて、お茶もよう出せません。すみません」

ようやく聞きとれるぐらいの、か細い声だ。水商売を張っていた、ママの声とは思えない。

小野寺が詫びを手で制し、首を横に振った。

「謝る必要なんかありません。こんなことになって、いろいろ大変でしょう。なにかお困りのことはないですか。気兼ねせずになんでも言ってください」

小野寺は親身な対応を見せた。

が、佳子は何も答えない。ただ、畳に目を落としている。心ここにあらず、といった様子だ。

小野寺は徳田を訪問したときと同じように、特別保護支給の説明をした。

「いま、手続きをとっていますが、まとまったお金をお渡しできるまで、あと二、三日は掛かります。なにかと不便でしょうが、それまで我慢してください」

これにも佳子は無言だった。うつろな目をして、項垂れているだけだ。

聡美は心配になった。たしかに、身ひとつで焼け出されたショックは大きいだろう。落ち込むのも無理はない。だが、佳子の塞ぎようは、かなり深刻なもののように思えた。怒りや嘆きといった感情がなく、生気が感じられない。ショックで、うつ症状が出はじめているのだろうか。

「あの」

聡美は口を挟んだ。

「身体のほうは大丈夫ですか。火事のあと、病院には行かれましたか」

専門分野は違っても医師なら患者の様子をみて、必要であれば精神科の受診を勧めるだろう。いまの佳子には、精神安定剤や抗うつ剤が必要な気がする。

「病院……」

オウム返しに佳子が訊く。聡美は肯いた。

「肝臓を悪くしていらっしゃるとのことなので」

佳子はゆっくりと顔をあげると、聡美を見た。

「どうして、それを」

聡美は膝の上に置いていた書類を、目で指し示した。

「前任の山川が、ここに記していましたから」

無表情だった佳子の顔が、わずかに歪《ゆが》む。聡美を見る目に、怯《おび》えの色が浮かんだ。

「山川さんが、ですか」

いったい、なにを恐れているのだろう。聡美は不思議に思いながら答えた。

「受給者の受給状況や生活の様子などは、担当者が記録することになっています。安西さんがお住まいだった北町は、山川が担当でした。だから、安西さんに関する記録は、山川がとっていました」

佳子は聡美から顔を背けると、口を真一文字に結び、身を硬くした。

小野寺も様子がおかしいと思ったのだろう。畳に手をつき身を乗り出すと、佳子の顔を覗き込んだ。

「大丈夫ですか。気分が悪いんですか」

佳子は小野寺と視線を合わせようとせず、首を強く振った。

「いえ、なんでもありません」

「でも、顔色がよくないですよ。もし、具合が悪いなら、病院へ行かれたほうが」

突然、佳子は怒ったように大きな声を出した。

「本当になんでもありません。大丈夫です」

気圧《けお》されたのか、小野寺はそれ以上なにも言わず、前屈みの姿勢から身を起こした。

自分でも声の大きさに、驚いたのだろう。佳子は戸惑ったように目を泳がせ、手で口を覆った。

「すみません。本当に、なんでもありませんから。ただ、お世話になっていた方が亡くなられたのが、ちょっとショックで」

ふたりに背を向け、佳子は震える声で言った。

「あの、これから出掛ける用事があるんで、用が済んだのでしたら、お引き取りいただけますか」

小野寺はこのまま引き下がっていいものかどうか迷っているようだったが、腕時計にちらりと目をやると、肯いて腰をあげた。

「では、私たちはこれで引きあげます。なにかありましたら、市役所の社会福祉課までお電話ください」

聡美も自分の腕時計を見た。短針は四時を指そうとしている。もう少し佳子の様子を見ていたかったが、これ以上いては、同じアパートに仮転居した別の生保受給者を回る時間がなくなってしまう。

聡美も小野寺に続き、立ち上がった。

玄関まで見送りに出た佳子に小野寺は、体調がすぐれないようだったら病院で受診するように、と念を押し辞去した。

廊下に出ると、小野寺が小声でつぶやいた。

「様子が変だ」

聡美は同意した。

「山川さんの名前を聞いてから、なにかに怯えているようでした」

聡美は思い切って訊いてみた。

「なにか、山川さんの死について知ってるんでしょうか」

小野寺は難しい顔をして、首の後ろを叩いた。

「気にはなるが、そこを調べるのは警察の仕事だ。山川さんの件は刑事に任せて、俺たちは自分の仕事をしよう。考えるのはそのあとだ」

たしかに、いまここで佳子のことを考えてもどうにもならない。聡美は歩き出した小野寺を追う。

同じアパートに仮住まいしたもうひとりの受給者、白川正志《しらかわまさし》はあいにく留守だった。

今日、会えなかった二人は後日あらためて訪問することにし、小野寺と聡美は役所への帰路についた。

市役所へ戻ったのは、四時半を回ったころだった。

「お疲れ」

部屋へ戻った小野寺と聡美に、課長の猪又が声をかけた。

「どうじゃった」

小野寺は端的に、今日の訪問の様子を猪又に伝えた。

「五人のうち、会えたのは三人です。会えた三人には、生保の特別保護支給を渡せるのは二、三日後になると説明しました。それから、いま困っていることはないか訊ねました」

「問題はなかったんか」

猪又が訊ねる。

「家財道具を失くして、三人ともひどく落ち込んでいました」

猪又の隣にいる課長補佐の倉田が、苦笑いして口を挟む。

「その家財道具は、ぜんぶ国や市の金で買《こ》うたものだろう。どうせまた、税金で揃えるんだ。落ち込む必要はないだろうが」

不機嫌な倉田を猪又が、まあまあ、と宥めた。聡美は隣にいる美央に、小声で訊ねた。

「倉田さん、機嫌悪いけどなにかあったんですか」

美央は仕事の手を休めると、聡美に耳打ちした。

「高村さんと、ちょっとね」

「高村さんと？」

聡美は高村を見た。高村は机に顔がつくぐらい背を丸め、無言でペンを動かしている。倉田と目を合わせたくないようだ。

高村は神経質なところはあるが、口数は少なく物静かな人物だ。好んで人と揉め事を起こすような人間ではなかった。仕事でミスでもしたのだろうか。

聡美がそう訊ねると、美央は椅子から立ち上がり聡美の腕をとった。

「そろそろ終業時間だから、洗いものしてこよう」

終業は五時二十分だ。その前に課員が使った湯呑や布巾を洗うのが、美央と聡美の日課になっていた。

美央は課員の机を回り、各人の湯呑を盆に載せて戻ってきた。ふたりはポットと洗いかごを持って、給湯室へ向かった。

給湯室にいくと、同じフロアにある職員課の課員が自分のところの洗いものをしていた。洗い場が空くのを待って、聡美たちも洗いものをはじめる。

給湯室にふたりだけになると、美央は声に出して溜め息を吐いた。

「あー、疲れたあ。気を遣うこっちの身にもなれっていうの」

「いったい、どうしたんですか」

聡美は手を動かしながら訊ねた。

「今日ね、生活保護の申請に来た人がいたのよ。前までは山川さんや、社会福祉課歴が長いあたしが対応していたんだけど、山川さんはいなくなっちゃったし、あたしも今日は会議の資料作りで忙しかったの。だから高村さんが対応したんだけど、その対応が悪いって倉田さんが怒っちゃったの」

「申請者が苦情を言ってきたんですか」

美央は首を振った。

「苦情どころか、喜んで帰っていった」

申請者が喜ぶことの、なにがいけないのだろう。聡美が疑問を口にすると、美央は声をひそめた。

「聡美ちゃんは社会福祉課に来てから、まだ日が浅いからわからないだろうけど、倉田さんは受給者が増えることを嫌がってるの」

美央の話によると、小野寺と聡美が徳田たちを訪問しているあいだに、三人の生活保護申請者が窓口にきた。いずれも高村が応対したのだが、三人の面接をした高村は、全員に申請書を渡したのだという。

「それのどこがいけないんですか。申請者が来たら、申請書を渡す規則になっているはずです」

社会福祉課に配属になったとき、猪又からそのように教わった。

「表向きはね」

美央は冷めた口調で言った。

「生活保護費って国からだけじゃなくて、市からも出てることは知っているでしょう」

聡美は肯いた。国の負担が四分の三で、地方負担が四分の一だったはずだ。美央は、そう、と肯定した。

「このご時世、どこの自治体も財政が苦しいの。それは津川市も同じ。生活保護受給者が増えれば、その分、財政が圧迫されるでしょ。市としては受給者を増やしたくないのよ。だから、面接を担当する課員には、書類が足りないとか、病院で検査を受けてこいとか、努力が足りないとか、いろんな理由をつけてなるべく申請書を渡さないようにって指導してるの」

美央はあたりに人がいないことを確かめると、さらに声をひそめた。

「猪又課長はまだそれほどでもないけど、倉田課長補佐は社会福祉課に来る前は会計課にいたから、数字にはすごくうるさいのよね。申請書をくださいってきた人間に、はいどうぞって簡単に渡しちゃう人は、無能呼ばわりするくらいなの」

そんな——と、聡美は声をあげた。

「申請書が受理されるかどうかは別にして、窓口に来た人に申請書を渡すのは規則じゃないですか」

美央が驚いて、口に人差し指を当てる。

「しっ。大きな声を出しちゃだめ。こんな話が外に漏れたらどうするのよ。どこで記者が聞いてるかわからないんだからね」

聡美は慌てて口を噤んだ。

庁舎には、市役所担当の記者がいる。彼らは日ごろネタを探して、いろいろな課を歩きまわっている。

基本、マスコミは反権力だ。生活保護の申請のために窓口に来た市民を、市役所が疎ましがっていると知ったら、喜んで記事にするだろう。そんなことにでもなったら、誰から内部事情が漏れたのか庁内で犯人捜しがはじまる。リーク元と突き止められた人間は、折を見て市立病院や市立図書館に飛ばされるだろう。入庁したばかりで左遷なんて目も当てられない。

だが、と聡美は心のなかで思った。倉田の指導は納得ができない。胸のなかがもやもやする。

黙り込んだ聡美を見て、胸の内を察したのだろう。美央はポットから余ったお湯を捨てながら言った。

「あたしもね、社会福祉課に配属になって、課と生活保護者の向き合い方を知ったときは、納得できなかった。自分で生きていけない人のために生活保護があるのに、どうしてその人たちを追い返すような指導をするんだろうって。でもね、段々、課長補佐の言うことも無理ないな、って思うようになった」

美央はいままでに社会福祉課の窓口にきた、さまざまな申請者の話をはじめた。

社会福祉課の窓口には、通常一日に一人か二人、多いときには五、六人の生保申請者が来る。だが、社会福祉課のドアを叩く者すべてが、本当に生活保護が必要な人間とは限らない。なかには収入があることを隠し、不正に生活保護を受給しようとする人間がいる。

実際、二年前に津川市でも、ひとりの男が不正受給で捕まっていた。

男は右翼団体の元団員で、露天商を営《いとな》んでいたが、病気で働けないと偽《いつわ》り自分と妻、未成年の長女の分、それに重度の障害がある次女の生活保護費を受給していた。受給歴は三年。そのあいだ、稼働収入がありながら申告もせず、三年間で総額一千万を超える保護費を受け取っていた。

「その男、心臓に持病があって働けないという理由で申請に来たんだけど、医師の診断書がなかったの。そのときに対応した課員が、病院で診断書をもらってきてください、って言ったんだけど、そうしたらその男、窓口で、おどれらわしと家族に死ねえ言うんか、って叫んで、課員に掴みかかったのよ。そのときは、警備員まで駆け付ける大騒ぎになった」

「それから、どうなったんですか」

聡美は先を促した。

後日、男は診断書を持ってきた。知人から金を借りて行ってきたと述べていたが、本当のところはわからない。診断書によると、男には不整脈があった。不整脈といってもいろんなケースがある。働けないほど重篤な場合もあるし、日常生活にさし障りのない軽度なものもある。だが、その判断は、課員にはできない。

課員はその場で受理すべきかどうか迷った。しかし男が窓口で、申請書を受理せんのじゃったら弁護士を呼ぶぞ、などと騒ぎたてた。面倒になった担当課員は、診断書もあることから詳しく調べないまま受理した。

「で、蓋を開けたら不正受給だったの」

聡美は溜め息をついた。市は三年分の生活保護費を、どぶに捨てた結果になったということか。

「いま話したのは特殊な例だけど、似たような話はいっぱいあるのよ。一年ほど前だったかな。旦那と離婚して働き口がないから暮らしていけないって申請に来た女性がいたの。築四十年の狭いアパートに、小学生の子供とふたりで暮らしていることになってたんだけど、実際は別れる前に住んでいた持ち家で、元の旦那と一緒に暮らしていたの。離婚は生活保護費を受け取るための偽装だったのよ。実際は旦那とグルになって、旦那の収入と生活保護費で親子三人、悠々自適の生活を送っていたの」

聡美は言葉を失った。金のために離婚までするのか。

美央は涼しい顔で言った。

「世の中、お金のためなら戸籍が汚れるくらいなんとも思わない人間もいるのよ」

美央は話を続ける。

「たしかに、市の財政を圧迫するから生活保護受給者を増やさないっていう考えもある。でも、それだけじゃないの。さっきの話みたいに、不正に生活保護を受給しようとする人間がたくさんいるから、市としても簡単に申請書を出せないっていう事情もあるのよ」

美央の言うとおり、申請書をなるべく受理しないように指導する市の言い分もあるだろう。だが、国や市の助けがなければ、本当に生きていけない人間がいることも確かだ。

聡美は湯呑を洗っていた手をとめると、美央に反論した。

「でも、本当に生活保護が必要な人もいます。その人を窓口で追い返してしまったら、その人はどうなるんですか」

美央は洗い終わった布巾を、ぎゅっと絞った。

「知らない」

「知らないって、そんな」

美央はねじれている布巾を広げた。

「一日に何人もくる受給者のことを、いちいち考えてたらこっちの身がもたないって。それに、受給者も自分のことなんだから、申請書をくれって騒ぐだけじゃなく、もっと頭を使えばいいのよ」

頭を使えといっても、生活保護の窓口が申請書を出さなければ、どうにもならないのではないか。

そう言うと美央は、違う、というように首を振った。

「申請書なんて形式的なもんなんだから、いざとなれば自分で作ればいいのよ。その申請書を、市役所や市長宛てに内容証明郵便や簡易書留で送ればいいだけの話。市としては提出された申請書を、受理しないわけにはいかないんだから」

聡美は驚いた。

「郵便で受理が可能なんですか」

美央は肯いた。

「告知してないから、知らない人が大半だけどね」

「そんな大事なこと、どうして広報しないんですか」

美央は呆れたような目で、聡美を見た。

「当たり前じゃない。自分に都合の悪いことを、訊かれもしないのに、わざわざ教える人はいないでしょう」

聡美は呆然とした。市は正当な申請方法を隠してまで、生活保護受給者を増やしたくないのか。それで、福祉の窓口として機能しているといえるのだろうか。

そう聡美が言いかけたとき、あの、と後ろから声をかけられた。

ふたりとも驚いて振り返る。給湯室の入り口に、総務課の課員がポットと洗いかごを持って立っていた。

「まだ、時間かかりますか」

総務課の課員が訊ねる。

話に夢中で、順番を待っている人間がいることを失念していた。美央は洗いかごを持つと、頭を下げて場所を譲《ゆず》った。

「すみません。もう終わりましたから、どうぞ」

聡美も急いでポットを持ち、給湯室を出る。

話を聞かれていなかったか心配になり、給湯室のなかをそっと覗いた。総務課員のふたりは、自分のところの男性課員の噂話に花を咲かせていた。他の課の事情には関心がないようだ。

ほっとして、美央のあとを追う。追いつくと、美央が歩きながら、自分に言い聞かせるように言った。

「この仕事は、深く考えると長続きしないのよ。あまり考えないで、適当にしてた方がいいよ。そうしないと、ノイローゼになっちゃう」

美央の助言に、聡美はなにも答えられなかった。

洗いものを終えて席につくと、終業のチャイムが鳴った。

猪又が手もとの書類を揃えながら、隣にいる倉田を誘う。

「どうだ。一杯やっていかんか」

倉田はパソコンの画面から顔をあげて、猪又を見た。

「山川くんの供養ですか」

猪又は辛そうな顔をした。

「そうじゃ」

猪又は高村にも声をかけた。

「高村くんもどうじゃ」

今日の酒は山川の供養もあるが、自分の課の人間関係を良好な方向へ導こうとする猪又の考えもあるようだ。猪又の意図をくみ取ったのだろう。倉田も高村を誘った。

高村は遠慮がちに、はい、と答えた。

「じゃあ、お疲れさま」

猪又は残っている課員に向かって手をあげ、部屋を出ていった。倉田と高村もあとに続く。

複雑な思いで、聡美は三人を見送った。

課員が死んでまだ間もないというのに、課は次第に日常に戻っていく。それとも、意識して日常に戻そうとしているのだろうか。

出来事はいずれ風化していく。どんなに苦しいことも悲しいことも、時とともに薄れていく。社会福祉課も、いずれ山川がいない空間が当たり前になっていくのだろう。それが悪いことだとは思わない。忘れるということは、ときに必要なものだ。いつまでも悲しみに打ちひしがれていては、前に進めない。だが、聡美はいたたまれなかった。

猪又たちに続いて、美央も帰っていった。白いブラウスの背を見ながら、聡美は美央が廊下で言った言葉を思い出した。

——この仕事は、深く考えると長続きしないのよ。あまり考えないで、適当にしてた方がいいよ。そうしないと、ノイローゼになっちゃう。

美央が言っていることが、間違っているとは思わない。でも、山川が生きていたら、彼女の考えを肯定はしなかったと思う。

山川の席を見る。誰もいない。いずれあの席に、誰かが座る。山川が座ることは、二度とない。

聡美は空席から目を背けると、バッグを握りしめ部屋を出た。

第二章

聡美は化粧室の窓から外を眺めた。昨日から降り出した雨は、やむ気配はない。道路に溜《た》まった雨水を、車が撥《は》ね上げて通り過ぎていく。

北町中村アパートで火災があった日から四日が経った。

今日は、山川の告別式だった。

社会福祉課からは猪又と倉田、美央と聡美が参列した。

美央と聡美は、受付係をすることになっていた。式は二時からだが、会場のスタッフとの打ち合わせがあるため、ふたりは昼食を済ませたあと更衣室で礼服に着替えて、一足早く会場のセレモニーホールに入った。

会場のホールの玄関を入った聡美は、ロビーの隅に見覚えのある人物がいることに気づいた。若林だった。

窓際に置かれている観葉植物に、身を潜《ひそ》めるように立っている。横には谷もいた。ふたりとも、礼服に黒いネクタイを締めている。自分が関わる事件の被害者の、告別式に参列しにきたのか。

若林はロビーに入ってきた聡美たちに気づくと、片手をあげながら、ゆっくりとした足取りで近づいてきた。

「このあいだはどうも。ずいぶん早いな。告別式は二時からだろう」

若林の冷たい目が、聡美は好きになれない。目を逸《そ》らし、聡美は答えた。

「受付を頼まれたんです。美央さんと一緒に」

そう言って聡美は、隣にいるはずの美央を見た。が、いるはずの美央がいない。刑事と関わりたくなくて、聡美に押し付けて逃げたのだ。

ところで、と言いながら、若林は上着のポケットに両手を突っ込んだ。

「なにも、変わりはないか」

若林の無神経な言葉に、不愉快になる。

若林が言う変わりがないとは、いつからのことを意味しているのか。刑事という仕事柄、事件というものに免疫がついているのはわかる。だが、こっちは四日前に同僚を失ったばかりの一般市民だ。しかも、その同僚は自然死ではなく誰かに殺されたのだ。数日で変わりがない生活に戻れるわけがないではないか。山川がいなくなって日が経っていないにもかかわらず、すでにそれが日常であるかのように話す若林に苛立《いらだ》ちを覚える。

聡美は若林の問いに答えず、逆に言い返した。

「そちらこそ、告別式に参列するには早すぎるんじゃないんですか」

若林は、違う、というように首を振った。

「俺も谷も、告別式に出るためにきたんじゃない」

意外な答えに、聡美は短い声をあげた。

「じゃあ、どうしてここに」

若林は探るような目で、すばやくあたりに目を走らせた。

「告別式の席に、被疑者が顔を出す可能性がある」

頭がかっとした。

「故人を偲《しの》ぶ人たちを疑うんですか」

聡美は胸に込みあげた怒りをぶつけた。

若林は気を悪くした様子もなく、淡々と言葉を続ける。

「事件ってのは、点だった情報がどこで線で繫《つな》がるかわからない。被害者の身近な人物が犯人だった、なんてことは珍しくない」

死者を弔《とむら》う厳粛《げんしゅく》な儀式が、一気にきな臭さを帯びる。山川の死を悼《いた》む気持ちがない人間に、会場に入ってほしくない。

睨《にら》む視線から聡美の内心を悟ったのか、若林は首を振った。

「安心しろ。俺たちは会場には入らない。ロビーの隅で、様子を眺めるだけだ。刑事だって人の子だ。礼儀は心得ている。悲嘆にくれている遺族を前にして、参列者に事情聴取するなんて無粋な真似はしない」

若林の言葉に少しほっとする。

「それはそうと」

若林が言葉を続けた。

「あんたには、兄がいたな。亮輔という名前で、歳はたしか三つ上だったはずだ」

やはり刑事だ。記憶力がいい。

「兄がなにか」

若林はもったいぶるように間をおくと、聡美の顔を上目遣いに見た。

「亮輔さん、行方不明になっている金田良太さんの同級生だったんだな。あんた、知らなかったのか」

表情が固まるのが、自分でもわかった。若林はいったいどこまで自分のことを調べているのか。まるで犯人扱いされているようで、気分が悪い。聡美は若林に、嫌味を込めて訊いた。

「刑事って、被害者の同僚の身内まで調べるんですか」

「時と場合による」

若林は飄々《ひょうひょう》と言い、だが、と首の後ろを叩いた。

「今回はあんたから辿《たど》って出てきた情報じゃない。金田側から出てきたんだ」

金田のことで、なにかわかったのだろうか。

聡美は若林に詰め寄る。

若林は、いや、と否定した。

「まだ金田さんは見つからないし、行方がわかる有力な情報もない。友人関係を洗っていったら、おたくのお兄さんが出てきたってだけのことだ」

事件の新たな進展はないということか。

おそらく若林は、亮輔の勤務先や住所、仕事仲間や友人関係まで、すでに調べ上げているのだろう。聡美に関してもそうだ。いま、金田が亮輔の同級生だったとは知らなかったと偽《いつわ》っても、過去まで遡《さかのぼ》り調べ上げて聡美がついた嘘をいずれ暴く。

聡美は小さく、諦めの息を吐いた。

「たしかに兄は金田さんと同級生でした。でも、それだけです。友人と呼べる付き合いはしていません。ここ数年は連絡もとっていないと兄は言っていました。金田さんと兄は関係ありません」

若林は窓の外に目をやると、強い口調で言った。

「関係あるかないかを決めるのは、あんたじゃない。俺たち警察だ」

聡美は言葉に詰まった。言い返す言葉が見つからず立ち尽くす。

追い込まれた聡美を気の毒に思ったのか、谷が助け船を出した。

「若林さん、そろそろ」

谷は自分の左腕を、若林に差し出す。若林は腕に巻かれている時計を見やりつぶやいた。

「一時十五分か。気の早い参列客がくる頃だな」

若林は出口へ向かいながら、肩越しに谷を振り返った。

「俺は外で一服してくる。お前はロビーの隅で待機してろ」

谷が、はい、と返事をする。

若林はロビーを大股で横切ると、建物の外へ出て行った。谷も、若林の指示に従いロビーの隅へ向かう。

ひとりになった聡美は我に返った。自分も受付の準備をはじめなければならない。急いで控室へ向かう。

控室には、会場のスタッフ数人と美央がいた。美央は聡美に気がつくと、駆け寄ってきた。聡美の前に立ち、拝《おが》むように手を合わせる。

「ごめんね、聡美ちゃん残して逃げちゃって。あたし、刑事って苦手なんだ。なんか怖くって」

刑事が苦手ではない人間の方が少ないと思う。そう言おうとしたが、ここで愚痴《ぐち》っても仕方がない。聡美が、大丈夫です、と答えると美央はほっとしたように息を吐いた。

「スタッフとの打ち合わせは、あたしがしといたから。参列者から香典を受け取って、芳名帳に名前と住所を書いてもらったら、会葬御礼の品と引き換えるための番号札を渡す。受付が終わったら、香典をまとめて会計係にあずける。それであたしたちの役目は終わり」

美央は、机の上に置いてあった香典を入れるための黒塗りの盆を手にした。

「じゃあ、行こうか」

聡美は肯いて、ロビーへ繋がる扉を開けた。


一時半を過ぎたあたりから、参列者が姿を現した。身内と思《おぼ》しき人や、山川の同級生らしい男女、市役所の同僚もいる。誰もが、山川の死が不審死ということをマスコミを通して知っているらしく、悲しみよりも、戸惑いや驚きの表情を浮かべている者が多かった。

聡美は参列者から香典袋を受け取りながら、ロビーの隅に目をやった。若林は観葉植物の陰に佇《たたず》み、谷は若林から少し離れた窓際にいる。ふたりとも目立たないように、俯《うつむ》き加減に立っている。参列者に溶け込もうとしているが、ふたりには明らかに違うものがあった。眼だ。

ふたりの眼には隙がなく、的を射貫《いぬ》くように鋭かった。若林に至っては、鋭利さに加えて冷徹さまで感じる。参列者の顔をひとりひとり見つめる視線には、犯人逮捕への使命感や執念を窺《うかが》わせる気迫があった。口や態度は悪いが、犯人逮捕という使命をまっとうするために必死なのだ。

告別式がはじまる十分前になると、ロビーに式がはじまることを告げるアナウンスが流れた。ロビーで立ち話をしていた参列者が、式場へ向かう。聡美と美央も、集まった香典袋をセレモニーホールが用意した黒いビニールバッグに入れて、手筈《てはず》通り会計係に渡すと会場へ向かった。

会場では僧侶の読経がはじまっていた。祭壇から離れた入り口から近い席に座り、遺影を見つめる。プライベートで撮った写真なのだろう。カジュアルシャツを着ている。白い花で飾られた額縁のなかで、山川は穏やかに微笑んでいる。

参列者の焼香が終わると、挨拶のため、喪主である山川の妻、真弓《まゆみ》がマイクの前に立った。気丈《きじょう》に振舞ってはいるが、声には張りがなく、目の下の隈《くま》が目立った。精神的にも体力的にも、かなり消耗《もう》しているのだ。

喪主の挨拶の途中で、会場に幼子の泣き声が響いた。山川には子供がふたりいた。四歳と二歳の男の子だ。泣き声は、二歳になる次男のものだった。長い時間、椅子の上で大人しくしていなければいけないことに耐えられず、ぐずりだしたのだ。隣にいる身内らしき女性が、懸命にあやしている。しかし、泣き止まない。父親の死を理解できない幼子の泣き声は、参列者の涙を誘った。

葬儀が終わり、ロビーに並んだ遺族と短い挨拶を交わすと、聡美はひとりで先にセレモニーホールを出た。美央は、涙で落ちたメイクを直すため、化粧室へ行っている。

外に出ると、梅雨特有の湿度をたっぷり含んだ風が顔にあたった。雨は小降りになっていた。空は灰色の雲に覆《おお》われている。陰鬱な気分で俯いていると、後ろから声をかけられた。

「受付、お疲れさん」

猪又だった。隣に倉田もいる。美央ちゃんはどこじゃ、と訊かれ化粧室に行っていると答えた。

「いま、出てくるのを待っているんです」

そうか、と言いながら猪又は、それにしても、と辛《つら》そうな顔をした。

「今日の葬儀、奥さんの憔悴《しょうすい》しきった姿も痛々しかったが、子供の泣き声が一番応《こた》えたのう」

「いや、まったく」

倉田が同意する。

聡美は目を伏せた。会場を出た今でも、山川の次男の泣き声が、ずっと耳から離れない。

自分も子供の頃に父親を亡くしているから、親を亡くした悲しみはわかるつもりでいる。しかし、大人になったいまでは、まだ幼い子供を残して逝《い》かなければならなかった者の辛さも、少しはわかる。山川の無念を思うと、犯人への憎しみがさらに募る。

倉田も同じことを考えていたのだろう。やるせない表情で、まだ山川の遺骨が祭られているセレモニーホールを眺めた。

「一日も早く、犯人が捕まればいいな。このままじゃあ山川くんも、浮かばれんだろう」

そういえば、と猪又が話題を変えた。

「ロビーにこのあいだの刑事がおったのう。なにしに来たんじゃ」

聡美は告別式の前に立ち話した内容を、手短に伝えた。

「事件に関する進展は、まだなにもないそうです」

「ほうか」

猪又は残念そうに顔をしかめた。倉田は上着のポケットから車のキーを取り出すと、猪又を見た。

「とにかく、職場に戻りましょう。自分たちがここにいても、どうにもなりません」

猪又は、ほうじゃのう、と力なくつぶやくと、聡美に顔を向けた。

「わしらは先に仕事に戻るけん。聡美ちゃんは自分の車に美央ちゃんを乗せてきてくれ。疲れとるところ悪いが頼む」

聡美と美央は受付のため、聡美の車でひと足早く会場へ入っていた。猪又と倉田は、告別式の時間に合わせて、公用車に乗り合わせて来ていた。

駐車場へ向かうふたりの姿が見えなくなったころ、美央が建物から出てきた。

「ごめん、お待たせ」

葬儀を終えたとき、落ちたマスカラで真っ黒だった目の周りがきれいになっている。

美央は聡美に手を差し出した。

「半分、持つ」

聡美の両手は、葬儀に参列できなかった小野寺や高村をはじめとする、職員への会葬御礼でふさがっていた。先輩に荷物を持たせるわけにはいかない。遠慮しながら断ると、美央は空を見上げた。

「両手がふさがってちゃ、傘が差せないでしょ」

美央の視線を追い、空を見る。雨は降り続いている。小雨とはいえ、傘を差さなければ、駐車場に着くまでに服や会葬御礼品が濡れてしまう。

聡美は礼を言い、美央に半分渡した。

美央は小雨が落ちてくる空を見上げて、ぽつりと言った。

「今日は、ずっと降ってるね。涙雨かな」

聡美も上を見る。

美央の言うとおり涙雨だとしたら、誰の涙なのか。突然、夫を失った妻か、父親を亡くした幼子か、友人や職場の同僚たちか。

いや。この雨は、無情に命を奪われた山川の涙雨だ。

聡美は止む様子がない空を見ながら、唇をきつく噛んだ。

夜、風呂から上がり部屋でドライヤーをかけていると携帯が鳴った。

亮輔からだった。携帯の画面は八時二十九分を表示している。たぶん食堂で夕食を摂《と》り終え、自室に戻ったところなのだろう。

「おう、いまええか」

いつもと変わらない様子で亮輔が訊ねる。

大丈夫、と答えながら、聡美はまだ乾ききっていない髪をタオルで拭《ふ》きながらベッドに腰掛けた。

「このあいだお前が言うとった金田のことじゃが」

聡美は髪を拭いていたタオルを首にかけ、肩と頬で支えていた携帯を手に持ち替えた。

「なにかわかったん」

聡美の問いに対する亮輔の答えは曖昧なものだった。わかったと言えばわかったし、わからないと言えばわからないという。

うやむやな返答に、もどかしくなる。

「どういうことね。はっきり言うてや」

携帯の向こうから、困惑と疲れが入り混じった溜め息が聞こえた。

「今日、うちの職場に刑事が来た」

聡美は今日、セレモニーホールで、若林が亮輔と金田の話をしたことを思い出した。

「その刑事、若林いうてじゃなかった？」

亮輔は驚いた様子で、よくわかったな、と言った。

若林は自分を事情聴取した刑事で、今日の山川の告別式の会場にも来ていた。そこで、金田と亮輔が同級生だった話をしていた、と伝えた。

亮輔は納得したようだった。

「俺のところに来たのは午前中じゃ。そのあと、そっちに行ったんじゃのう」

若林は亮輔に、金田の行方について訊ねたようだった。亮輔が、金田が高校を辞めてから連絡を取っていないからなにもわからない、と答えると、金田と付き合いがある人間を知っていたら教えてほしい、と頼んだという。

「殺人事件が絡んどるんじゃ。言わないわけにもいかんから、西海《にしうみ》と渋谷《しぶや》の名前を教えた」

西海とは聡美が一年生のときに応援団長を務めていた西海友明《ともあき》のことだろう。高校の名物男で、団の法被《はっぴ》を着て声を張り上げる雄姿に、憧れた女子高生も少なくなかった。

渋谷はおそらく、渋谷正晴《まさはる》のことだろう。渋谷は西海とは違う意味で有名だった。耳にピアスをつけ、学生ズボンを下着が見えるほどずり下げていた。はだけた学ランの下には、規則違反の派手なTシャツを着たり、シルバーのアクセサリーを身に着けてきたり、学校の問題児だった。ふたりは金田と亮輔と同じ中学の卒業生で、学年はひとつ下だった。

「西海さんと渋谷さん、いまどうしとるの」

「学年が違うからようわからんが、西海は父親が経営している塗装業を手伝っているそうじゃ。渋谷はフリーターじゃげな。ほら、駅前の西口にコンビニがあるじゃろう。そこで働いとるらしい」

西海と渋谷は、金田が高校を辞めてからも、一緒に遊んでいた仲だから、なにかしら知っているのではないか、と亮輔は言った。

それより、と亮輔は、話を切り替えた。

「お前、門馬大地《かどまだいち》を覚えとるか」

大地は亮輔が仲良くしていた同級生だ。兄貴肌で面倒見がよかったことから、後輩にも慕《した》われていた。うちにも何度か泊まりにきたことがある。たしか金田とはなにかでトラブルになり、口も利《き》かない仲だったと記憶している。

「そう、そいつじゃ。俺、刑事が帰ったあと大地に電話したんよ。西海や渋谷から、金田のこと、なにか聞いとらんか思うて」

大地は、金田とは付き合いはなかったが、西海や渋谷とはときどき遊んでいるという。

「大地さん、なんて言ってた」

言いづらいことなのか、亮輔はなかなか言わない。聡美は焦《じ》れて先を促した。

「そこまで言ってだんまりはないじゃろうね。ねえ、大地さん、なんて言っとったの」

亮輔は、単なる噂話だから事実かどうかもわからない、と前置きをして話しはじめた。

亮輔から連絡を受けた大地は、すぐに西海と渋谷に連絡を取った。ふたりとも金田が行方不明になっていることは、テレビや新聞ですでに知っていた。ふたりの話だと、金田はその筋の人間と付き合いがあったらしいとのことだった。

「その筋って、暴力団のこと？」

そうだ、と亮輔は答えた。

ふたりは以前、金田が住んでいた北町中村アパートに、何度か遊びに行ったことがあった。ある日、近くまで来たから顔を見ていこうと立ち寄ると、金田が廊下の隅である男と話し込んでいた。短い髪を逆立ててサングラスをかけている。声が大きく柄《がら》が悪い。込み入った話をしているようだったので、ふたりは階段の陰に隠れて覗《のぞ》いていた。話が終わり男は階段を降りてきた。途中で立ち止まっているふたりを見つけると、なんじゃわりゃあ、と怒鳴られたという。気づいた金田が慌てて、友達ですけ、と執《と》り成し事なきを得たそうだが、あの男は絶対堅気《かたぎ》じゃない、とふたりは言っていたという。

「しかも、その男をアパートで見たのは、一度や二度じゃない。ふたりが金田の部屋にいたときに、訪ねてきたこともあったそうじゃ。かなり頻繁《ひんぱん》に、金田のところへ来ていたらしい」

そんな危ない人間と、金田はどういう関係だったんだろうか。

「西海と渋谷も気になって、それとのう訊いてみたこともあったが、金田は、ちょっとした知り合いじゃ、としか答えんかったそうじゃ」

堅気じゃない者と、ちょっとした知り合いで済むはずがない。なにか、もっと込み入った事情があったのではないか。

そう言うと亮輔は、疲れたように息を吐いた。

「そこまで俺にわかるわけがないじゃろう。とにかく、近いうちにその若林って刑事がふたりのところに事情を訊きに行くはずじゃ。俺も今日は疲れた。刑事が職場に来るわ、上司や同僚からは、いったい何をしたんだ、と質問攻めに遭《あ》うわ、もう、くたくたじゃ」

聡美は電話をくれた礼を言い、慌てて電話を切ろうとした。その聡美を亮輔は引き止めて、心配そうな声で言った。

「あんまり、事件に首を突っ込むなよ。同僚が殺されたことがショックなんはわかるが、犯人を捕まえるのは警察の仕事じゃ。万が一、事件に巻き込まれてお前になにかあったら、一番悲しむのは母さんじゃ」

聡美は一階の寝室で、もう寝ているであろう母を思った。父親が病気で亡くなったあと、母は女手ひとつでふたりの子供を育て上げた。ふたりとも社会人になり肩の荷が下りて、これからゆっくり暮らせると思った矢先に、心臓病で倒れた。苦労した分、親孝行してあげたい。

「わかってる。母さんに心配はかけないって」

自分に言い聞かせるように言う。頼んだぞ、と言って亮輔は電話を切った。

携帯を隣に置くと、ベッドに腰掛けたまま聡美はぼんやりと考えた。

金田のところに暴力団の組員と思しき人間が来ていたということは、ひいては北町中村アパートに組員が出入りしていたということだ。

山川が残した、北町中村アパートの住人情報が記載された書類には、アパートに暴力団関係者が出入りしていたという記述は一切ない。山川はこの事実を知らなかったのだろうか。

いや、と自分の考えを、聡美は否定した。たまにアパートを訪ねる西海や渋谷が、男を目撃しているのだ。最低でもふた月に一度はアパートを訪問していた山川が、男と遭遇しなかったとは考えづらい。

もし、男の存在を知っていたとしたならば、なぜ報告書に書かなかったのだろう。それとも、男の存在は知っていたが、暴力団関係者だとは思わなかったのだろうか。そんなことはない。西海や渋谷が、一目見てその筋とわかる容貌《ようぼう》の男だ。見れば、山川もその筋の者だとわかるはずだ。ならばなぜ、報告書に記載しなかったのか——。

思考が堂々巡りしている。

俯いたまま考え込んでいた聡美は、首にかけていたタオルが床に落ちて我に返った。まだ、ドライヤーをかけていた途中だったことを思い出す。

ベッドから立ち上がり、ドレッサーの椅子に座った。鏡を見ながら、ドライヤーのスイッチに指をかける。オンにしようとしたが、少し考えてからやめた。

疲れているのは亮輔だけではなかった。自分もかなり疲れていた。髪はまだ湿っているが、乾かす気力がなかった。

聡美はドライヤーのコンセントを壁から抜くと、枕にタオルを敷いて横になった。身体は睡眠を欲しているのに、頭は冴《さ》えている。部屋の灯《あか》りを消して、無理やり瞼を閉じた。

　注文を取りに来た店員にランチを頼むと、小野寺は木製の椅子の背にもたれながら、向かいに座る聡美を見た。

「聡美ちゃんから昼食のお誘いなんて、はじめてだな」

「迷惑でしたか」

　顔色を窺いながら訊ねる。小野寺は笑いながら首を振った。

「女性からの誘いを迷惑に思う男はいないだろう」

　ふたりは、庁舎から五分ほど歩いたところにある「ひまわり」にいた。年配の夫婦が老後の趣味で営んでいる小さな喫茶店だ。人通りが少ない裏路地にあることと、近くに安くて美味いと評判の外食チェーン店が出来たことがあり、昼時なのに閑散としている。

　店内は狭く、五人掛けのカウンターと、テーブル席がふたつしかない。聡美は店に入ると、カウンターから離れている窓際のテーブル席を選んだ。カウンターのなかでは、マスターがコーヒーをたてていた。これからする小野寺との会話を、誰にも聞かれたくなかった。

「で、いったいどんな話なんだ」

　小野寺が訊ねる。聡美は驚いた。話があることを、小野寺に伝えていない。お昼を一緒に食べないかと誘っただけだ。どうして話があるとわかったのだろう。

　考えていることが顔に出たのだろう。小野寺は面白そうに、聡美の顔を覗き込んだ。

「いままで昼飯を一緒に食べたことがない人間から誘われた。しかも場所は、庁舎のなかにある食堂じゃなく、人気のない喫茶店。とくれば、なにか込み入った話があると誰でもわかる」

　騙《だま》して連れてきたみたいな気分になり、なんだか申し訳なく思う。

小野寺は真顔になると、椅子にもたれていた身を起こし、組んだ腕をテーブルに置いた。

「話ってのは、山川さんのことか」

どうしてそこまでわかるのか。

小野寺は呆《あき》れたように、肩を竦《すく》めた。

「これが美央ちゃんなら、恋の相談とも考えられるが、男っ気のない聡美ちゃんの込み入った話なんて、山川さんのことしかないだろう」

言われてみれば、なんの不思議もないことだった。気づかない自分がはずかしくなる。

ランチが運ばれ、店員が席を離れると、小野寺はパスタを口に運びながら訊ねた。

「なにがあったんだ」

聡美は週末、亮輔から聞いた話を、要約して伝えた。

「暴力団……」

そう言って聡美を見た小野寺の手が止まる。

聡美は肯いた。

「金田さんと交流があった兄の友人の話だと、金田さんのところにその筋と思しき人間が出入りしていたそうです。でも、金田さんの受給報告書には、そのようなことは一切書かれていません」

聡美は数日前から抱き続けている疑問を口にした。

「金田さんのところに——アパートにヤクザが出入りしていたことを、山川さんは知っていたんでしょうか」

小野寺は即答した。

「当然だ」

「どうして、そう言い切れるんですか」

小野寺は生徒に勉強を教える教師のような口調で説明した。

「金田さんの生保受給歴は三年だ。山川さんがふた月に一度金田さんのところを回ったとして、一年で六回。掛ける三年で、単純に十八回は金田さんのもとを訪れていることになる。が、それだけじゃない。アパートにはほかにも生保受給者が住んでいるだろう。その受給者の訪問回数を加えると、山川さんはかなり頻繁《ひんぱん》に、アパートを訪れていたことになる。数えるほどしか遊びに行ったことがない友人が、暴力団の組員らしき男を目撃してるんだ。何回もアパートに足を運んでいる山川さんが、男の存在に気づいてないはずがない」

やはり、小野寺も自分と同じ考えだ。山川は男の存在を知っていた。ならば、なぜ報告書に記載しなかったのか。

生保受給者の経歴や生活環境、人間関係をどこまで記載するかは、担当者の判断による。生保受給者の情報を、事細かく記載する担当者もいれば、必要最低限の情報だけを記録する担当者もいる。

山川は前者だった。残した報告書を見ればすぐにわかる。山川が担当していた生保受給者の書類には、受給者の生い立ちから生保を受給するに至った経緯などが、事細かく記されていた。それなのに、金田の報告書には、金田のもとを訪れていたきな臭い男についての記載が一切ない。なぜか。

その疑問には、小野寺も明確な答えが見いだせないのだろう。それは、と言ったきり考え込んだ。

ふたりのあいだに広がる沈黙を破ったのは、小野寺だった。なにを思ったのか、小野寺は皿の上に残っているパスタを一気に食べ終えると、開き直ったようなさっぱりとした顔で言った。

「山川さんが男の存在を書類に書かなかった理由は、わからない。だが、お兄さんが言うように、警察は金田の行方を追うと同時に、男についても捜査を進めているはずだ。一刻も早い犯人逮捕を願う聡美ちゃんの気持ちはよくわかる。だが、ここは捜査のプロに任せるしかないよ」

小野寺が言っていることは正論だ。素人が頭をひねって推理したところで、捜査のプロに敵《かな》うわけがない。そう思う一方で、自分にもなにかできることがあるのではないか、と思ってしまう。

以前、事件解決の糸口になるのは事件関係者からの情報だ、といった内容が書かれていた本を読んだことがある。殺害現場に残されている遺留物などの物的証拠から犯人に繋がる糸口が見つかる場合がほとんどだが、被害者の身辺から事件解決に結びつく有力な情報を得ることも多い、と書いてあった。

その本を思い出してから、事件の被害者である山川と、事件現場となったアパートに住んでいた金田のふたりを知っている聡美としては、自分が気づいていないだけで、なにか事件を解く重要な手がかりを知っているのではないか、という考えが頭を離れなかった。そう思うと、なにもせずじっとしていることが苦痛でならない。

聡美の話を黙って聞いていた小野寺は、大きく息を吐くと、諦めと感心が入り混じった顔をした。

「仕事に関しても、山川さんのことに関しても、真面目というか愚直というか……聡美ちゃんの辞書には『適当』とか『程々』という言葉はないな」

褒《ほ》められたのか貶《けな》されたのかわからない。

運ばれてきた食後のコーヒーを口にしながら、小野寺はつぶやいた。

「どうしても、事件に関する情報を手に入れたいなら、直接、刑事に訊く手もある」

「刑事って、もしかして若林って人のことですか」

小野寺は、意味ありげな笑みを浮かべて肯いた。

「あいつ、目つきが悪くて偉そうで嫌なやつだが、堅物という感じには見えない。職場に事情聴取に来たとき、火事の詳細を聡美ちゃんに教えてくれただろう。その日の夕刊に載るとはいっても、大概の刑事は教えないよ。もし、刑事が捜査情報を外部に漏らしたなんてことがばれたら、まずいことになるからな。そう考えると、あいつだったら聡美ちゃんが訊けば、答えられる範囲で教えてくれるんじゃないかな」

そう言われれば、そんな気もしてくる。事情聴取を行ったときの若林は決して紳士的とは言えなかったが、結果的には聡美の質問に丁寧に答えてくれた。

──そういえば。

聡美は職場で事情聴取を受けたときに、若林が漏らしたひと言を思い出した。

働き蟻の法則。

そのとき気になり、あとで調べてみようと思いながら忘れていた。小野寺に訊ねる。

「小野寺さん、働き蟻の法則って知ってますか」

なんの脈絡もない質問に、小野寺は戸惑った様子で聞き返した。

「知ってるが、それがどうしたんだ」

事情聴取のときに若林がつぶやいた、と答える。

「生活保護のことを話していたら、働き蟻の法則だな、って言って、どんなに一生懸命やったって堕《だ》落者《らくしゃ》はいなくならない、そう言いました」

小野寺は、ふうん、と鼻を鳴らすと、聡美の問いに答えた。

「ある大学の教授が蟻を使って実験したところ、ある一定数のよく働く蟻と、働かない蟻に分かれる、というデータが出た。そこで、働かない蟻を取り除き、働く蟻だけにしてみた。すべての蟻が働くと思うだろう。だが、違った。勤勉な蟻だけにしても、そのなかの二割程度は、働かなくなるという結果が出たんだ。それが、若林が言った働き蟻の法則だ」

小野寺の話から聡美は、似たような法則でパレートの法則と呼ばれているものがあることを思い出した。たしかイタリアの経済学者が発見した統計モデルだったはずだ。

小野寺は補足した。

「八〇対二〇の法則とも呼ばれていて、ある分野における全体の約八割を、全体の一部である約二割の要素が生み出しているというものだな。たとえば、社会経済だったら、全体の二割程度の高額所得者が社会全体の八割の所得を占めるとか、マーケティングだったら、二割の商品が八割の売り上げを作るとか言われている」

「ちょっと待ってください」

聡美は小野寺の話を遮った。

「それは、働き蟻の法則にしても、パレートの法則にしても、世の中は一部の要素だけが全体の大部分に影響を与えているということですか」

小野寺は、そう解釈する人もいるかもな、と答えて椅子の背に身を預けた。

「世の中は一部の人間で成り立っている。残りの人間はさほど役に立っていない。ともすれば、役に立っていないどころか、社会活動の妨《さまた》げにもなっている。世の中の役に立たない人間は、いつの世もいなくならない。若林は、働き蟻の法則を用いて、そう言ったのかもしれない」

「そんな」

思わず大きな声が出る。

「どんなに私たち福祉関係者が努力しても、働かない人間はいなくならない。いつの世も、堕落者は存在する。生保受給者の自立支援なんて無駄なことだ。そんな仕事、必要ないってことですか」

カウンターの中にいるマスターが、ちらりと聡美を見た。視線に気づき、慌てて声を落とす。

聡美は唇を嚙《か》んだ。

「刑事がどれだけ偉いかわかりません。でも、人の職業を馬鹿にするような権利はないと思います」

小野寺は困ったように笑いながら、若林を擁護した。

「別に俺たちの仕事を馬鹿にしたわけじゃないと思うよ。ただ、一生懸命仕事をしたからといって、必ずしも報《むく》われるわけじゃない。そう言いたかったんだろう。刑事の仕事だって同じだ。どんなに頑張って事件を解決しても、犯罪はこの世からなくならない。毎日、なにかしらの事件は起きる。ときに、自分がしていることに意味はあるのか、って虚《むな》しくなることもあるんじゃないのか」

聡美は小野寺の言葉を、頭の中で繰り返した。

もし小野寺の言うとおりだとしたら、若林はいまの自分と同じかもしれない。自分の仕事に遣り甲《が》斐《い》を見出せず、疑問を抱きながら日々仕事をしている自分と――。

小野寺は腕時計を見た。

「そろそろ行こうか。これ以上ゆっくりしていたら、午後の就業時間に遅れる」

聡美も自分の腕時計を見る。十二時五十分。話に夢中になって、時間が思いのほか経っていることに気がつかなかった。聡美はバッグを手に持つと、急いで椅子から立ちあがった。

ふたりで別々に会計を済ませ、店を出る。

庁舎へ続く道を並んで歩いていると、小野寺がなにか考え込むように唸《うな》った。

「どうしたんですか」

小野寺は早足に歩きながら答える。

「さっきの話だが、北町中村アパートにヤクザが出入りしてたということは、アパートを焼け出された受給者の中に、その男を見た人間がいるということだ。もっと踏み込んで考えれば、金田さんのほかにも、ヤクザと繋がってる人間がいる可能性がある」

聡美は息をのんだ。たしかに、その可能性は否定しきれない。

小野寺は前を見ながら、独り言のように言った。

「暴力団がしのぎのため、生保を受給していた例がある。もし、うちの管轄内でそんなことがあったら大問題だ。生保を不正受給していたやつがヤクザだったなんてことをマスコミが知ったら、どれだけ叩かれるかわからない」

小野寺はがっくりと肩を落とすと、うんざりしたように深い溜め息をついた。

「事件とは別に、俺たちは生保受給者とヤクザが繋がっていないか、調べなければいけないな」

小野寺は自棄《やけ》気味に、ああ、と大きな声をあげると、両手を大きく上にあげた。

「本当に、ケースワーカーは大変な仕事だ」

聡美は小野寺の言葉を、肯定も否定もしなかった。ただ、仕事が増える辛さよりも、事件を追及したいという願望の方が強かった。


庁舎の近くまで戻ると、建物の周囲に人だかりができていた。サラリーマン風の男性や近所の主婦、買い物帰りのお年寄りなどが、敷地の植え込みのあいだからなかを覗きこんでいる。

「なにかあったんだろうか」

そうつぶやくと、小野寺は庁舎に向かって駆け出した。急いで聡美もあとを追う。

庁舎の入り口には、パトカーが四台停まっていた。赤色灯が忙《せわ》しなく回っている。パトカーの後ろには、白いセダンが二台、並んで停まっていた。トランクの横に無線のアンテナが立っている。おそらく覆面の警察車両だ。

小野寺と聡美は、野次馬で塞《ふさ》がっている正面玄関を避け、建物の西側にある裏口に向かった。

裏口の横に警官が立っている。聡美とそう違わないくらいの歳に見える。制服姿の警官はなかへ入ろうとするふたりの前に立ちはだかった。

「いま市役所は封鎖中です。なかへは入れません」

小野寺は首からぶら下げていた身分証を見せた。顔写真入りのＩＤカードだ。

「ここの社会福祉課の者です」

聡美も胸元の身分証をかざす。警官はふたりの顔写真を一瞥《いちべつ》した。市役所職員であることは証明できたが、それでもなかへは入れてもらえなかった。

「職員の方であっても、立ち入り禁止になってます。緊急事態ですのでご理解ください」

事件発生時に庁舎外にいた者は、全員、締め出しをくらっているということか。

「いったい、なにがあったんですか」

小野寺は警官に訊ねた。警官は事務的な口調で答える。

「事件の内容については、口外できないことになっています」

「そんな――自分の職場ですよ。なにが起きているのか、教えてくれてもいいじゃないですか！」

ものすごい剣幕で、小野寺が捲《まく》し立てる。

聡美も同じ気持ちだった。何が起きているかわかるまで、この場を離れる気にはなれない。

「立てこもりだ」

なんの気配も感じなかった背後からいきなり声がして、驚いて振り返った。

若林だった。紺色の背広を肩にかけ、グレーのネクタイをだらしなく締めている。隣には谷もいた。

「来てたんですか」

聡美の問いに若林は、抑揚《よくよう》のない声で答えた。

「俺は強行犯係だ。殺人だけじゃなくて、傷害事件や立てこもりも我々の担当だからな」

小野寺は若林に詰め寄った。

「強盗ですか」

若林は首を振る。

「詳しい事情はまだ把握できていないが、物盗りの類《たぐい》ではないようだ。生活保護の申請に来た男が、係員と揉《も》めているうちに突然暴れ出したらしい。社会福祉課の相談室に閉じこもっている、と一一〇番通報があった」

自分たちの課が事件に関わっていることに、ひどく驚く。もしかして、誰か人質にでも取られているのだろうか。たとえば、美央とか――。

自分の顔から血の気が引いていくのがわかる。小野寺の顔も蒼白だった。

「人質がいるという情報は」

小野寺の問いに若林は、さあ、と首を捻った。

「そういう情報はまだ入っていないが、男が凶器を持っていることは判明している。刃渡り二十センチほどの刃物だ」

小野寺は若林に背を向けると、入り口に立ち塞がっている警官の横をすばやくすり抜けようとした。

「君、待ちなさい!」

警官が小野寺を、後ろから羽交い締めにする。

警官の腕から逃れようと、小野寺は必死に身を捩《よじ》る。

「俺は社会福祉課で、しかも生活保護の担当者だ。自分が担当している業務に関わることで事件が起きているなら、詳しい事情を知る権利がある。通してくれ！」

呆然としていた聡美は、小野寺の大声で我に返った。

若林の前に立ち、目を見て訴える。

「もし、暴れている人間が面識のある申請者だったら、説得できるかもしれません。お願いです。なかへ入れてください」

若林は落ち着き払った態度で、首の後ろを掻いた。

「まあ、ふたりとも落ち着け。小野寺はそれ以上暴れるようなら、公務執行妨害で現行犯逮捕するぞ」

逮捕されてはたまらない、そう思ったのだろう。小野寺は抗《あらが》うのをやめて、大人しくなった。

「おい、お前」

若林が若い警官を呼ぶ。警官は緊張した面持ちで、姿勢を正し若林に身体を向けた。

「現場がどういう状況か、確認してくれ」

はっ、と短い返事をして、警官は腰に下げていた無線を手に取った。現場に状況を確認している。

警官は、了解しました、と言って無線を切ると、若林に報告した。

「現在、犯人は相談室に閉じこもったまま、立てこもっているそうです。人質はおりません。犯人はどうやら、前にも生活保護の申請に来ている男のようです。自殺の懼《おそ》れがあるため、現在、慎重に説得が続いている模様です」

前にも申請に来ているということは、やはり面識がある者かもしれない。

聡美は若林を見た。目でなかへ入れてくれと訴える。

若林は感情が読み取れない冷たい目で聡美を見ていたが、谷を見やり命じた。

「ふたりを現場へ誘導しろ」

谷が驚いた顔で若林を見る。中へ入れていいんですか、と目が言っている。

若林は親指を立てて、聡美を指した。

「この職員の言い分にも一理ある。もし、このふたりのどちらかが犯人と面識があった場合、説得できる可能性がある」

警察組織は上意下達だ。自分の意にそぐわなくとも、上司の命令には従わなければいけない。

谷は姿勢を正し、はい、と答えると、聡美と小野寺を見た。

「上司の命令ですから特別に中へ通しますが、必ず我々の指示に従ってください。くれぐれも自分勝手な行動は慎《つつし》むように」

ふたり同時に肯く。

「こちらです」

小野寺と聡美は、谷の誘導に従い社会福祉課がある三階へ向かった。若林もあとからついてくる。

すでに建物の構造は調べているのだろう。普段使われている中央階段ではなく、一階の北側にあるいまはあまり使われていない古い階段を使う。

二階と三階の間にある踊り場に差し掛かったとき、三階の通路の方からなにかが割れる音がした。

「下がって！」

緊迫した声が、あたりの壁に反響する。

前を歩いていた谷が腕を横に広げて、後ろにいる聡美と小野寺に止まれという合図を出す。踊り場に佇んだまま、聡美は身を硬くした。

谷は階段の上を睨んだまま、聡美と小野寺に再度通告する。

「もう一度言いますが、くれぐれも勝手な行動はしないように。わかりましたね」

谷は足音を忍ばせながら、三階へ続く階段をゆっくりと進んだ。

三階のフロアは静まり返っていた。事件発生当時、なかにいた職員たちは、男が立てこもっている相談室と距離をとり、ドアの隙間や壁の陰から遠巻きに眺めている。駆けつけた捜査員たちが、順に外へ避難させている。

聡美は壁の陰に隠れている職員のなかに、美央を見つけた。隅に蹲《うずくま》り震えている。隣に猪又もいた。険しい顔をして腕を組み、相談室の方を食い入るように見つめている。

「課長、美央さん」

ふたりに駆け寄る。

「聡美ちゃん、どこいっとったんじゃ。いま、大変なことになっとるんじゃ」

猪又が訊ねる。

美央は床から立ち上がり、泣きそうな顔で聡美に縋《すが》り付いた。聡美はいまにも倒れそうな美央を支えたまま、猪又に訊いた。

「いったいなにがあったんですか」

訊ねる聡美の後ろから、若林がふたりのあいだに割って入った。

「猪又孝雄さんですね。社会福祉課課長の」

このあいだ、事情聴取に来た刑事だと気づいたのだろう。猪又は神妙な面持ちで頭を下げた。

「立てこもっている男は、前にもここへ来たことがあるそうですね。男の身元はわかりますか」

猪又は肯き、男の名前は岩塚《いわつか》武《たけし》、五十三歳です、と答えた。

小野寺も聡美も、面識はなかった。

猪又の話によると、昼休みに入って間もなく、一階の受付から課に電話が入った。受付に生保の申請をしたいという男が来庁しているという。その男が岩塚だった。受付の事務員は、いま昼休み中だから午後の受付開始時間までロビーで待ってくれるように頼んだのだが、岩塚は言うことを聞かない。受付では対応しきれないから、なんとかしてくれないか、との電話だった。

仕方がなく、昼当番で部屋に待機していた高村が相談室に男を通して対応した。それで事は収まる、そう思ったのだが、そうはいかなかった。

しばらくすると高村は、食後の茶を飲んでいる猪又のところにやってきた。岩塚が一番偉い人間に会わせろとごねているという。自分が話を聞くと説得したが、聞く耳を持たない。お前じゃ話にならん、と拳を振り上げる。岩塚をこれ以上刺激しないほうがいい。ここは課長に出てもらえないか、と頼んだ。

たしか岩塚は大人しい男だったと記憶している。そういうと高村は、酒が入っているみたいです、と困惑しながら答えた。

生活保護の申請にくる人間は、誰もが穏《おだ》やかで大人しいわけではない。なかには気の荒い者もいる。後者の彼らは、担当者の対応に難癖をつけ、ともすればマスコミに駆け込むと騒ぐ。以前、暴力沙汰を起こした申請者がいたこともあり、自分が出ることで大事にならないならば、と猪又は考え、高村とともに相談室へ向かった。

部屋に入ると、酒の強いにおいがした。岩塚はかなりの酒を飲んでいた。顔が赤く視線が宙に浮いている。ジャンパーのポケットに両手を突っ込み、パイプ椅子の上でふんぞり返っていた。

岩塚の要求は、いますぐ申請書を受理しろ、というものだった。

半年前に警備会社を首になり、失業保険も切れた。仕事を探しているが見つからない。見つかったとしても、持病の喘息《ぜんそく》が悪化してまともに働けそうにない。手持ちの金が底をつき、家賃を滞納していたアパートも追い出された。

「こっちはのう、今晩の飯代もないんじゃ。このままじゃと飢え死にするしかない。ほいじゃのにこいつが、医者の書類を持ってこいとか、すぐにはどうにもならんとか、吐《ぬ》かしやがるんじゃ」

岩塚はポケットから両手を出すと、組んで机の上に置き、向かいにいる猪又に身を乗り出した。

「のう、あんたがここで一番偉いんじゃろ。あんたが首を縦に振ってくれりゃあ、それでええんじゃろ。のう、頼むわい。人助けじゃ思うて、早《はよ》う手続きしちゃってくれいや」

猪又は丁寧に、生活保護を受けるために必要な条件を説明した。条件を満たしていると証明されなければ、生保は受給できない。受給するために医者の診断書や失業証明を持ってきてもらわないといけない、と伝えた。

どうごねてもすぐには受理されないとわかると、岩塚は途端に剣呑《けんのん》な表情を剝《む》き出しにし、怒鳴り声を上げた。

「難しい話はええよ！　どうせわしがなんも知らん思うて、お茶あ濁《にご》して追い返そうとしとるんじゃろ。舐《な》めるんもええ加減にせえよ！」

いくら猪又が違うと言っても、聞く耳を持たない。世間がいかに冷たく、役人がどれほど冷酷かを語り、生活保護を要求し続けた。

このままでは終業時間を過ぎても岩塚はここに居座るだろう。説得は無駄だと判断した猪又は、とにかく日を改めて来てくれ、と話を打ち切ろうとした。

猪又が椅子から立ち上がると同時に、岩塚はジャンパーの内ポケットから刃物を取り出した。

「偉そうにしやがって！　それが市民に対する態度か！」

岩塚は猪又と高村に、交互に刃先を向ける。ふたりは仰天し、後ろへ退いた。

岩塚は意味のわからないことを叫びながら、相談室の中で刃物を振り回す。

猪又と高村が恐ろしさに動けずにいると、騒ぎを聞きつけた警備員が部屋に飛び込んできた。警備員は警棒をかざして岩塚を取り押さえようとした。しかし、振り回される刃物のせいで近づけない。

警備員が岩塚の隙を見て、猪又と高村を部屋の外へ逃がした。

廊下に出ると、窓から市役所へ向かってくるパトカーが見えた。職員の誰かが警察に通報したのだ。

ほどなく、警官がやってきた。警官は警備員を部屋から出すと、岩塚の説得を試みた。

警察が出張ってきたことが、よけい岩塚を興奮させたのだろう。岩塚は警官の説得に応じず、相談室の内側から鍵を掛けた。

岩塚は部屋のなかで、金をよこせ、とか、死んでやる、と叫びながら暴れる。ときにドアを開けて、警官に罵声《ばせい》を浴びせる。そのあと、すぐさまドアを閉めて再び鍵を閉める。その状態が、いままでも続いているのだという。

思い出しただけで冷や汗が出るのか、猪又は話し終えると額に浮き出た汗をハンカチで拭いた。

「まったく、こうも問題が続くんじゃ身が持たんよ」

猪又がぼやく。猪又が言う問題のひとつは、山川の件だろう。まだ山川の事件が解決しないうちに、新たな揉め事が起きる事態は、ストレスがたまり弱っている神経をさらに疲労させるだろう。

立てこもっている相談室のなかから、岩塚の罵声が聞こえる。

「ヤクザと手を組んでうまいことやってる受給者もいるってのに、なんでまともに申請してる俺がもらえねえんだよ！　ふざけるな！」

ヤクザと手を組んでうまいことやってる受給者——岩塚はおそらく、貧困ビジネスのことを言っているのだろう。

貧困ビジネスとは、低所得者をターゲットにし、彼らの弱みに付け込んで自分たちが利を得るビジネスだ。低所得者には生保受給者も含まれている。低所得者を食い物にする側のひとつに、暴力団がある。住居がない生保受給者に住む場所を用意してやる代わりに、受給者が手にする生活保護費から、毎月、大半の金を搾取《さくしゅ》していく。飢え死にしたくなければ、劣悪な生活環境に耐えながら、狡猾《こうかつ》な相手に利用され続けるしかない。

岩塚が警官の説得に応じる気配はない。

長期戦になると思われる事態が急転したのは、あと数人を残し、事件発生時にフロアにいた職員が外へ避難したころだった。

閉ざされていた相談室のドアが、いきなり開いた。手で開けたのではない。蹴破《けやぶ》ったのだ。なかから岩塚が、咆哮《ほうこう》をあげながら飛び出してきた。ドアの前に仁王立ちになる。目が血走り、唇が白く乾いている。興奮のためか身体が震えている。

「銭がもらえんのなら、どうせ生きていけんのじゃ。じゃったらここで、死んじゃるよう！」

岩塚は手にしていた刃物を、自分の喉元に突き付けた。

ドアの陰に待機していた警官が、後ろからすばやく岩塚に飛び掛かる。岩塚は腹這《はらば》いに倒れた。待機していたもうひとりの警官が、岩塚の背に跨《また》がり、刃物を持っている腕をねじあげる。岩塚の手から、刃物が落ちる。警官は刃物を蹴り、岩塚から遠ざけた。

岩塚は警官の下でしばらく暴れていたが、観念したのかやがて大人しくなった。背に乗っていた警官が、岩塚に手錠をかけた。岩塚は威力業務妨害、銃刀法違反等の罪で現行犯逮捕され、パトカーで署へ連行された。

岩塚がいなくなった三階は、一気に人であふれた。男の対応をした猪又と高村と、事件発生時に現場に居合わせた職員が、警察から事情を聞かれている。ほかの職員は、集まってきた別の階の職員に囲まれて、事件の話を聞かれている。

聡美は猪又の後ろに控えている一団に、眉根を寄せた。警察の事情聴取に答えている猪又の後ろには、マイクやメモ用紙を手に持ったマスコミ関係者たちがいた。社会福祉課の責任者からコメントを取ろうと待ちかまえているのだ。

「課長は大変だな。胃潰瘍《いかいよう》にならないといいが」

聡美の隣で、同じく課長の様子を見ていた小野寺がつぶやいた。

岩塚に非があったとしても、マスコミは岩塚を一方的に責めるような記事は書かないだろう。岩塚の行動は事実として報道しても、根本的な問題は社会や行政にあるという論調が、行間に見え隠れする記事にするはずだ。マスコミは常にそうだった。生活保護申請者は寄る辺《べ》ない社会的弱者で、裁量権を持つ公務員は機械的で無慈悲な強者——その見方は不正受給が問題になっている昨今でも、変わっていない。

明日の新聞には今日の事件と連動し、津川市の財政状況や生活保護受給者の数、就労支援の現状などとともに、市の対応力が問われる記事が載るだろう。そして、記事を読んだ市民から、市役所に苦情の電話が入る。通常業務に加えて、苦情の電話対応に追われると思うと、気が重くなった。

「騒ぎが収まったところで、ちょっといいですかね」

後ろから声をかけられ、振り返る。

若林がズボンのポケットに両手を突っ込んで立っていた。張りつめていた緊張の糸が切れて気が緩み、若林の存在を忘れていた。

聡美は慌てて、若林に頭を下げた。庁舎のなかへ入れてくれた礼を述べる。

言われた礼にはなにも答えず、若林は、ところで、と話を切り替えた。

「高村という職員は、岩塚の担当じゃなかったようだな。岩塚の本来の担当者は誰だったんだ」

小野寺は若林の見識違いを正した。

「ケースワーカーと呼ばれる担当者がつくのは、生保の受給が決まった人だ。申請の段階では、そのときどきで手の空いてる職員が対応する。申請者に決まった担当はいない」

なるほど、と若林は肯き質問を続ける。

「山川さんが岩塚の応対をしたことは」

小野寺が答える。

「なかったはずだ。山川さんはケースワーカーとして、多くの受給者を抱えていた。課員は全員それを知っているから、申請者の応対をはじめとする別な業務は、極力、他の課員があたっていたんだ」

「じゃあ、山川さんと岩塚は面識がなかった、ということだな」

若林が確認する。小野寺は、むっとした顔をした。

「はっきりとは言えないが、自分が知っている限りはそうだと思う」

若林の隣では、谷が小野寺の言葉を手帳にメモしている。

それにしても、と若林は思い出したように笑った。

「こうも事件が続くのは、どうしてだろうなあ。偶然、時期が重なったとも言えるが、なにか根本的な問題があるんじゃないかなあ。たとえば、日頃の業務のあり方とか」

「山川さんと今日の事件が起きたのは、俺たちのせいだと言いたいのか」

小野寺は怒りを含んだ眼で、若林を睨みつける。その視線を、若林は涼しい顔でいなした。

「そうは言ってはいない。ただ、何事にも結果には原因がある、そう言いたいだけだ」

小野寺は、若林の前に立つと真っ向から見据えた。

「今日のことはさておき、あんたの言い方だと、山川さんが殺されたのは本人に原因があったと聞こえるが」

小野寺と若林の視線が、真っ向からぶつかる。

「あの」

黙っていられず、聡美は話に割って入った。

小野寺は若林を睨みながら、聡美に言った。

「聡美ちゃん、邪魔しないでくれ。俺は前から、こいつの言い方が気に入らなかったんだ。いつも上から目線で、誰より俺が偉いみたいな態度しやがって。よりによって今度は、山川さんが殺されたのは自業自得だみたいな言い方をする。もう耐えられん」

小野寺の気持ちはわかる。聡美も同じ思いだ。しかし、刑事を敵に回してもいいことはない。むしろ、今後、情報を教えてもらえなくなることも考えられる。若林の前で本音は言えず、聡美は当たり障りのない言葉で、小野寺を制した。

「落ち着いてください。これ以上、騒ぎを起こしたら、もっと大変なことになります。課長にも迷惑がかかります」

聡美の言い分ももっともだと思ったのか、小野寺は唇を噛むと、若林から乱暴に視線を逸らした。言い争いには慣れているのだろう。若林は動じる様子もなく、首の後ろに手を当てて頭をぐるりと回している。

小野寺の怒りにまったく無関心な若林に、聡美の胸にも苛立ちが込み上げてくる。

聡美は若林と向き合うと、顎をあげて下から睨んだ。

「若林さんはここに来た理由を、自分が傷害や立てこもりといった強行犯の担当だからだと言いましたよね。でも、理由はそれだけではないんじゃないんですか。本当は、山川さんの事件に関して知りたいことがあって来たんじゃないんですか」

そうでなければ、別の事件の現場で、山川の名前を出すはずがない。

若林は聡美の目をじっと見つめていたが、口角をあげてにやっと笑った。

「勘がいいやつは昔から嫌いじゃない。話が早くていい。実は今日、立てこもり事件がなかったとしても、市役所に来る予定だったんだ。あんたの想像どおり、山川さんの件でね」

やはり。

聡美は若林に詰め寄った。

「山川さんのことで、なにかわかったんですか」

若林は、まあまあ、と言いながら、聡美を押し止めるように両手を前に出した。辺りの様子を窺いながら言う。

「立ち話もなんだから、空いている会議室でも拝借できないかね。時間はそんなにかからない。このあいだ持ち帰った、北町中村アパートに住んでいた生保受給者の記録について、訊きたいことがある」

「記録について？」

聡美は聞き返した。

若林は、職場に事情聴取にきたときに、火災現場のアパートの住人に関する資料を提供してほしい、と言い、北町中村アパートに住んでいる生保受給者の記録をコピーして持ち帰っていた。

「聞くところによると、死亡した山川さんの後任は、あんたたちふたりだそうだな」

おそらく、北町中村アパートに住んでいた生保受給者の誰かから聞いたのだろう。

「後任のあんたたちから、聞きたいことがある。少し時間をもらいたい」

言葉では頼んでいるが、言い方は明らかに命令調だった。

捜査の協力は拒否できない。

聡美は小野寺を見た。

「いまの話、課長補佐に伝えてきます。先に会議室に行っていてください」

本来ならば課長である猪又に指示を仰ぐべきところだが、猪又はいま現場検証の立ちあいで忙しい。となると、立場から考えて次席の倉田に指示を求めるのが筋だ。

小野寺も同じように考えたのか、頼む、とひと言だけ言った。

倉田は自分の席にいた。事件続きで頭を痛めているらしく、難しい顔で腕を組んだままうつむいている。

聡美は倉田の机の前に立つと、若林の言葉を伝えた。疲れ切っているのか倉田は、捜査には協力しないとな、とつぶやいた。

聡美は肯くと、若林のもとへ向かった。

第一会議室に入ると、若林と谷は窓を背にしてすでに椅子に座っていた。机を挟む形で小野寺も座っている。

聡美が小野寺の隣に腰を下ろすと、若林は、さて、と話を切り出した。

「殺された山川さんが担当していた生保受給者、特に、北町中村アパートに住んでいた生保受給者に関して、その後なにか気づいたことはないか」

北町中村アパートに住んでいた生保受給者は六人。行方不明になっている金田良太、北町にある市営住宅に仮転居した徳田真、加藤明、安田憲一、西町の市営アパートに仮転居した白川正志と安西佳子だ。

聡美の脳裏に、佳子の顔が浮かんだ。山川が自分のことを記録していたと知ったときの佳子は、明らかに動揺していた。なにかに怯えるかのように、震えていた。

そのときの佳子の様子を、若林に伝えるべきか聡美は迷った。

佳子の様子がおかしかったのは、山川の死にショックを受けたから――本人が言ったように、ただそれだけの理由からかもしれない。だとしたら、余計なことを口にすべきではない。佳子が事件に関与しているかのような、誤った印象を刑事に与えてしまう懼れがある。でも、もし佳子が山川の死に関してなにか知っているとしたら、自分は重大な情報を若林に伝えないことになってしまう。

――どうしよう。

聡美が決めかねていると、若林が沈黙を破った。

「火災が起きたあのアパートに暴力団の組員が出入りしていた、という情報があるんだが、そういう話は入ってないか」

聡美は息をのんだ。小野寺が言っていたとおり、すでに警察はアパートに出入りしていた胡散臭《うさんくさ》い男の情報を摑んでいた。おそらく、西海と渋谷から聞いたのだろう。

若林は肘を机につくと、探るような目で下から聡美を見た。

「もう気づいているだろうが、あんたのお兄さんの友人から聞いた。行方不明になっている金田良太のところに、暴力団組員がよく来てたってね。いま、どこの組の者か調べている。まあ、すでにあたりはつけてるけどな。北町のあたりは高坂《たかさか》組系、道和《どうわ》会の縄張《シマ》りだ。道和会をつつけば、組内じゃないとしてもいずれ、該当者が出てくる。蛇《じゃ》の道は蛇《へび》だからな。だが、その前にあんたたちが出入りしていた組員に関してなにか知っているなら、教えてもらいたい」

若林はそのあと、隠してもなんの得にもならないぞ、と付け加えた。

同僚を殺した犯人逮捕を願う自分たちが、どうして情報を隠す必要があるのか。殺された被害者の同僚までも、疑いの目で見る若林に怒りを覚える。

隠してなどいない、そう聡美が言うより早く、小野寺が答えた。

「俺たちはなにも知らないし、隠してもいない。アパートに組員が出入りしていたことも、今しがた知ったばかりだ。これから調べようと思っていたところに、あんたたちが来た」

「そうか」

若林はそうつぶやくと、隣にいる谷を見た。谷は足元に置いていたカバンから書類の束を取り出し、若林の前に置いた。以前、コピーして持ち帰った、北町中村アパートに住んでいた生保受給者の記録だ。

若林は身を起こし、目の前に置かれた生保受給者の記録を手に取ると、ぱらぱらと捲《めく》った。

「この、生保受給者の記録ってのは、受給者の日ごろの暮らしぶりや生活環境を書くんだったな」

「そうです」

聡美が答える。それなのに、と言って若林は書類を放るように机に置いた。

「ここには、アパートに組員らしき人間が出入りしていた記述が、一行もない」

言葉がない。小野寺も答えられずにいる。小野寺と聡美が、疑問を抱いていたことだ。

若林はふたりを交互に見やりながら、書類を指先で弾いた。

「ここに、なぜ記載されてないんだ。山川さんは、長く北町中村アパートを担当していた。素性《すじょう》の怪しい男が出入りしていたことは、当然、知っていたはずだ。それなのに、ここにはヤクザのヤの字も出てこない。誰が見ても、意図的に記さなかったとしか思えない。なぜだ。その理由を知らないか」

自分を見つめる目の鋭さに身が竦む。自分がなにかしらの事件の犯人で、若林に事情聴取をされたら、すぐにすべてを吐いてしまうと思うほどの凄味があった。

聡美は膝の上に置いていた拳を強く握ると、勇気を出して若林の目を見返した。

「いくら訊かれても、知らないものは知りません。私たちだって、なぜ山川さんが書類に記載していなかったのか知りたいんです」

若林は聡美の真意を探るように、目の奥をじっとみていたが、やがて視線を外し諦めたように肩の力を抜いた。

「本当に知らないようだな。もし、嘘をついているとしたら、相当の役者だ」

小野寺が椅子を強く後ろに引き、勢いよく立ちあがった。

「俺たちが嘘をつくわけがないだろう！　こっちは協力してやってるんだ。大人しくしてればつけあがりやがって。こっちにだって限界がある」

聡美は小野寺の腕を摑み、椅子に座るよう促す。

「落ち着いてください、小野寺さん」

小野寺の激昂《げっこう》に動じる様子もなく、若林は抑揚のない声で言った。

「疑うのが、刑事の仕事でね」

小野寺は唇を震わせ若林を睨んでいたが、聡美が再度腕を引くと、大きく息を吐いて椅子に腰を戻した。だが、若林と目を合わせようとはしない。明後日の方向を向いている。

聡美は部屋の重い空気に耐えきれず、今日の事情聴取はここまでにしてほしいと頼んだ。

「若林さんもお仕事があるように、私たちにも業務があるんです。本来、この時間は就業時間です。もう戻ってもいいですか」

若林は、ああそうか、と気のない返事をして事情聴取を打ち切り、時間を取らせた詫《わ》びを言った。詫びの言葉に気持ちがこもっていない。いつものことだ。

「じゃあ、忙しいなか時間を割いてもらった礼に、ひとつだけ教えてやろう」

若林は椅子から立ち上がると、椅子に座っている小野寺と聡美を見下ろした。

「アパート火災で焼け出された安西佳子さんについてだが」

聡美は眉をひそめた。どうしてここで佳子の名前が出てくるのだろう。小野寺も不思議に思ったらしく、探るような目で若林を見ている。若林は顎をしゃくるようにしてふたりを斜に見ると、得意げな声で言った。

「そこの書類には記載されていないが、安西佳子には男がいる。名前は立木智則《たちきとものり》、四十五歳。付き合いは十年以上になる」

はじめて耳にする話だった。若林が言うとおり、書類に男の存在は記載されていない。安西も付き合っている相手がいるとは、ひと言も言っていなかった。小野寺も隣で驚いている。

知らなかった、と聡美がいうと若林は、だろうな、とつぶやいた。

「どういう意味ですか」

聡美は訊いた。聡美たちが知らないことを、すでに知っていたかのような口ぶりだ。

「安西佳子に男がいることを知らなかったということは、立木という男がどういうやつかも知らないってことだろう」

聡美は肯く。若林はもったいぶるような口調で言った。

「立木は、ヤクザなんだ」

「なんだって」

隣で小野寺が声をあげた。若林は視線を小野寺に向けた。

「アパートがあった北町のあたりは高坂組系、道和会のシマだと教えたよな。立木はその道和会の組員だ」

聡美は声を失った。金田良太と安西佳子、小さなアパートの中で、ふたりの人間が暴力団組員と関係を持っていた。これは偶然なのだろうか。

若林はふたりの後ろに回ると、朗読するようにつぶやく。

「金田の件同様、アパートを担当して長い山川さんが、安西のところに組員が出入りしていたことを知らなかったはずはない。山川さんは、金田と安西のふたりが組員と関係していたことを、書類に書いていなかった。隠していたんだ」

聡美は何も言い返せなかった。小野寺も反論できずにいる。

若林は机に片手をつくと、腰をかがめて聡美と小野寺の顔を覗き込んだ。

「山川さんが殺された事件には、なにかしらの形で暴力団が絡んでいると、俺は見ている。人間関係、女、金、なんでもいい。裏に組員がいると思われるようなトラブルを山川さんが抱えていた様子はなかったか」

聡美は混乱する頭を、必死に整理しようとした。なぜ山川はアパートに組員が出入りしていた事実を隠していたのだろう。もしかしたら、山川自身が暴力団と関係を持っていて、それを知られたくなかったからだろうか。

聡美の脳裏に、黒く煤けた腕時計が浮かぶ。山川は高額な腕時計を購入した金をどこから出していたのか。もしかして、きれいな金ではなかったのではないだろうか。たとえば、暴力団から出ているような、口に出せない金だ。

聡美は唇を嚙んだ。

若林は二人の様子をしばらく見ていたが、今日はこれ以上訊くことはないと思ったのか、谷に退室を促した。

若林はドアの前で立ち止まると、椅子から立ち上がり、ふたりの刑事を見送っている聡美と小野寺を振り返った。

「俺たちは引き続き、山川さんの周辺を当たる。なにか思い出したら、すぐに連絡をよこせ。津川署に電話をして名乗れば、俺に繫がるように手配しておく」

そう言い残し、若林は谷を引き連れて会議室を出ていった。

二人きりになった部屋で、聡美と小野寺は言葉も交わさずに佇んでいた。

頭が混乱している。自分が知っている山川が、ずるずると崩れていく。

立ちくらみを覚えて、聡美は椅子に寄り掛かった。

「大丈夫か」

小野寺が、聡美の身体を支える。

「緊張からくる貧血かもしれない。まだここで休んでいたほうがいい」

大丈夫です、と口では言ったが、足元はふらついていた。

「あんなことがあった後だ。パトカーの次に救急車が来たんじゃ、庁舎は大騒ぎだ。なにか冷たいものを持ってくるから、座って待ってろ」

小野寺の言うとおりだ。これ以上、騒ぎを起こしたくない。なにより、救急車で病院に運ばれるようなことになれば昌子に心配をかけ、亮輔から大目玉を食らうことになる。

聡美は崩れ落ちるように、椅子に腰を下ろした。小野寺は、待ってろよ、と繰り返し会議室を出ていった。

ほどなく、スポーツドリンクのペットボトルを手に、小野寺が戻ってきた。

「ほら」

机の向かいから、ボトルを差し出す。

冷えたドリンクを口にすると、ぼんやりしていた頭がすっきりとしてきた。上を向いて、はあ、と大きな息を吐く。その様子を見ていた小野寺が、ほっとしたように笑った。

「大丈夫そうだな。悪かった顔色も、もとに戻った」

聡美は肯き、笑みを返した。

小野寺は自分のペットボトルを開けると、半分ほど一気に飲み、聡美に背を向け窓の外を見た。聡美も小野寺の視線を追う。

初夏の夕風に、敷地の木々の葉が揺れている。

窓の外に目を向けたまま、小野寺はつぶやいた。

「なんだか、いきなり巨大な迷路にポンと放りこまれたような感じだな。行けども行けども、どん詰まり。ゴールが見えない」

でも、と勢いよく聡美を振り返った。

「だからといって、俺らがなにもしないわけにはいかない。警察は警察で調べを進めるだろうが、俺たちは俺たちで、やらなければいけないことがある」

小野寺は固い決意を含んだ目をした。

「金田さんと安西さんが、ヤクザとどんな関係だったのか、独自に調べる」

聡美は戸惑った。金田と佳子、ふたりの周辺は警察というプロの捜査機関が調べはじめている。一介の市民である自分たちに、いったいなにが出来るというのか。

そう言うと小野寺は、違う、というように首を振った。

「たしかに警察も、ふたりの周辺を調べる。でも、警察と俺たちは、調べる目的が違う。警察は山川さんを殺した犯人を突き止めるために、ふたりの周りを調べる。俺たちが調べる理由は、生保受給者の生活管理と就労支援、それから不正受給を防ぐためだ」

小野寺は、机の上に置かれたままになっている生保受給者の記録を手にした。

「生保受給者とヤクザとの関わりを、山川さんが記載していなかった理由はわからない。そこを調べるのは警察の役目。生保受給者の自立を促し、不正受給が疑われる場合はその受給者を調べて適正に対処するのが役所の役目」

小野寺は、強い視線で聡美の目を見た。

「警察には警察の仕事があるように、俺たちには俺たちの仕事がある。いま、俺たちがすべきことは、自分たちの職分を尽くすことだ」

ふいに、笑いが込み上げた。笑いをこらえる聡美に、小野寺は眉根を寄せた。

「なんだよ。なんかおかしなこと言ったか」

聡美は首を振る。

「小野寺さんはこのあいだ、自分はこの仕事に向いてないって言ってたじゃないですか。でもそんなことない。いまの小野寺さん、山川さんと似ています。山川さんも、自分の職分を尽くしていました」

小野寺は虚《きよ》をつかれた様子だったが、聡美から気恥ずかしそうに顔を背けた。

「あいつのせいだ」

あいつとは誰のことだろう。

小野寺は忌々《いまいま》しげに言った。

「若林だ」

先刻、部下を引き連れて会議室を出て行った、紺色のスーツの背中が蘇《よみがえ》る。若林のなにが、小野寺のやる気に火をつけたのか。

「あいつ、今回の事件は、山川さんや俺たちが仕事の手を抜いていたから起きたみたいな言い方をしただろう。たしかに俺は、今の仕事に使命感を持っているのか、と訊かれたら自信をもって肯くことはできない。自分が生きていくための、喰《く》い扶持《ぶち》を稼ぐための手段のひとつとしか思ってないからな。でも——」

小野寺は言葉を区切り、再び窓の外に視線を向けた。

「俺は、仕事をおろそかにしたことは一度もない」

怒りと悔しさを含んだ声音に、聡美は身を硬くした。小野寺の静かだが強い自負に、胸が熱くなる。

聡美は小野寺の意見に賛同した。

「私も調べます、一緒に」

小野寺は聡美を振り返ると、照れ隠しなのか、おどけた口調で言った。

「そうくると思った。頼りにしてるよ、聡美ちゃん」

「でも」

現実に立ち返って、聡美は声を落とした。

「調べると言っても、どこから調べたらいいんでしょう。金田さんは行方不明だし、安西さんにしても、担当になってまだ日が浅い私たちに話すとは思えません」

聡美の不安を予想していたかのように、小野寺は余裕の笑みを浮かべた。

「当事者から聞けないなら、周りから聞くさ」

生保受給者には、すでに肉親が他界し親兄弟もおらず、頼れる身内がいない者も少なくない。だが、戸籍を辿っていけば、伯父や叔母など、遠縁にあたる者が見つかるケースもある。佳子にはたしか、伯父がいたはずだ。もし、探し出せなければ、以前、勤めていた化粧品会社の人間でもいい。佳子の身辺に詳しい人物を捜し出し話を聞く、という。

「安西さんだけじゃない、金田もそうだ。もし、ふたりがヤクザと関係があり、不正受給に手を貸しているとしたら、事は急を要する。すぐに手を打たなければいけない」

聡美の耳に、岩塚の声が蘇った。

——ヤクザと手を組んでうまいことやってる受給者もいるってのに、なんでまともに申請してる俺がもらえねえんだよ！

貧困ビジネスは、生活保護を扱う機関で常々問題視されていた。受給者に渡るはずの生活保護費が、受給者をすり抜け、別な者の懐に収まることも問題だったが、その流れた金が暴力団の資金源となっている事例もあったことから、福祉機関は貧困ビジネスの対策を思案していた。

小野寺は椅子から立ち上がると、出口へ向かった。

「まずは安西さんの方からあたる。このあいだ自宅を訪問したときに感じたが、精神的にかなり追いこまれているようだった。金田を調べるのはそのあとだ」

脳裏に安西の、生気のない虚《うつ》ろな目が浮かぶ。

椅子から立ち上がると、聡美は会議室を出ていこうとする小野寺に叫んだ。

「私が安西さんのことを調べます」

小野寺が振り返り、心配そうに言う。

「体調はもう大丈夫なのか」

聡美は大きく肯いた。なにもせず、じっとしていることの方が辛い。

小野寺は嬉しそうに笑った。

「じゃあ、頼む。実は社会福祉センターの所長に、明日までに送らないといけない書類があるんだ。聡美ちゃんが調べてくれると助かる」

「まかせてください」

聡美は小野寺に笑みを返した。


第一会議室を出た聡美は、住民課へ向かった。顔見知りの職員に、佳子が生保受給者であることの書類を見せ、彼女の家族構成を確認したいから戸籍を見せてほしい、と頼む。

佳子の戸籍はすぐに見つかった。佳子の記録に記されていた本籍地は津川市だった。別な土地だったら、本籍を置いている役所に問い合わせなければいけないところだった。手間と時間が省けたことを幸運に思う。

手渡された佳子の戸籍に目を通す。佳子の伯父は、佳子の母親、安西典江《のりえ》の兄だった。名前は安西隆康《たかやす》、典江の五歳上で、今年で七十三になる。住居地は上浦町《かみうら》。津川市の南に位置する、古い寺や神社が多くある地区だ。

深い付き合いはないとしても、同じ市内に住んでいるのだ。慶事や弔事のときに、顔を合わせているかもしれない。聡美は手にしていたメモ帳に隆康の住所を控えると、手間をとらせた詫びを言い、住民課をあとにした。

社会福祉課に戻ると、聡美は小野寺の席へ向かった。書類を捲っている小野寺の横に立ち、声をかける。

「住民課で安西さんの戸籍を調べてきたんですが、安西さんの伯父の自宅は上浦町にありました。住所は……」

聡美が上着のポケットから、安西隆康の住所を記したメモを取り出そうとしたとき、小野寺が聡美の言葉を遮《さえぎ》り、席から立ちあがった。

「聡美ちゃん、ちょっと」

聡美の腕を取り、足早に部屋を出る。連れ出された聡美は、戸惑いながら訊ねた。

「どうしたんですか」

小野寺は廊下の隅に聡美を連れていくと、あたりに人がいないことを確認し、小声で言った。

「猪又課長だ」

聡美は眉をひそめた。さきほど部屋に入ったとき、猪又は席でパソコンを叩いていた。いつもと変わりない様子だったが、なにかあったのだろうか。

　小野寺は腕を組んで、難しい顔をした。

「俺が課に戻ると、課長もちょうど現場検証から戻ったところだった。席についた課長に若林から聞いた話を伝えて、金田と安西が暴力団関係者と関わっているなら問題だ、警察とは別に行政として調べてみると言ったんだ。そうしたら、急に顔色を変えて、そんな必要はないって不機嫌になってしまって」

　聡美は首を傾げた。

「どうして課長が不機嫌になるんですか。受給者が置かれている状況を把握することは、ケースワーカーの大切な仕事だし、もし不正が働かれているとしたら、早急に対処する義務があります」

　聡美がそう抗議すると、小野寺は、わかってる、と答えた。

「俺もそう言ったんだ。でも課長は考えを変えない。生保受給者は金田や安西だけじゃない。ほかにケースワーカーの助けを必要としとる受給者がごまんといる。ふたりだけに時間を割いている余裕はないの一点張りだ。同僚が殺されて悔しい気持ちはわかるが、その件じゃ警察が動いている。日常の業務を滞《とどこお》りなくこなすことが、自分たちにできる一番の供養だ、だと」

　聡美は唇を噛んだ。猪又の言い分はわかる。たしかにいま課は、以前にも増して人手が足らない状況だ。金田や安西だけに、関わっているわけにはいかない。だが、多忙を理由に目の前の問題をやり過ごしても、他の受給者の懸案を解決できるとは思わない。

　聡美の考えに、小野寺も同意した。

「俺もそう思う。ひとつの問題すら解決できない者が、残りをクリア出来るはずがない」

　小野寺は、視線を遠くへ飛ばした。

「保身かな」

猪又はあと二年で退職する。このまま何事もなければ、社会福祉課の課長で職員人生を終えるはずだという。

「すでに、山川さんと今日の岩塚の問題が起きてる。これ以上問題が起きれば、庁舎外の関連施設にでも飛ばされないとも限らない。そうなったら、経歴だけでなく退職金にも響いてくる。自分がいるあいだは、問題に目をつぶってやり過ごしたいのかもしれない」

小野寺が言った保身とは、そういう意味だったのか。

だが、と言って小野寺は組んでいた腕を解き、固い決意を含んだ目を聡美に向けた。

「課長個人の事情と、俺たちの仕事は関係ない。俺は課長の意にそぐわなくても、金田と安西の担当ケースワーカーとして、責任を持って事にあたる」

しかし、と小野寺は険しかった表情を緩めた。

「聡美ちゃんは無理しなくていい。陰で動いていることが課長に知れたら、大目玉くらう。それだけで済めばいいが、場合によっては人事考課にも影響しかねない」

聡美は強く首を横に振った。

「金田さんと安西さんの担当は、小野寺さんだけじゃありません。私もです」

聡美の返事に、小野寺は嬉しさと困惑が入り混じった表情を浮かべた。

「俺と同じで、聡美ちゃんも出世しないタイプだな」

聡美は今度は、笑いながら肯いた。


その日の業務を終えると、聡美は市役所を出た。

課を出るとき、猪又と倉田はまだ部屋に残り、壁に備え付けられているテレビを睨んでいた。ちょうど、全国ニュースが放送されていた。このあと流れるローカルニュース枠で、今日の岩塚の事件を、地元のテレビ局がどのように報道するか気になるのだろう。

聡美は社会福祉課がある三階から、階段で地下へ降りた。道路を挟んで建っている庁舎と駐車場は、地下通路で繋がっている。駐車場は市が経営しているもので、一階から三階は庁舎の近くにある私立図書館利用者を主とする一般用、四階から六階は職員用になっていた。

エレベーターで四階まで昇り、スチール製のドアの前に立つ。十五分ほど経ってから、小野寺がやってきた。エレベーターから降りた小野寺は、お待たせ、と片手をあげると、近くに停めてあった白いワーゲンに乗り込んだ。聡美も助手席に乗る。一緒に退庁すると、ふたりでよからぬことを企んでいると感づかれないとも限らないと考え、時間をずらして出てきた。

「退社時間をずらして駐車場で待ち合わせなんて、人目を忍ぶ間柄みたいだな」

小野寺の冗談を無視し、聡美は手にしていたメモを開いた。安西佳子の伯父、安西隆康の自宅の住所が書かれているメモだ。小野寺はその住所を備え付けのカーナビに入力すると、車を発進させた。

隆康の自宅は、上浦町の外れにある定禅《じょうぜん》寺の北側にあった。庭に松や椿が植えられている、純和風の家だ。小野寺と聡美は寺の境内の駐車場に車を停めて、隆康の家へ向かう。

玄関に取り付けられているチャイムを押すと、中から軽い足取りが聞こえ、引き戸が開いた。と同時に、元気な声がした。

「どちらさまですか！」

玄関には、四歳くらいの男の子がいた。胸に戦隊ヒーローのキャラクターが描かれたトレーナーを着ている。裸足《はだし》だ。男の子は、突然訪ねてきた見知らぬ客を、物珍しげに眺めた。

「これこれ、翔《しょう》ちゃん。玄関に裸足で出ちゃいけんて、いつも言うとるでしょ」

声がした方を見ると、玄関から続く廊下の奥から、年配の女性が小走りに駆けてくるのが見えた。白いものが交じった髪や目尻の皺《しわ》の深さから推察するに、おそらく祖母だろう。女性は玄関の上がり框《かまち》までやってくると、子供に戻るよう手招きした。男の子は三和土《たたき》から床にあがると、汚れた足のまま女性の横をすり抜けて奥へ駆けていった。

「すみません、きかん子で。ところで、どちらさんでしょうか」

女性は子供の非礼を詫びながら、小野寺と聡美を眺めた。

小野寺はバッグに手を入れ、市役所のパスケースを取り出し掲げて見せた。

「津川市役所、社会福祉課の小野寺と申します。隣にいるのは、同僚の牧野です」

聡美がお辞儀するのを待って、小野寺が続ける。

「安西隆康さんのご自宅はこちらでよろしいでしょうか」

「隆康は夫ですが、市役所の方がなんの御用でしょうか」

隆康の妻は戸惑った表情を浮かべた。小野寺は両手をベルトの上あたりで合わせると、神妙な面持ちで答えた。

「隆康さんの姪御《めいご》さん、安西佳子さんについて少々伺いたいことがありまして」

安西佳子の名前を聞いたとたん、女性の顔色が曇った。縁起でもないものを聞いた、そんな表情だった。

廊下の奥から、さきほどの男の子の甲高い笑い声が聞こえた。誰かと遊んでいるような気配だ。

隆康の妻はどうすべきか迷っているようだった。視線を落としたまま、青いチェック柄のエプロンの端を手でいじっている。なんにせよ、とりあえず夫に知らせるべきだと思ったのだろう。顔をあげると、お待ちください、と言い残し奥へ戻っていった。

廊下の奥で引き戸を開ける音がし、その直後、子供の笑い声が止んだ。物音ひとつしない。静寂があたりを包む。

「どうしたんでしょう」

聡美が小声で小野寺に訊ねたとき、突然、子供の泣き声が聞こえてきた。もっと遊ぶ、おじいちゃんの嘘つき、と叫んでいる。隆康の妻が懸命にあやす声が聞こえて、子供の泣き声が家の奥へと、小さくなっていった。

ほどなく、廊下の奥から男性が現れた。寝間着の上にグレーのカーディガンを羽織り、少なくなった髪を丁寧に後ろに撫でつけている。隆康と思しき男性は玄関までやってくると、小野寺と聡美を見やりながら、安西です、と無愛想に言った。迷惑そうな表情から、小野寺と聡美がこの家にとって招かれざる客であることが窺えた。

「おくつろぎのところすみません。隆康さんですね。姪御さんの佳子さんのことで、伺いました」

隆康は表情を変えず、ぴしゃりと言った。

「佳子の件でしたら、以前、お答えしたはずです。私どもも、自分たちの暮らしで精一杯です。佳子の面倒は見られません」

どうやら隆康は、佳子の扶養の件で市役所職員が訪ねてきたと思っているらしい。小野寺は隆康の早とちりを正した。

「今日は、そのお話で伺ったのではありません。生活保護の案件できたわけではないので、ご安心ください」

扶養の話でないのならばいったい何の用事なのか、隆康はそう言いたげに眉をひそめた。小野寺は言葉を続けた。

「今日は、佳子さんご自身のことについて、お話を伺うためにきました」

「あなた」

隆康の後ろから声がした。廊下の奥に妻がいた。妻は夫の側までやってくると、遠慮がちに訊ねた。

「佳《よっ》ちゃんがどうかしたの」

隆康は答えにくそうに、まあな、とつっけんどんに答えた。妻は少し考えるような素振りをしたが、意を固めたように隆康と小野寺たちを交互に見やると、立ち話もなんですから、と家の奥へ促した。

「さ、どうぞ」

妻はスリッパを二足出すと、慌ただしく奥へ引っ込んだ。おそらく、茶の用意でもするのだろう。

隆康が諦めたように息を吐く。

「博子《ひろこ》があぁ言うんじゃけ。あがってください」

廊下の奥にある茶の間は、仏間と続きになっていた。二間で二十畳以上はある。かなり広い。畳の上には、ミニカーや絵本などの子供の玩具《おもちゃ》が散らばっていた。

「すみません、散らかしとって」

博子が玩具を手早く部屋の隅に寄せる。聡美は気ぜわしく動いている博子に詫びた。

「いきなり訪ねてきて、お騒がせして申し訳ありません。どうぞお気づかいなく」

「翔はどうした」

隆康が博子に訊ねる。博子はミニカーを籐《とう》のかごに入れながら答えた。

「おじいちゃんと遊ぶって泣いてましたけど、おじいちゃんの御用が終わるまでいい子にしていたら後でアイスあげるけん、いうたら大人しゅうなりましたよ。いま上で、アニメのＤＶＤを見とります」

博子は足元を片づけると、お茶をお持ちします、と言って茶の間の隣にある台所へ入っていった。

部屋の中が静かになると、隆康が話を切り出した。

「ほいで、佳子のなにを聞きたいんですか」

協力する、というより、厄介《やっかい》事を早く終わらせたい、そんな雰囲気だ。小野寺は手短に用件を述べた。

津川市には現在、千三百件にのぼる生活保護世帯がある。市役所は定期的に生保受給者の親族を訪問し、受給者本人の生活環境を調査している。そう前振りしたうえで、小野寺は言った。

「行政としては、受給者の身になにかあったときの連絡先を、把握しておく必要があります。そのような理由で、受給者の親族を訪ねてお話を聞いて回っている次第です」

小野寺は、もっともらしい嘘をついた。あなたの姪御さんが暴力団組員と関わっているかも知れないから調べにきた、とは口が裂《さ》けても言えないところだ。

小野寺の方便を、隆康は信じた様子だった。腕を組むと難しい顔をして、葬儀は出せないが骨を引き取るぐらいはしてやらないこともない、とつぶやいた。

「わしとあれの母親の典江とは、ふたりきょうだいです。典江と佳子の父親は、佳子が中学のときに離婚しました。別れて以来、父親からはなんの連絡もありません。典江が亡くなったいま、佳子にとって身内と呼べる人間は、もうわししかおらんです」

聡美は、仏間の長押《なげし》の写真に目をやった。八十前後の男女の写真の横に、四十過ぎくらいの女性の遺影が、少し小ぶりの額に入れて飾られている。八十前後の男女は隆康の両親だろう。四十代の女性は、目元の感じが佳子と似ていた。

聡美の視線に気づいた隆康は、後ろを振り返り遺影を眺めた。

「あれが妹の典江です」

隆康は視線をもとに戻すと、誰にでもなく言った。

「典江はいまから十七年前に、交通事故で亡《の》うなりました。事故の原因は、トラックを運転していた男の居眠りと信号無視です。横断歩道を歩いていた典江は、猛スピードで突っ込んできたトラックに撥《は》ね飛ばされて命を失った。典江の位牌《いはい》はわしが引き取り仏壇に祭ってますが、佳子のやつはもう何年も、線香のひとつもあげにこない。まあ、いまのような暮らしをしている限り、わしにも典江にも合わせる顔がないんでしょう」

語尾には不満というより、愚痴に近いニュアンスが含まれていた。

いまのような暮らし、というのは生活保護受給のことだ。小野寺も察したらしく、隆康に向かって諭すように語りかけた。

「生活保護は、なにかしらの理由で生活に困窮《こんきゅう》する方に対し、程度に応じて必要な保護を行う制度です。生活保護を受けているからといって、恥ずかしく思う必要はありません。ですから、姪御さんのことも……」

「たしかに」

小野寺の説明を、隆康の強い声が遮った。

「名前は小野寺さん、でしたか。あなたがおっしゃるとおり、病気や怪我で働くことができず、生活保護を受けている人もいるでしょう。わしだって、そういう人たちを貶《おとし》めるつもりはない。心身の問題ならば、自分ではどうしようもないですからね。わしが言いたいのは、生活保護を受給している人間すべてが、本当に受給する資格があるのか、ということです。世の中には己のだらしなさや弱さから、結果的に行政の世話になっている者もいる。わしはそういう者を、擁護したくない」

隆康の言い方だと、佳子は後者だ、と受け取れる。だが、山川が残した記録によると、佳子は肝臓を患い、働きたくても働けなくなっている。明らかに前者ではないのか。第一、たとえ正論であっても、それを受給者の身内が言うか、という違和感が残る。

聡美が複雑な思いに囚われたとき、博子が茶の間に戻ってきた。盆に三人分の茶を載せている。博子は茶をそれぞれの前に置くと、腰を半分だけ下ろし隆康に言った。

「うちは翔のところにいますけ、なにかあったら呼んでください」

孫のことを理由にしているが、聡美には、博子が夫の立場を気遣って席を外したように思えた。佳子の名前を聞いたときの隆康の表情から、隆康が姪を疎ましく思っていることはわかる。博子は夫の、身内の恥を聞かれたくない、という気持ちを察したのだろう。

博子が部屋から出ていくと、小野寺は話を続けた。

「佳子さんのことは、昔からよくご存じだったんですか」

隆康は、どう答えていいかわからない、といった表情を見せた。

隆康の話によると、佳子の母親の典江は離婚するまでは、佳子を連れて自分の実家である隆康のもとを、よく訪れていたという。

「身内のことをかばうわけじゃあないが、典江が結婚した男ってのが、だらしのない奴でね。向こうの両親が遅くに持った一人っ子じゃったから、大事に育てられたんでしょう。車の営業マンをしていたんだが、仕事でミスをすると落ち込んで会社を休んだり、ちょっと上司から叱られると出社拒否になったり。自分の弱さを棚に上げて、自分にこの仕事は合わないと職を転々とし、最後は典江のヒモになっとりました」

夫が働かなくなってから、典江は幼い佳子を託児所に預けて、夜の仕事をはじめた。典江が働かなければ、生活が成り立たない。だが、夫は典江が、夜の商売をすることを嫌った。仕事を終えて、夜遅く煙草と酒の匂いをさせて帰る典江を、売女《ばいた》、と罵《ののし》り次第に手をあげるようになった。耐えきれなくなった典江は、親権を得る代わりに慰謝料や養育費をすべて放棄し、離婚を求めた。揉めに揉めたが、最後は向こうの親があいだに入って、ようやく離婚届に判を押させた。

「男のだらしなさが離婚の原因ですが、もとを辿れば典江に、男を見る目がなかったんです。わしや両親が、親離れもできていない男などやめておけ、先々お前が苦労する、と口を酸っぱくして言ったにもかかわらず、好きだなんだとさんざん駄々をこねて結婚してしまったんだから、自業自得というやつです。勝手に結婚して勝手に別れて、自分勝手なやつですよ。わしも典江の身勝手さに振り回されたが、両親の離婚で一番傷ついたのは佳子でした」

隆康は座卓の上に視線を落とした。

「血の繋がりってのは、理屈じゃあないんですね。傍《はた》から見ればどうしようもないクズでも、佳子にとってはたったひとりの父親だ。両親が離婚したことがショックだったんでしょう。典江と市営アパートにふたりで暮らしはじめてから、佳子は引きこもりがちになり、わしらのところにも顔を出さんようになりました」

中学卒業後、佳子は定時制の高校へ進学した。学校は休みがちだったが、なんとか単位を取得し、卒業の目途《めど》がついた。市内の化粧品会社への内定も決まり、あとは卒業式を待つだけ、というときに、典江が交通事故で亡くなった。

「典江の葬儀はうちで出したんですが、佳子は典江のお骨を放そうとしなくてね。泣きじゃくる佳子が不憫《ふびん》で、伯父として出来る範囲で面倒は見てたんですよ。それなのに、あいつは……」

隆康は苦い顔をした。

高校卒業後、内定していた化粧品会社に就職した佳子は、二年後、隆康になんの相談もなく離職した。

「大手の化粧品会社で、雇用保険や厚生年金などもしっかりしていたところでした。典江の位牌を拝みにきたとき、本人の口から仕事を辞めたと聞いて、あんないい条件のところをなんで、相談もなく辞めたんだ、もう一度考え直せ、と怒ったのですが当人は、考えた末のことだからもういい、というばかりで」

隆康は大きく息を吐き、自分の湯呑に両手を添えた。

「わしも長年、勤め人をしとりましたから、仕事を続ける大変さは重々わかっています。じゃが、大変だからといって、そのたんびに仕事を替えとったら、安定した暮らしができない。わしは、いまからでも考え直せ、と説得しました。でも佳子は、伯父さんには関係ない、と言うだけで聞く耳を持たない。わしも頭に血が上って、勝手にしろ、と佳子を追い返しました。最後に、佳子が家に来たのは、典江の七回忌のときです。そのあとも電話で何度か金の無心をしてきましたが、きっぱり断りました。すでに何度も煮え湯を飲まされていましたから」

隆康は、これ以上話すことはない、とでもいうように、茶をぐいっと一気に飲み干した。

小野寺は膝を正すと、腿《もも》に手を当てて前に身を乗り出した。

「こちらの記録には、化粧品会社を辞めたあと飲食接待のお仕事に就いた、とあります。その後、身体を悪くして接待の仕事から足を洗いますが、酒を断つことができずに肝臓をさらに壊しているようです。それがきっかけで、生活保護を受給しています」

小野寺は隆康に訊ねた。

「佳子さんに、親しくお付き合いをしていた、もしくは、いま現在お付き合いをしている人がいる、という話は聞いていませんか」

隆康の顔色が変わった。それまで以上に不機嫌そうな顔をすると、唇をきつく結び黙り込む。佳子に関して、一番触れられたくなかったところのようだ。小野寺は、佳子の異性関係を訊ねた理由を補足した。

「生活保護は世帯ごとに支給されますので、結婚するとなると配偶者になる人の収入が大きく関係してきます。配偶者となる人が心身に問題があり生保受給対象者ならば、新しい世帯で生活保護を申請することは可能ですが、配偶者が健康的に問題のない人の場合は、ほぼ、生保受給の対象から外れます。籍を入れていなかったとしても、内縁関係で同居しているのであれば、その人の収入で生活していると判断し、保護停止処分となります。にもかかわらず、籍を入れたことを隠していたり、同居人の存在を明かさなかったりするケースがまれにあるんです。不正受給を防ぐためにも私たちケースワーカーは、受給者の身辺をある程度把握しておく必要があるんです」

小野寺の説明を隆康は難しい顔で聞いていたが、言い分を認めたのだろう。諦めたように息を吐くと、ぽつりと言った。

「わしが知っとる限りでは、ひとりだけです。それも昔の話です」

その男のことが、隆康と佳子が絶縁する決定的な出来事だったという。

「あいつがわしの言うことも聞かず化粧品会社を辞めたあと、人伝《ひとづて》に、夜の仕事をはじめたと聞きました。しかも、付き合っている男があまり素性のよくないやつらしい、と。調べてみたら……」

隆康は言い淀《よど》んだが、意を決したように言った。

「ヤクザでした」

記録によれば化粧品会社を辞めたのは、二十一歳のときだ。そのあとまもなく男と知り合ったのだとしたら、佳子は二十代前半ですでにヤクザと関わっていたことになる。

若林は今日、佳子と立木は十年以上の付き合いになる、と言っていた。現在、佳子は三十五歳。計算すると、隆康がいうヤクザが立木である可能性はある。

「わしは佳子を自宅へ呼びつけて、もしそんな人間のクズと関わりを持っているならすぐに別れろ、と言いました。金のトラブルにでも巻き込まれて、こっちに飛び火したら厄介だと思ったんです――ま、案の定でしたが」

「佳子さんは、なんと答えたんですか」

小野寺が先を促す。隆康は少しの間のあと搾り出すように答えた。

「最初は、そんな男と付き合いはない、と言ってました。じゃが、わしにはその言葉が信じられんかった。わしは佳子を子供の頃から知っとります。本当のことを言っているのか嘘をついているのか、そのぐらい目を見ればわかりました。執拗《しつよう》に問い詰めると、最後は観念して白状しました」

「そのときに男の名前や、男が所属している組の名前を聞きましたか」

小野寺の問いに、隆康は肯いた。

「万が一、相手のヤクザが佳子やわしに因縁《いんねん》をつけてくるようなことがあれば、警察に行こうと思いましたから、無理やり聞き出しました。ちょっと待ってください」

隆康は席を外すと、仏間の押し入れから小さな木製の箱を持ってきた。三段あるうちの一番下の引き出しを開けて、中から手帳を取り出す。日焼けしているかなり古いものだ。

「わしは昔から物忘れがひどいんで、どんな些細《ささい》なことでも手帳に書き留めておく習慣があるんですよ。佳子が付き合っていた男のことも、もちろんメモに残してあります。ああ、これだ。この男だ」

隆康はあるページで手を止めると、座卓の上に置いていた老眼鏡をかけた。

「ええと、道和会、立木智則。こいつが当時、佳子が付き合ってた男です」

聡美は息をのんだ。やはり立木だ。佳子は水商売に入ってまもなく立木と付き合いはじめ、関係はいまも続いている。

隆康は手帳を閉じた。

「わしは、筋者と付き合うようなやつとは縁を切る、と叫んで佳子を家から追い出しました。そのあと何度か、涙ながらに金の無心がありました。この金がないと二進《にっち》も三進《さっち》もいかない、もう死ぬしかない、これが最後だから、そう言って玄関先で土下座して泣き崩れるんです。百万とか二百万という単位のお金です。きっと男に唆《そそのか》されたんでしょう。そのたびに、できるぎりぎりの範囲で貸してやりました。でも、これが最後が最後になったためしがなかった。電話で金をせびってきたとき、とうとう堪忍袋の緒が切れて、口汚く佳子を罵《ののし》りました。これ以上無心してくるようなら、警察に言う、そう宣言しました。佳子からの連絡が途絶えたのはそれからです。こちらからも連絡を取ることはありませんでした。その後、佳子と再び顔を合わせたのは、先ほど言ったとおり、典江の七回忌のときだけです」

隆康はふと肩の力を抜き、力なく背を丸めた。

「女房が知らせたらしく、典江の七回忌に佳子は参列しました。やつれた顔で申し訳なさそうに、ただひらすら俯いていました。さすがに不憫で、わしは女房の勧めもあり、立木と別れていたら佳子と和解しよう、と思いました。わしだってたったひとりの姪は可愛い。なにより、わしらが仲違《なかたが》いしとっては、典江が浮かばれん、そう思ったんです。法事が終わり、佳子が帰り支度をしているときに、あの男とは別れたのか、と訊ねました。わしの問いに佳子は、なんも答えんかった。付き合っているとも別れたとも言わず、黙って玄関を出て行きました」

そのとき、佳子と立木の関係は続いていた。付き合いを続けていると言えば、隆康がこんどこそ本当に縁を切る、と怒り狂うことは目に見えている。佳子は言いだせなかったのだろう。

「そのあと、何度か佳子に連絡を取ろうと思ったことはあります。だが、こちらにもいろいろと複雑な事情ができましてね。佳子を心配する余裕がなくなったんです」

いきなり、二階から子供の声が聞こえた。なにやらぐずっている。博子の宥《なだ》める声がして、再び静かになった。隆康は二階に向けていた視線を、卓上に戻した。

「翔は娘の子供です。娘は介護関係の仕事をしていて夜勤があり、生活が不規則なんです。ですからわしらが孫の面倒を見とります」

子供の父親はどうしているのだろう。聡美の疑問を視線から察したらしく、隆康は自虐的に笑った。

「妹の典江、姪の佳子、娘の理沙《りさ》。安西家の女は男運がないのかもしれない」

それ以上、隆康はなにも言わなかった。小野寺も聡美も、娘の理沙については触れなかった。ただ、隆康がなにかしらの重いものを背負っていることは感じた。隆康は言葉を続けた。

「三年前に、市役所から佳子について連絡がありました。佳子が生活保護の申請をしているが、伯父であるわしに面倒を見る余裕はないか、というものでした。わしは言葉もありませんでした。筋者と付き合っていたかと思えば、何度も金を無心してきて、今度は生活保護を受けるという」

隆康は目を瞑《つむ》り、なにかを振り切るように首を振った。

「わしは呆れてものも言えませんでした。堅気じゃないやつなんかと関係を持つから、自分で自分の面倒すら見られなくなったのだ、自業自得だ、と思いました。市役所からの問いにわしは、佳子とは縁を切っているし、付き合いがあったとしても佳子の面倒を見る余裕はない、自分たちが暮らしていくだけで精一杯だ、と答えました。ええ、それは本当です。わしと博子、理沙と翔の四人は、わしら夫婦の年金と理沙の収入で、やっと暮らしているんです。退職金は家の修繕費や、二年前に博子が受けた腰の手術費などで、すっかりなくなりました」

部屋に重い空気が広がる。茶の間の柱にかけられている時計が、八時を打った。

隆康は俯いていた顔をあげると、小野寺と聡美をまっすぐに見た。

「佳子に関して知っていることは、これですべてです。やつがいま誰と付き合っていて、どんな暮らしをしているのか、わしらにはまったくわかりません」

隆康の話を黙って聞いていた小野寺が、口を開いた。

「佳子さんが肝臓を悪くして病院にかかっていたことは、ご存じなかったんですか」

まったく、と隆康は答えた。

「さきほどもお話ししたとおり、佳子とは絶縁状態でどちらからも連絡を取っていませんから」

そこで会話が途切れた。部屋に沈黙が広がる。沈黙を破ったのは隆康だった。隆康は話を打ち切った。

「これ以上、お話しすることはありません。もうお引き取り願えますか」

小野寺は時間をとらせた詫びを言い、腰をあげた。

玄関を出て戸を閉めようとした聡美は、後ろを振り返り、上がり框に立っている隆康を見た。

「どうした、聡美ちゃん」

立ち止まったまま動かない聡美に、小野寺が声をかける。

聡美は思い切って、言おうか言うまいか迷っていた話を隆康に伝えた。

「佳子さんは、後任の私たちに、お身内の話は一切しません」

隆康が不思議そうに、首を捻る。

「佳子さんは、自分に伯父がいることを行政の人間が知ったら、あなたのところに福祉の人間が行くかもしれない。伯父に迷惑がかかってしまう。そう思い、言わないのではないでしょうか」

話を聞いた隆康は、険しかった目元を緩め、呆れたように息を吐いた。

「散々迷惑をかけておいて、いまさら身内がいるもいないもないじゃろうが……」

かける言葉が見つからず、聡美は頭を下げて隆康に背を向けた。

玄関の引き戸を閉めかけたとき、隆康が聡美を呼び止めた。

「佳子を、よろしくお願いします」

隆康が深々と頭を下げる。

小野寺と聡美も、無言で頭を下げて安西家をあとにした。


車に戻ると聡美は、助手席のシートに背をつけて大きく息を吐いた。最初、隆康に抱いた違和感は消えていた。働けるのに働かない生保受給者への憎悪は、姪への愛憎によるものだったのだろう。

「安西さん、化粧品会社を辞めた頃から立木と付き合っていたんですね」

山川の記録には、パトロンが佳子に店を持たせたらしいことが書かれていた。そのパトロンというのが、立木なのだろうか。記録によるとパトロンと佳子は別れたことになっているが、刑事の調べでは現在も立木との付き合いは続いている。いったいどういうことなのだろう。記録に誤りがあるということか。それとも、隆康から無心した金が開店資金や運転資金に消えたのだろうか。

聡美は内に湧いた疑問を小野寺にぶつけた。聡美の話を黙って聞いていた小野寺は、車のエンジンをかけるとライトを点けた。

「隆康さんは、喧嘩別れしてからの佳子がどう過ごしてきたか、知らなかったよな」

聡美が、ええ、と肯くと小野寺は、ライトで浮かび上がっている路面を見つめた。

「ということは、山川さんが残していた安西佳子の記録は、佳子自身が語ったもので、その話を裏付ける人間はいないということだ」

聡美は小野寺の横顔を見た。

「それって、どういう意味ですか。もしかして、安西佳子が自分の経歴を偽っているかもしれないということですか。どうして。なんのために」

小野寺はギアをドライブに入れた。

「聡美ちゃん、まだ時間あるか」

車に備え付けられているデジタル時計を見る。八時を少し回ったところだ。大丈夫です、と答えると小野寺は、よし、と言いながらアクセルを踏んだ。

橙《だいだい》色の道路照明が灯るバイパスを、軽快なハンドルさばきで走る小野寺に、聡美は訊ねた。

「どこに行くんですか」

「花北《はなきた》通り」

津川市の中心地から少し外れたところにある飲み屋街だ。戦後、闇市が開かれていた名残《なごり》で、いまでも小さな店が数多くある。これから飲みに行く気なのだろうか。だとしたら、聡美は丁重に断るつもりだった。金田と安西の問題で頭がいっぱいだった。飲む気分ではない。

黙り込んでいる表情から聡美の心配を悟ったのか、小野寺が安心させるような明るい声で言った。

「酒を飲みに行くんじゃないよ」

だとしたら、なんのために飲み屋街に行くのか。そう訊ねると小野寺は、ハンドルを右に切りながら答えた。

「花北通りで、俺の叔父さんが店をやってるんだ。その人のところに行く」

車が市内に入った。

その叔父を急に訪ねるつもりになったのはなぜだろう。

訊ねると、小野寺は車を走らせながら説明した。

「叔父はちょっと変わった人で、裏の世界に詳しいんだ。叔父さんなら道和会の人間についても、なにか知っているかもしれないと思って」

小野寺が言う裏の世界というのは、ヤクザ社会という意味だろう。小野寺は目の端で聡美を見た。

「道和会と、金田や安西たち生保受給者との関わりだけじゃなくて、運が良ければ安西佳子の男——立木の話も聞けるかもしれない」

小野寺いわく、夜の商売と暴力団はしのぎの関係でつながりがある。叔父は暴力団とは一切関わりを持っていない。暴力団関係者から直接情報が入ってくることはないが、夜の商売をしている同業者から話が伝わってくる。だから詳しいのだという。

「叔父さんがどこまで知っているかはわからないが、ひとつだけはっきりしていることは、このすきっ腹を満たしてくれる美味い料理にはありつけるということだ」

すきっ腹、という言葉に、聡美ははじめて自分が空腹であることに気づいた。

小野寺はコインパーキングに車を停めると、聡美を連れて花北通りへ歩きはじめた。コインパーキングからは、歩いて十分ほどの距離だ。

信号をふたつ越え歩道を右に曲がると、花北通りのアーチが見えた。古い鉄製のアーチは何度も塗り替えられているため、ところどころ塗装が剝がれて鉄骨の地の色が見えている。

飲み屋街といっても、花北通りはひっそりしている。通りには、けばけばしい原色のネオン看板もなければ、長い巻き毛に付けまつげの女の子も客引きもいない。目につくのは、淡く道路を照らす街灯と、店先に点々と置かれているスタンド型の小さな看板くらいだ。

小野寺の叔父が経営しているバーは、通りの奥まった場所にあった。二階建ての一軒家を下だけ店にしたような造りで、木造家屋の一階部分だけがレンガ調に設《しつら》えてある。色褪《いろあ》せた木製のドアには、「シェ・エラン」と書かれた青銅製のプレートが貼られていた。青銅には緑青《ろくしょう》が吹き、ガス灯を模した外灯の光が反射してそこだけコバルトブルーの光彩を放っている。

小野寺は立てた親指でドアを指し、ここが叔父の店、と言いながらドアを開けた。カランカラン——とカウベルの音がする。

店に入った聡美は、首をめぐらせて店内を眺めた。もともとあった民家に後付けで造られたらしい外観から、ホームバーを少し大きくした程度の、簡素な内装を想像していた。たしかに店内は狭かった。ダウンライトに照らされた店内は、六人掛けのカウンターと腰高の四角いボックス席がふたつあるだけで、十五人も入ればいっぱいになるくらいの広さしかない。だが、造りは凝っていた。

壁は重厚な石造りで、カウンターの背面の棚には、くぼんだ壁面を水が流れ落ちる仕掛けが施《ほどこ》されていた。水が流れるスペースの両側には、酒に詳しくない聡美でもひと目でそれなりの値段だとわかる年代物のバーボンやスコッチがずらりと並んでいる。カウンターの端には、白百合《しらゆり》が活けられた大きなフラワーベースが置かれていた。

「けっこういい店だろ」

小野寺が自慢したとき、カウンターの奥から男が現れた。

「酒のいろはもわからん青二才が、なあにを知ったか吹いちょる」

男は気難しい顔で言った。白シャツに黒い蝶ネクタイ、グレーの短い髪を後ろに撫でつけ、身頃にぴったりと合った黒いベストを着ている。顎《あご》が尖《とが》り頰がこけているが、痩せているという感じはしない。引き締まっている、という印象だ。男の強い眼差しが、そう思わせるのだろう。

小野寺はばつが悪そうに肩をすくめた。

「叔父さん、聞いとったんか」

叔父の話し方につられたのだろう。小野寺の言葉が方言になっている。

小野寺は叔父を聡美に紹介した。

「この人が俺の叔父さんで、この店のマスター。この子は牧野聡美ちゃん、俺の同僚じゃ」

竹本《たけもと》です、と叔父は名乗った。小野寺の母親の弟だという。

聡美は緊張しながら頭を下げた。

小野寺は竹本を見ながら、少し意地悪な顔をした。

「叔父さんはこがな顔しとるけど、善良な市民じゃけ」

「こがな顔いうんはなんなら。自分の叔父さんつかまえて」

竹本はふたりの前におしぼりを出しながら、苦虫を嚙み潰したような顔で小野寺を睨んだ。が、眼光は柔らかい。小野寺は心から楽しそうに、白い歯を見せて笑った。

小野寺が言うには、水商売をしている店の大半は、おしぼり代とか花代という名目で、シマのヤクザにみかじめ料を払っているという。しかし、竹本は開店当時から暴力団との関わりをいっさい断っている。裏での関わりはもとより、関係者だとわかった時点で客としても受け入れていない。執拗な営業妨害を受けたこともあるが、この店はヤクザを肥《こ》やすためにあるのではない、汗水流して稼いだ金で酒を飲みに来る客のためにある、と一歩も譲《ゆず》らずここまできた。

小野寺はカウンターの端に座ると、隣の席を聡美に勧め、誰もいない店内をぐるりと眺めた。

「それにしても、いつ来ても客がおらんのう。こんなんでよう店、続けてられるよなあ」

竹本はクロスを手にすると、カウンターに並んでいるグラスを慣れた手つきで拭きながら言った。

「数は少ないがの、定期的に来てくれる常連さんがおる。わしひとりでやっていく分にゃ問題ないよ」

小野寺の話では、竹本が花北通りに「シェ・エラン」を開いたのは、三十年ほど前になる。次男の竹本は地元の高校を卒業したあと東京の大学に進学したが、左翼運動に足を踏み入れ、大学二年のときに逮捕された。その後、授業料未納により大学から除籍される。

大学卒業の肩書きを得られず社会に出た竹本は、知人の伝手で水商売の世界に入り、やがて青山《あおやま》のバーで働きはじめた。深い考えもなくはじめた仕事だったが、次第にバーの世界に魅せられていった。バーテンダーの修業をしながら金を貯め、三十歳のときに大手酒造メーカーのカクテルコンペティションで優勝した。それを機に地元へ戻り、信用金庫の融資を受けて「シェ・エラン」を開いた。県内で古くから酒蔵を営む竹本家の信用が大だったことは間違いないが、竹本自身のカクテルコンペティション優勝者という肩書きも、融資に少なからず寄与した。

それにしても、と小野寺はカウンターに肘をつき、にやにやしながら竹本を見た。

「叔父さんの話になると、いまでもおふくろは苦い顔をする。叔父さんが大学を除籍になったときは大変じゃったいうてのう。祖父さんは、あがな親不孝もんは勘当じゃ、いうて怒鳴りまくるし、祖母さんは泣いてばっかりじゃし。長男の務《つとむ》おじさんは、ほっとけほっとけ、いうて無視するし。ふたりを宥めるのに往生したいうての」

竹本は昔の話には触れず、グラスを拭きながら無表情に訊ねた。

「今日はなんの用な」

唐突に訊ねられ、小野寺は面食らったようだった。竹本はグラスに目を落としたまま、小野寺に言った。

「わしの昔話をしにきたわけじゃないじゃろうが。お前が店に来るときは、失恋したじゃの仕事がつまらんじゃのと愚痴を言うか、次の給料日まで金を貸してくれとか用があるときだけじゃ。さしずめ今日は、連れの娘さんを雰囲気のあるバーで口説こういう算段か」

自分の失態をばらされたことが恥ずかしかったのか、聡美との仲をからかわれたことが照れくさかったのか、小野寺は眉を顰《ひそ》めた。どのような理由であれ、用があって店を訪れたことに変わりはない。小野寺は観念したように息を吐くと、椅子の背にもたれた。

「叔父さんにはかなわんわ」

小野寺は預けた背を前に戻すと、カウンターに身を乗り出した。

「叔父さん、道和会についてなんか知らんね。この街で長く商売をしとる叔父さんなら、なにか知っとることもあるじゃろう」

グラスを拭いていた竹本の手が、一瞬とまった。が、竹本はすぐに手を動かすと、拭き終えたグラスを背後の棚に収めた。

「市役所の職員がヤクザの話を聞きたいんか。穏やかじゃないの」

竹本は小野寺の問いを、やんわりと牽制《けんせい》した。小野寺は構わず言葉を続ける。

「今月はじめに北町の成田で起きたアパート火災、覚えとろう。焼け跡から市の職員が他殺体で発見されたあの事件よ」

焼けたアパートに入居していた住人のほとんどが生活保護受給者で、いま自分と聡美がケースワーカーとして担当している、と小野寺は言い添えた。

「お前がケースワーカーになったことと道和会が、なんの関係があるんなら」

竹本は問い返した。

「今回の事件に、道和会の人間が絡んどる可能性があるんじゃ」

小野寺はいままでの経緯を、手短に説明した。北町中村アパート担当のケースワーカーになり、住人だった生保受給者の生活環境を調べたところ、火災後、行方不明になっている金田良太という男のところへ、ヤクザが出入りしていたことがわかった。警察の話では、北町中村アパートがある地区は道和会のシマだから、金田を訪れていたヤクザは道和会の人間だと睨んでいるという。それだけではない。同じく、アパートの住人だった安西佳子という生保受給者の男が、道和会の組員だった。

小野寺は顔の前で手を組むと、神妙な面持ちで言った。

「ケースワーカーの前任者で今回殺された山川さんは、アパートに組員が出入りしよったことを、受給者の記録に記載しとらんかった。俺には意図的に書かんかったようにしか思えんのじゃが、どうして山川さんが書かんかったんか、それがわからんのよ」

小野寺は組んでいた手を解くと、竹本を見た。

「金田良太、安西佳子、ほかにも暴力団と関わっとる生保受給者がおるかもしれん。俺は、道和会がなんで生保受給者のところへ出入りしとるんか、知りたいんじゃ」

話を黙って聞いていた竹本は小野寺に背を向けると、棚に並んでいる酒瓶を整えはじめた。

「知ってどうするんない。お前は警察じゃないんで。お前が知ったところで、同僚を殺した犯人が捕まるわけじゃなかろう。刑事ごっこなんかしとらんで、大人しゅう自分の仕事をしとれ」

小野寺の顔が赤みを帯びた。カウンターの上に置いた手を、強く握るのが見える。

「こっちだって、お遊びでここに来とるんじゃない」

抑え気味だが怒気を含んだその口調に、聡美は身を硬くした。竹本も動かしていた手をとめて、小野寺を振り返った。小野寺は竹本の目を見据えて言った。

「たしかに俺は警察じゃあない。市役所に勤める、ただのケースワーカーじゃ。ほでも、ケースワーカーにだって仕事の意地はある。俺の仕事は、生保受給者を自立させることじゃ。生保受給者が抱えとる悩みや、置かれとる環境を理解し、社会復帰させる。そのためには、受給者の実情を把握しとらんといけんのじゃ」

様子を窺うように竹本は、小野寺の顔を黙って見つめている。小野寺の声に、力がこもった。

「頼むよ、叔父さん。道和会と生保受給者について、なんか知っとったら教えてくれ。生保受給者になにが起きとるんか、俺は知りたいんじゃ」

竹本はしばらく小野寺を見つめていたが、視線を外すとカウンターの隅に置かれていたメニューを手に取り差し出した。

「オーダーは」

まだなにも頼んでいないことに気づき、聡美は慌てて注文した。

「私は烏龍《ウーロン》茶を」

「俺も」

ぶっきらぼうに小野寺が言う。バーにきてソフトドリンクを注文することに気が引けて、聡美は小声で詫びた。

竹本は気にする様子もなく後ろの棚からグラスを手に取ると、足元に置かれている小型のフリーザーから氷を入れ、烏龍茶を注いだ。ふたりの前にグラスを置くと、竹本は腕を組んで低い声で言った。

「淳よ。わしがヤクザといっさい関わりを持たん理由を知っとるか」

訊ねられた小野寺は、もどかしげに答えた。

「じゃけん、堅気のお客さんに安心して楽しんでもらいたいからじゃろう」

「それだけじゃない。ヤクザは弱い者いじめじゃからよ」

「弱い者いじめ……」

聡美はオウム返しにつぶやいた。

竹本は小野寺から視線を逸らすと、宙を見つめた。

「あいつらはのう、最初は猫みたいに身体をくねらせて擦り寄ってくるが、弱みを見つけると豹変《ひょうへん》する。それまで隠しとった爪を出して、獲物に襲いかかるんじゃ。捕まった獲物は無残よ。あの手この手で、骨の髄《ずい》までしゃぶられる。それでどんだけの人間がぼろぼろにされ、堕《お》ちていったか。わしが若かった頃はのう、仁義を守ったり、きちんと筋を通すヤクザ者もおったが、いまじゃそんな奴は、ほとんどおらん。そこいらの半グレの方が、まだましなくらいじゃ」

古い記憶を辿っているのか、竹本の視線は店の壁よりもっと遠くで結ばれていた。竹本はふいに視線を聡美へ向けた。

「お嬢さん、あいつらが金を手に入れる獲物として、どがあな人間に目をつけるかわかりんさるか」

聡美は首を振った。暴力団関係者と関わりをもったこともなければ、裏の世界の話を聞いたこともない。竹本は腕を組んだまま、首を折った。

「あいつらは金のためなら、どんな手段も厭《いと》わん。利用できるもんならなんでも使う。その、利用できるもんのひとつに、社会的に弱い立場の人間がおる。たとえば借金で首が回らん多重債務者、薬漬けのシャブ中、なんらかの事情で生活できず税金で暮らしとる生活保護受給者」

生活保護受給者——という言葉を聞いて、聡美はカウンターの上で組んだ手に力を込めた。

隣にいた小野寺が、切迫した声で口を挟む。

「それって、道和会が北町中村アパートの生保受給者を喰いもんにしとったいう話か」

竹本は小野寺を目の端で睨んだ。

「お前のせっかちは、いつまでたっても直らんのう」

小野寺は喉の奥で唸ると、乗り出していた身を引いて口を閉じた。

竹本が再び視線を宙に向ける。

「最近はもっぱら、生活保護受給者を利用する手口が増えとる。お前も知っとろうが。この間は大阪で、精神疾患がある生保受給者が基準量を超える薬を貰っとったことがわかって、薬の行方を辿っていきよったらヤクザが受け取って転売しとった、いう事件があった。ほかにも、自分の組の息がかかっとる診療所を、行く必要もないのに何度も受診させて、医療費を引っ張り出しとった、いうケースもある」

竹本が言った大阪の事件は、聡美も新聞で目にしていた。生保受給者を利用する悪質な手口と医療機関の薬に対するずさんな管理を、マスコミは問題視していた。

なかでも、と竹本は話を続ける。

「生活保護受給者が増えるにつれて、囲い屋の違法行為が拡大しとる」

囲い屋と呼ばれる業者が存在することは、新聞やネットを通じて聡美も知っていた。NPO法人の職員を名乗る人間が、自分たちが所有している建物に路上生活者を住まわせて、生活保護申請をさせる。保護費の支給が認められると、支給される保護費の中から家賃や共益費、水道代などの名目で金を搾取《さくしゅ》していく。だが、実際の生活環境は劣悪で、ベニヤで仕切った狭い部屋に二、三人が寝泊まりしていたり、共益費を払っているにもかかわらず建物の管理はされていないケースが、後を絶たないという。受給者が自由に使える金はほとんどないのが実状らしい。いわゆる、貧困ビジネスだ。

「その囲い屋と呼ばれる業者の大半に地元のヤクザが絡んどる――ちゅう話は、わしの耳にも入ってくるがのう」

竹本はそう言うと、口を閉じた。

「そのヤクザの中に、道和会は入っとるんか。やっぱり道和会が、北町中村アパートの住人を囲うとったんか」

急《せ》いた小野寺の問い掛けに、竹本は軽く舌打ちをした。

「わしは特定の組の話をしとるんじゃない。社会一般の話をしとるんじゃ」

明言は避けているが、話の文脈から、竹本が道和会の関与を示唆《しさ》していることは察しがついた。

それはともかく、と竹本は話題を変えた。

「酒を飲まんのじゃったら、なにか腹に入れるか」

言われて空腹に気づいたのだろう。小野寺は聡美に向き直ると食事を勧めた。叔父さんのつくるナポリタンが絶品だという。聡美はそれを、小野寺はアンチョビとシーフードのピザを頼んだ。

竹本が厨房に入り店にふたりだけになると、聡美の身体から力が抜けた。

「竹本さんははっきり言わなかったけど、道和会が生保受給者をなんらかの形で利用していたことに間違いないようですね」

小野寺は怖い表情で、組んだ手に顎を乗せた。

「道和会組員、立木の女である安西佳子、暴力団組員と繋がりがあった金田良太。ふたりとも貧困ビジネスに関わっている可能性は高い。もしそうだとしたら問題だ。だが、もっと深刻な問題がある」

言葉がもとに戻っている。

聡美は小野寺の顔を見た。

「もっと深刻な問題って、なんですか」

小野寺は前を見据えたままつぶやいた。

「暴力団が生保受給者を利用していることを知っていながら、山川さんが見て見ぬ振りをしていたということだ」

聡美は息をのんだ。それは、山川がヤクザと結託し、貧困ビジネスに手を貸していたということか。訊ねると、小野寺は辛そうに顔を歪めた。

「そう仮定すると、アパートに道和会が出入りしていた件や、安西の男が道和会の組員だったということを、山川さんが記録していなかったことも納得できる」

前を見つめていた聡美は、小野寺に身体ごと向き直った。

「山川さんがそんなことをするはず……」

ない、と言いかけて口を噤む。

脳裏に、山川が腕にはめていた高級時計が浮かんだ。山川は時計の購入費を、どこから捻出していたのだろう。裏で道和会とつるみ、貧困ビジネスに加担していたのだろうか。道和会が受給者から搾取した金の一部を、受け取っていたのだろうか。山川が受給者をクライアントと呼んでいたことも、気になる。山川が口にした顧客という言葉には、もしかしたら獲物という意味が含まれていたのか。

そこまで考えた聡美は、自分の頭に浮かんだもうひとつの推察に身を硬くした。

もし、山川が暴力団と繋がっていたのだとしたら、山川を殺した犯人はその筋の人間かもしれない。暴力団組員と関わりを持っている安西や金田は、山川を殺した犯人を知っている可能性もある。

自分の推論を伝えると、小野寺は厳しい顔をした。

「充分あり得る話だ。むしろ、犯人を知っているというより、ふたりは事件の当事者かもしれない」

「当事者?」

小野寺は顔を聡美に向けると、きっぱりとした口調で言った。

「金田か安西が、山川さんを殺した犯人かもしれない」

聡美の脳裏に、公園で不良に絡まれた自分を助けてくれた金田と、西町の市営アパートの部屋で項垂れていた佳子の姿が浮かんだ。

金田はたしかに素行が悪かった。だが、人を殺すような凶悪犯とは思えない。自ら好んで暴力を振るうというより、心の傷を悟られないようにわざと悪ぶっていた、そんな印象がある。

佳子にしてもそうだ。なにかを隠している様子はあるが、人を殺《あや》めたという切迫感や剣呑な印象は感じられない。そもそも細身の佳子が、山川を撲殺できる力を持っているとも思えない。

ふたりとも殺人とは無関係なのではないか。そう思いながらも、小野寺の推論を否定しきれない自分がいた。金田が人を殺すような人間に思えないのは、不良から庇《かば》ってくれた恩を感じているからかもしれないし、安西に関しても、あんなに怯えていたのはいつ警察に捕まるかもしれないという不安を抱いているからかもしれない。誰だってわずかなきっかけで、殺人者になり得る可能性はある。人を疑うことが、これほど苦痛なことだとは思わなかった。

軽く頭を振った聡美の耳に、若林の声が蘇った。

——疑うのが、刑事の仕事でね。

警察はどこまで調べているのだろう。若林も金田や佳子を、山川殺しの犯人だと疑っているのだろうか。

とにかく、と小野寺は決然と言った。

「俺たちは自分の仕事をするだけだ」

聡美は少し考えてから、小野寺に言った。

「私、安西さんのところへ行ってきます」

小野寺は当然だとでもいうような顔で肯いた。

「安西さんからは、いろいろ聞かなければいけないことがある。生活保護を受給するに至った経緯とか、立木とどういう関係なのかとか。返答によっては、生活保護の打ち切りも考えないといけない」

小野寺は、明後日はどうか、と聡美に訊ねた。

「明日は、どうしても外せない用事があるんだ。明後日なら、時間がとれる」

聡美は首を振った。

「安西さんのところには、私ひとりで行きます」

小野寺は意表をつかれたように、目を丸くした。

「おいおい、安西さんの担当は聡美ちゃんひとりじゃない。俺も行く」

聡美は頑《かたく》なに、ひとりで行くと言い張った。めずらしく我を通す聡美を、小野寺は不思議そうに見つめた。

「安西さんのところに行く日が、明日でなければいけない理由があるのか？」

聡美は首を振った。明日にこだわっているわけではない。自分ひとりで行きたいのだ。

北町中村アパートで火災が発生したあと、アパートに入所していた受給者たちの仮転居先である、西町の市営アパートを訪れた。その一室で佳子は、ひどく落ち込んでいた。体調を気遣う小野寺の言葉を強く撥ねのけ、自分の殻《から》に閉じこもった。

「心を閉ざしている人間の気持ちを解きほぐすには、大勢で押し掛けるより、一対一で向きあう方がいいと思うんです。膝を突き合わせて根気よく話し合えば、きっと打ち解けてくれる」

それに、女には女にしかわからない事情がある。男の小野寺が同席していては、口にできないこともあるかもしれない。

そう言うと小野寺は、試合に負けた選手のような顔で、諦めたように息を吐いた。

「なるほど。聡美ちゃんが言うことも、もっともだ。安西さんのところなら、女性がひとりで行っても心配はないだろ。ここは聡美ちゃんに任せた方が、得策かもしれないな」

ただ、と小野寺は聡美に釘を刺した。

「なにごとにも、万が一ということがある。携帯は必ず繋がるようにしとけよ。なにかあったら、すぐ駆け付ける」

聡美は礼を言いながら、肯いた。

そのとき、奥から竹本が手に皿を持って出てきた。北欧風の皿の上に、出来あがったばかりのナポリタンが載っている。

聡美はカウンターに置かれたフォークを手に取ると、パスタを口に運んだ。ほどよい酸味と甘みがある濃厚なトマトソースが、たっぷりかかっていた。小野寺が言うとおり、竹本の作るナポリタンは絶品だった。

聡美は終業のチャイムが鳴ると、机の上を手早く片付けはじめた。慌ただしく帰り支度をしている聡美を、隣の席から美央がいたずらっぽい目で見た。

「もしかして、これからデート？」

聡美は、ご想像にお任せします、と軽くあしらい、社会福祉課の部屋を出た。

駐車場に停めてある車に乗り込み、西町に向かう。市役所から安西が住んでいる市営アパートまでは、車で十五分あれば着く。帰宅ラッシュに巻き込まれたとしても、六時前には着けるはずだ。

安西の家庭訪問を就業時間内に行わなかったのは、課長の猪又に訪問先を伝えなければいけなかったからだ。就業時間内に外出する際は、行き先を上司に伝えなければいけない規則になっている。

猪又は聡美や小野寺が、金田や佳子の件で動くことを良しとしていない。言えば、このあいだ訪問したばかりなのだから必要ない、と一蹴《いっしゅう》されるのは目に見えている。だから聡美はあえて、佳子のもとを訪れる時間を就業時間外にした。時間外の行動まで、猪又に報告する必要はない。もし、猪又の耳に入った場合は、聡美が個人的に佳子の様子を見に行ったことにすればいい。言い訳はなんとでもなる。

佳子には、訪問することは伝えていなかった。生保受給者の家庭訪問は、基本的には連絡なしで行う。日常の生活状況を見るためだ。それに、佳子とはじめて会ったときの様子から、彼女が行政の人間を歓迎していないことが窺えた。部屋を訪れる旨を伝えたら、わざと外出される懼れもあるし、ことによると居留守を使われるかもしれない。そう考え、あらかじめ連絡は入れなかった。佳子が不在だったら、帰りを車の中で待ち続ける。十時まで待っても帰宅しない場合は、日を改めて出直すつもりだった。

近場のパーキングに車を停め、アパートを見上げた聡美は、安堵の息を吐いた。二階の一番右端の部屋、二〇五号室に灯りがついていた。

聡美は階段をあがると、古びた木製のドアをノックした。

少しの間のあと、なかから人が出てくる気配がした。静かな足音がゆっくりと近づいてくる。ドアが開き、隙間から佳子が顔を出した。

佳子は一度だけ訪問したケースワーカーの顔を覚えていたらしく、あっ、と短く声をあげた。その顔は、ドアを開けたことを後悔するような表情をしていた。

「夕方のお忙しいときに、おじゃましてすみません。少しお時間をちょうだいしてもいいでしょうか」

佳子は斜め下に視線を落としたまま、迷惑そうに言った。

「なんの用でしょうか。ついこのあいだ来たばっかりじゃないですか」

やはり佳子にとって聡美は、招かれざる客のようだ。

聡美は穏やかな口調で、訪問の意図を説明した。ケースワーカーひとりに対して、担当する受給者はたくさんいる。担当する受給者を順番に回ると、自宅を訪問する頻度は数カ月に一度になってしまう。本来ならば、佳子の家庭訪問も三カ月先の予定だった。しかし、火事に見舞われた精神的疲労を考慮し、間を置かずに様子を見にきた、ということにした。

「いま困っていることとか、不便に感じていることはありますか。あれば言ってください。対応します」

佳子はどうすべきか迷うように立ちつくしていたが、一歩うしろに下がると、ドアを大きく開けた。

「どうぞ」

本当は玄関先で追い返したい。だが、聞いてもらいたいこともある。そんな感じだった。

部屋のなかはこのあいだ訪れたときと、なにも変わっていなかった。六畳一間に家財道具はなにもなく、狭い台所の隅にビニール製のゴミ袋がひとつ置かれていた。

佳子は前に訪問したときと同じく、窓を背にして畳に座った。向かい合う形で、聡美も腰を下ろす。

「まだ、家電製品は買われてないんですか」

聡美は、がらんとした部屋を見回しながら訊ねた。火災に伴う特別保護支給金は、昨日振り込まれたはずだ。ええ、と佳子は曖昧に答えた。

「いかがですか、新しいアパートは。少しは慣れましたか」

聡美は訊きながら、佳子の顔をそれとなく眺めた。前回、訪問したときも感じたが、やはり顔色が悪い。といっても、肌が荒れているとか色がくすんでいるとか、身体的なことではない。表情だ。目には怯えの色が浮かび、緊張のためか口は固く結ばれている。佳子はなにかに怯えている。いったいなにを恐れているのか。

佳子はなにも答えない。聡美は質問を変えた。

「身体の具合はどうですか。夜は眠れていますか」

この質問には、はい、と答えた。佳子の顔色からそうは思えないが、答えてくれるだけいい。

「体調はどうですか。前に具合悪くされていた肝臓の方とか」

この質問に、佳子は表情をこわばらせた。落ち着かない様子で、ええとか、まあとか、はっきりしない返事を繰り返す。

聡美は今日、佳子にふたつのことを訊ねようと思っていた。小野寺から、佳子に会えたら必ず訊くように言われたことだ。

聡美は膝を正し姿勢を改めた。真剣な表情から、聡美がいまからする質問が重要な意味を持つものだと察したのだろう。佳子は身構えた。

聡美は佳子に訊ねた。

「差し支えがなかったら、安西さんが以前かかっていた病院を教えてもらえますか」

佳子の顔から、血の気が引く。もともと白い肌が、さらに青白くなっていく。佳子は聡美から乱暴に視線を逸らすと、震える声で言った。

「どうしてですか」

生保を不正受給するケースに、病院がグルになっている場合がある。就業困難とされる偽の診断書を作成する報酬として、生保受給者を囲っているヤクザから医師が金を貰うのだ。

山川が残した佳子の記録には、肝臓を患い病院にかかったことは記されているが、病院名は書かれておらず、医師の診断書の添付もなかった。佳子の後ろにヤクザがいる以上、不正受給を疑わなければならない。言い換えるなら聡美は佳子の担当ケースワーカーとして、佳子が生活保護を受給する資格があることを、証明する義務がある。

聡美は不正受給を疑っていることを悟られないように気をつけながら、用意してきた理由を述べた。

「生活保護を受給されてから三年が経ちますが、その間の通院記録がありません。生活保護を受給されている方の自立を支援するケースワーカーとしては、安西さんの病状を把握しておかなければいけないんです。いえ、これは安西さんに限ったことではありません。身体の不調で就業困難な受給者の方は、担当のケースワーカーが定期的に病状を伺い、どんな仕事にいつ頃から就けるのか、といった相談に乗っているんです」

聡美は改めて、通っていた病院の名前を訊いた。

佳子は明らかに動揺していた。色がない唇を微かに震わせ、目を泳がせている。聡美は小野寺と打ち合わせてきた流れに沿って、話を進めた。

「もし、三年間、通院されていないとしたら身体が心配です。早急に病院で診てもらいましょう。かかりつけの病院がない場合は、福祉事務所の指定する医療機関をご紹介します。もちろん医療補助があるので、無料で検診が受けられます」

生活保護を受給するまでの経緯は、すべて佳子本人の自己申告によるもので、病院の診断書や入院証明書など、佳子の申告を裏付けるものはなにもない。不正受給が行われているか否かを調べるためには、佳子が本当に就業困難な身体上の理由を抱えている、という証《あかし》を見つけなければならない。

受診していた病院名を言わないならば、福祉事務所が指定する医療機関で受診させる。そこまで追いつめれば、胸の中に隠しているなにかを打ち明けるだろう。聡美はそう思っていた。

佳子は、口を開きかけては閉じ、閉じては開き、言おうか言うまいか迷っているようだった。だが、じっと返事を待っている聡美に、観念したのか、小さな声でぽつりとつぶやいた。

「……がの」

「え?」

聞き取れず、耳を佳子に向ける。佳子は腹を決めたように俯いていた顔をあげると、はっきりとした声で言った。

「菅野《すがの》病院です。御崎《みさき》町の」

聡美の頭に、住宅地の中にひっそりと建っている二階建ての建物が浮かんだ。御崎町の菅野病院は、聡美が子供の頃からある個人病院だった。通りから奥まった場所にあり、表通りからは入り口が見えない。看板も出していないので、新しく転居してきた者や通りすがりの人は、そこに病院があるとはわからないだろう。聡美も地元に住んでいるから名前を知っているだけで、菅野病院にかかったことはない。

佳子は先ほどとは打って変わって、強い口調で言った。

「菅野病院には、半年に一度くらい診てもらっています。診断書はお金がかかるから出してもらってないだけです。必要なら、今度行ったときに貰ってきます」

開き直った佳子の様子に、聡美は疑問を抱いた。定期的に病院で受診しているならば、後ろめたいところはないはずだ。なぜ、病院名を口ごもる必要があったのだろう。

が、聡美はそれ以上、問い詰めなかった。佳子が通っていた病院がわかれば、それでいい。菅野病院に、あとで問い合わせてみよう。病状によっては、食品や商品の梱包作業みたいな軽作業ならば、就労可能かもしれない。

聡美は病院の話はそこで打ち切り、用意してきたもうひとつの質問をした。

立木に関することだった。

生活保護申請者が庁舎内で暴れた日の午後、若林は庁舎内の第一会議室で、佳子は立木というヤクザと付き合っていると言い切った。プロの捜査機関が調べたのだ。間違いない。

小野寺が佳子の伯父、安西隆康にも説明したとおり、生活保護受給者に配偶者が出来た場合や、入籍はしていなくても内縁関係の者がいた場合、その者の収入で生活していると判断されれば保護停止となる。もし佳子が立木に生活の援助を受けているとしたら、生保受給を打ち切らなければならない。

火災のあったアパートの住人だった佳子は、事件の参考人として、警察から事情聴取を受けている可能性がある。もしそうなら、警察から立木との関係を訊ねられているはずだ。殺人事件が起きた場合、警察は被害者の肉親まで疑う。その警察が、参考人の背後にいるきな臭い男に視線を向けないとは思えない。必ず、立木との関係を訊いているはずだ。

仮にまだ事情聴取を受けていないとしても、警察が佳子を呼びだすのは時間の問題だろう。殺害現場となったアパートの住人に、話を聞かないわけがない。遅かれ早かれ、佳子は立木との関係を明らかにせざるを得ない。

ならば、曖昧にお茶を濁すよりも、いまここで単刀直入に訊いた方がいい。いずれ、はっきりさせなければいけないことだ。

聡美は腹を決めて、話を切り出した。

「安西さんのお身体を、大変心配している人がいるんじゃないんですか」

佳子の顔が険しくなる。

「どういう意味ですか」

探るような目で、聡美を見る。聡美は佳子の目を真正面から見つめた。

「親しくしている男性がいらっしゃるという話を聞きました」

佳子は大きく目を見開いた。声も出ないほど、動揺している。

わずかな間を置いて、佳子は口角を引きあげた。本人は笑ったつもりなのだろうが、引き攣《つ》ったようにしか見えない。

佳子は聡美を見つめたまま、激しく首を振った。

「そんな人いません。いったいなにを言ってるんですか。見てのとおり、私はひとり暮らしです」

佳子を刺激しないよう、穏やかに説明する。

「同居しているとか別居しているとか、そういうことが問題ではないんです。要は、内縁関係にある人がいるかどうかということなんです。もし、そのような方がいた場合、その方から生活の援助を受けているとみなし、生活保護を停止する場合もあります。ですから、安西さんに内縁関係の方がいるという話が聞こえてきた以上、私はケースワーカーとして、安西さんの交友関係を調べなければいけないんです」

聡美はさらに一歩踏み込んだ。

「立木智則さんという方とは、どのようなご関係ですか」

佳子は弾かれたように立ち上がると、聡美の腕を強く摑んだ。

「帰ってください！」

佳子は聡美を立ち上がらせて玄関へ連れて行くと、ドアを開けて外へ押し出した。

「誰がなにを言ったかしらないけれど、付き合っている男性なんていません！」

聡美の靴が通路に投げ出され、目の前でドアが大きな音を立てて閉じた。

もっと詳しく話を聞くためにドアをノックしかけた聡美は、あげた手をそのまま下ろした。あの剣幕では、今日はもうなにも話してはくれないだろう。ここはいったん引きさがり、出直した方がいい。

聡美は通路に転がっている靴を履くと、アパートをあとにした。

自宅に戻った聡美はまっすぐ二階にあがると、自分の部屋から小野寺に電話をかけた。連絡を待っていたのだろう。小野寺はすぐに携帯に出た。

「俺だ。安西さん、どうだった」

前置きもせず、小野寺は佳子の様子を訊ねた。聡美は今日の出来事を端的に説明した。佳子が通っていた病院は御崎町の菅野病院であること、病院名を口にすることにかなり抵抗があったこと、立木との関係を強く否定したことを伝える。

聡美の話を黙って聞いていた小野寺は、喉の奥で唸った。

「菅野病院は近いうち当たるとして、問題は立木との関係だな」

聡美は、はい、と答えた。

「警察の調べで、安西さんと立木が内縁関係にあることはわかっています。でも安西さんは否定した。立木の名前を聞いたときの安西さんの様子は、普通じゃありませんでした。単に交際相手の存在を知られたばつの悪さではなく、もっと深刻な秘密を暴かれてしまった、そんな感じでした」

小野寺は、ふうん、と鼻を鳴らすと、わかった、と歯切れのいい口調で言った。

「立木の件はもう少し時間がかかりそうだな。とりあえず、安西さんがかかっていたという病院の方を当たろう。安西さんが本当に受診していたかどうか確認を取る必要がある」

小野寺は、今日はゆっくり休め、と労《ねぎら》いの言葉をかけて電話を切った。

切れた携帯を手に、聡美はベッドに腰掛けたまま溜め息をついた。

佳子がなにを隠し、なにに怯えているのかはわからない。ただ、ひとつ言えることは、いまの佳子は幸せだとは思えない、ということだ。

自立できずに生活保護を受け、住んでいたアパートを身ひとつで焼け出されてしまった。たしかにいまの状況を幸福とは思えないだろう。だが、安西が持つ暗さは、ここ数日で身にまとったものではない。安西が暮らす部屋の壁の染みのように、長い年月の間に染み付いたものだ。

どうすれば、佳子は幸せになれるのだろうか。

考えながら聡美がぼんやりと空を眺めていると、階下から昌子の呼ぶ声がした。

「聡美」

聡美は我に返った。夕飯の準備ができたのだろうか。昌子は心配性だ。娘が仕事で悩んでいると知れば、いらないことまで考え悩むかもしれない。

聡美は努めて明るく返事をした。

「いま行く」

頭から、自分を呼んだのは夕飯の準備ができたという意味だと思っていた聡美は、意外な昌子の言葉に、思わず聞き返した。

「電話？」

「川崎《かわさき》さんっていう人。保留にしておいたから、早く出なさい」

家の電話に、自分あての電話がかかってきているという。

誰だろう。

携帯を使うようになってから、家の電話に連絡をしてくる者はほとんどいない。友人も職場の人間も、直接、聡美の携帯に連絡してくる。それに、川崎という名字の人間に覚えはない。

聡美は心当たりのないまま、保留になっている電話機から受話器をあげた。

「お電話替わりました」

声が聞こえなかったのだろうか。受話器の向こうからはなにも聞こえない。聡美はさきほどより少し大きな声で、もう一度言った。

「もしもし、お電話替わりましたが」

少しの沈黙のあと、受話器の向こうから、ようやく聞き取れるくらいの小さな声が聞こえた。

「これ以上、首を突っ込まん方がええ」

最初は誰だかわからなかった。しかし、どこかで聞き覚えのある声だった。少し掠《かす》れ気味の、ぶっきらぼうな喋り方。思い出した聡美は、驚きのあまり受話器を落としそうになった。

金田だ。

容貌は時間の経過とともに変化するが、声や口調はさほどは変わらない。いまから十年ほどまえ、公園で聡美を不良から救ってくれた金田の声だ。

台所にいる昌子に聞こえないように、受話器の通話口を手で覆い声を潜める。

「金田さん。金田良太さんですよね」

男は聡美の問いに答えず、早口で言った。

「これ以上、安西佳子に近づくな」

佳子に近づくなとはどういうことだろう。それより、いまは金田の居場所のほうが重要だ。

「金田さん、いまどこにいるんですか。みんな金田さんのこと捜しています。いまどこに――」

男は聡美の言葉を、途中で遮った。

「ええの、もう首突っ込むんじゃないで。でないと、自分の身が危のうなるけん。わかったのう」

男が電話を切ろうとする気配がした。聡美は引き止めようとした。

「金田さん、待って。金田さん！」

電話は一方的に切れた。

聡美はしばらく受話器を持ったまま立ち尽くしていたが、電話機に戻すと大きく息を吐いた。男は金田と呼ばれて否定しなかった。やはり、金田に間違いない。

昌子が台所から顔を出した。

「聡美。電話、終わったん。用事が済んだんじゃったら早う、夕飯たべんさい。出来とるよ」

「あ、うん」

昌子が台所に戻っていく。聡美は電話機を見つめたまま、先ほどの金田の言葉を思い返した。

——これ以上、安西佳子に近づくな。ええの、もう首突っ込むんじゃないで。でないと、自分の身が危のうなるけん。わかったのう。

いったいどういう意味だろう。なぜ、佳子の身辺を調べることが、自分の身の危険に繫がるのか。

脳裏に、山川の黒く煤けた腕時計が浮かんだ。

金田は、これ以上首を突っ込んだら、お前も山川のようになると伝えたかったのだろうか。

——自分も山川のように、殺されるかもしれない。

身体が震えてくる。聡美は震えを抑え込むように、腕を身体に巻きつけた。


聡美は朝食を簡単に済ませると、いつもより三十分早く家を出た。

職場に着くと、手早く朝の雑務をこなし、小野寺を待つ。

昨夜、金田との電話を切ったあと、小野寺に電話をかけた。しかし、携帯は繫がらなかった。

金田から電話があったとメールで伝えようかと思ったが、やめた。金田とのやり取りを、どのように文章にしていいかわからなかったし、メールという簡易な方法で伝えるには、あまりに深刻な内容だった。

考えた聡美は『伝えたいことがあるので、明日、早めに出勤できませんか』とメールをした。就業時間の前に会って直接話そう、と思ったからだ。

小野寺から返信があったのは、日付が変わってからだった。聡美から電話があったとき、いきなり訪ねてきた友人と一杯やっていたという。メールには『了解。深酒した翌日の早起きは辛いが、がんばって早く出勤する』とあった。聡美は布団に包《くる》まりながら、ありがとうございます、とメールを返した。

聡美が自分の席で小野寺を待っていると、美央と小野寺が、ほぼ同時に部屋に入ってきた。すでに朝の雑務が片付いていることに気づいた美央は、少し驚いた顔で聡美に礼を言い、いつもより早く出勤してきた理由を訊ねた。

「もしかして、外泊してそのまま出勤?」

美央が好奇を含んだ目をして、楽しそうに訊く。

聡美は適当な理由を口にしながら、目の端で小野寺を見た。

小野寺は自分の席に荷物を置くと、何気ない様子で部屋を出ていった。出ていくとき、目があった。小野寺は軽く顎をしゃくった。部屋の外で待っている、という合図だ。察しがいい小野寺は昨日のメールで、聡美の伝えたいことというのが、人の耳に入れたくない内容だということを感じ取ったらしい。

小野寺が部屋を出たあと、少し時間をおいてから、聡美も席を立った。

部屋を出ると、廊下の突き当たりにある「市民の部屋」へ向かった。そこは、弁護士や司法書士などの専門相談員が、市民からの悩みや相談事を聞く部屋だった。相談の受付は、九時からだ。始業前のこの時間なら、おそらく誰もいない。おそらく小野寺はそこにいる。

聡美が思ったとおり、小野寺は「市民の部屋」にいた。コの字に置かれている会議机の奥の席に座っている。

「小野寺さん」

聡美が駆け寄り声をかけると、小野寺は顔を歪めてこめかみを押さえた。

「もう少し、静かな声で頼む。頭に響く」

どうやら二日酔いのようだ。大きな声を出したつもりはなかったが、小野寺には応えるようだ。

聡美は小野寺の向かいに座ると、頭に響かないように、小声で早く出勤させた詫びを言った。小野寺が苦笑いで返す。

「礼なんかいい。それよりメールにあった用っていうのはなんだ。こんども山川さんのことか」

聡美は部屋の入り口を見た。ドアは磨《す》りガラス製で出来ている。扉の外に人がいる様子はない。

聡美はさらに声を潜めて、小野寺に身を乗り出した。

「実は小野寺さんとの電話を切ったあと、うちに金田さんから電話があったんです」

「なんだって！」

自分の声が頭に響いたのだろう。叫ぶと同時に、小野寺は苦悶《くもん》の表情でこめかみを押さえた。こめかみを押さえたまま、目だけで聡美を見る。

「詳しく教えてくれ」

聡美は昨日の金田からの電話の内容を伝えた。聡美が話し終えると、小野寺は真剣な表情で訊ねた。

「電話をかけてきたのは、間違いなく金田だったのか。相手は名乗らなかったんだろう。勘違いとか聞き違いの可能性はないのか」

聡美は確信を込めて、首を横に振った。あれはたしかに金田の声だった。

「警察に——若林刑事に、連絡した方がいいでしょうか」

聡美は意見を求めた。警察は金田の行方を追っている。一市民として、捜査に協力した方がいいのではないか。

小野寺はしばらく思案するようにじっと床を見つめていたが、そうだな、とつぶやいた。

「たしかに協力するのは市民の義務だ。それに、内容が気にかかる。聡美ちゃんの身が危なくなるというのは、一見、相手を案じているように聞こえるが、見方を変えれば脅しにも取れる。そのことも含めて、警察に相談した方がいい」

でもその前に、と小野寺は言葉を続ける。

「まずは課長に伝えるのが先だ」

北町中村アパートが焼け落ちたあと、猪又は金田の生活保護の停止を考えていた。生保受給者が行方不明になった場合、行政としては受給者を失踪扱いとして、生保の停止手続きをとることになっている。

もし電話が金田からだったとしたら、本人はどこかで生きているということだ。次の生保受給日に、市役所に受給を受け取りに来る可能性がある。いま、生保の停止をするのは勇み足だ、というのが小野寺の考えだった。

「生保は、打ち切るのは簡単だが、改めて受給審査を通すのは難しい。受給を打ち切ったあとに金田が現れて、また申請書を提出したら、審査からなにからまた手間がかかる。もう少し様子を見てからの方がいい」

小野寺の考えに、聡美は同意した。まずは猪又に伝えよう。

そこで話が途切れたとき、部屋のドアが開いた。

目を向けると、若い女性が立っていた。手に新聞を持っている。この部屋の担当部署である市民相談課の職員だろう。今朝の新聞を置きに来たのだ。

深刻な顔で話をしている小野寺と聡美を、女性は怪訝そうに見つめている。

小野寺は椅子から立ち上がると、用があって使わせてもらいました、話は済んだからもう出ます、と女性に言い、部屋を出ていく。聡美も、女性に一礼して部屋を出た。

朝礼が終わり、課員がそれぞれの仕事にとりかかると、聡美は猪又のところへ行った。机の前に立ち、話がある、と申し出る。聡美の神妙な面持ちから、重要な用件だと察したのだろう。猪又は、隣で聞こう、と言って席を立った。

社会福祉課の隣にある会議室へ入ると、猪又は聡美と向かい合って椅子に座った。

「どうした。なんぞ悩みごとか。恋愛相談なら、わしに言うてもお門違いで」

冗談めかしに、猪又が牽制する。

聡美は膝の上に置いている拳を、強く握った。

猪又は、聡美や小野寺が、佳子と金田の周辺を調べることを快《こころよ》く思っていない。ここでまた金田の名前を出したら、きっと猪又は嫌な顔をする。定年までの二年を、何事もなく過ごしたいと猪又は願っている。電話でのやり取りを咎《とが》めはしないだろうが、部下が厄介事に巻き込まれていると知ったら、心穏やかではないだろう。

どう話を切り出そうか迷ったが、聡美は腹をくくった。どのように切り出しても、話す内容は同じだ。それならば、単刀直入に伝えた方がいい。

実は、と聡美は顔をあげて、金田から電話がかかってきたことを伝えた。

案の定、猪又の顔色が変わる。

「金田って、行方不明になっている、あの金田か」

聡美は肯いた。

佳子に近づくと自分の身に危害が及ぶと言われたことは伏せて、これ以上事件に首を突っ込むなと釘を刺されただけに留めた。佳子に近づくなと言われたと伝えたら、小野寺と聡美が、秘密裏に佳子の周辺を探っていたことが猪又にばれてしまう。いまは、金田が生きているという事実を伝えるだけでいい。

「金田さんは生きています。だから、金田さんの生保停止は、もう少し様子を見てからのほうがいいと思います」

聡美の意見を肯定も否定もせず、猪又は難しい顔をしたまま黙りこんでいる。金田の生保停止を引き延ばすことが、それほど大きな問題なのだろうか。

猪又はしばらく考え込んでいたが、苛立たしげに首の後ろを掻くと、溜め息をついた。

「受給者はのう、米に集《たか》る虫じゃ。税金いう米をただ喰いする者は、ひとりでも少ない方がええ思わんか」

米に集る虫、ただ喰い——その言葉を聡美は飲み下せなかった。

たしかに、自らの怠惰《たいだ》を棚にあげ、強欲な依存心の赴《おもむ》くまま、生保を受給している人間はいる。不正受給も横行している。金田ももしかしたら、不正受給に手を染めているのかもしれない。とはいえ大半は、働きたくても働けず、身体上の理由や自分ではどうにもならない事情で、生活保護の制度に頼っている人たちだ。生保受給者すべてを擁護するわけではないが、受給者ひとりひとりの背景に目を向けず、ひと括《くく》りにして、米に集る虫だのただ喰いだのと、言い切る考えには同意できない。

猪又は、自分の腿《もも》を強く叩くと、とにかく、と話を終わらせようとした。

「聡美ちゃんを信用せんわけじゃないがのう、昨夜の電話が金田からじゃいう確かな証拠はない。そうである以上、行方不明者の受給を継続するわけにはいかん。面倒じゃが、一度、受給停止手続きを取って、本人が出てきたら改めて受給手続きをするべきじゃ」

一時的であるにせよ、課が担当する生保受給者の数をひとりでも減らしたいというのが本音だろう。そんなやり方には納得できない。そう思いながらも、上司である猪又に面と向かって意見するのは憚《はばか》られた。指示に従うほかない。

聡美は、わかりました、と小さく答えた。聡美を説得できたことにほっとしたのだろう。猪又は椅子に深くもたれ、軽い調子で言った。

「まあ、電話がほんまに金田からで、打ち切られた生保を金田がもう一度受給しようと考えたとしても、いままで受給していた津川市役所に申請しに来るとは限らないしな」

言葉の意味が摑めず、聡美は戸惑った。

猪又は聡美に目をやると、投げやりな笑みを浮かべた。

「行方をくらました受給者が、他の自治体で改めて生保申請することはめずらしいことじゃない。そうなってくれれば、こっちはありがたいんじゃがのう」

——やはりそれが本音か。

聡美は唇を嚙みしめ、猪又の目から顔を背けた。

昼食を終えた聡美は、外に出ると庁舎の北側へ向かった。建物の裏手は樹木に囲まれた中庭になっている。聡美は中庭にある少女の像の前で、小野寺と待ち合わせていた。

約束の十二時半ちょうどに像の前につくと、小野寺もほぼ同時に、聡美とは逆の方からやってきた。

小野寺は聡美のそばへやってくると、いきなり訊ねた。

「どうだった。金田の件、課長はなんて言ってた」

聡美は憤りを堪《こら》えながら、猪又との会話をすべて伝えた。

「課長は金田――受給者の事情ではなく、目下の受給者の数が減ることを第一に考えているようです」

聡美と同じく、小野寺も猪又の判断に納得がいかないようだった。しばらく難しい顔で黙り込んでいたが、やがて諦めたように息を吐いた。

「課長がそう言うんなら仕方がない。一旦、金田の生保停止手続きを取ろう。金田が再び申請にきたときのことは、そのときに考えよう」

それより、と小野寺は話を変えた。

「今日は、矢来《やらい》町の受給者を回る予定だったな。そのときに安西さんが通院していたという菅野病院に行こうと思ってるんだが、聡美ちゃんの都合はどうだ。急ぎの仕事があって早く市役所に戻らなければいけないなら、また別な機会にするが」

矢来町は菅野病院がある御崎町の隣の地域だ。近くまで行くから寄るつもりなのだろう。

聡美は大丈夫だと即答した。今月の広報誌に載せる予定の情報は、すでに広報課へ届けてある。ひと月後に行われる、民生委員および児童委員のブロック研究協議会の式次第も出来あがっている。どうしても今日中に済ませなければいけない仕事はない。

小野寺は、よし、と言いながら拳を握ると、尻ポケットから携帯を取り出した。菅野病院に連絡をして院長のアポをとると言う。

電話が繋がると、小野寺は改まった声で言った。

「菅野病院さんでいらっしゃいますか。わたくし、津川市役所社会福祉課の小野寺という者ですが、院長先生にお取り次ぎは可能でしょうか。そちらで受診しているという生活保護受給者の件で、確認したいことがありまして。そうです。ですから、午後の時間帯のどこかで、お時間を頂戴できればと思いまして……」

どうやら看護師が応対しているようだ。

会話が途切れたのか、小野寺が沈黙する。ほどなく、小野寺は勢いよく顔をあげると、そうですか、と声を弾ませた。

小野寺は、ありがとうございます、と礼を言い電話を切った。携帯を尻ポケットに戻すと、小野寺は得意気な顔で聡美を見た。

「午後二時にアポを取り付けた。あまり時間は取れないが、会ってくれるそうだ」

よかった、と思う一方で、ふと不安が頭をかすめた。気持ちが顔に出たのだろう。小野寺は不思議そうに、聡美の顔を覗き込んだ。

「どうした。なにか気になることがあるのか」

聡美は不安の理由を、小野寺に伝えた。

「ケースワーカーが生保受給者の主治医に、病状や受診日時に関することを訊いても差し支えないんでしょうか」

いまの世の中、個人情報は個人情報保護法によって守られている。ことに医者には守秘義務がある。生保受給者の病気に関する情報を探ることは法に触れるのではないか、と聡美は言った。

小野寺は、そんなことか、と笑った。

「それは大丈夫だ。正確な条名は忘れたが、医療扶助受給者の病状調査は、個人情報の保護に関する法律云々《うんぬん》の中にある『法令に基づく場合』に該当する。つまりケースワーカーは、生保受給者の就労指導に必要な情報を取得するための調査権限が認められているんだ」

それに、と小野寺は表情を引き締めた。

「安西さんが本当に菅野病院で受診していたのか、確かめないといけない。もし、詐病《さびょう》で不正受給が行われてるとしたら、見過ごすわけにはいかないからな」

聡美は大きく肯いた。


矢来町は、津川市の東にある小さな町だ。旧街道沿いにあり、昔は土産屋が軒《のき》を連ねていたという。その名残か、通りにはいまでも小さな個人商店がいくつもある。

午後に訪問する予定の生保受給者は五人だった。五十代の男性が三人と、四十代と三十代の女性だった。

小野寺と聡美は午後の就業時間になると、公用車で庁舎を出た。戻りの時間は四時半の予定と、課の壁に貼られているホワイトボードに記してきた。

外回りに費やせるのは三時間半。五人すべてが在宅していた場合、ひとりに割ける時間は、移動時間も含めて四十分ほどだ。

一軒の訪問を五分短くすれば、三十分時間が取れる。その時間を菅野病院の訪問にあてる、と小野寺は運転しながら言った。

最初に、市役所から一番近いアパートに住んでいる受給者のもとへ向かった。四十代の女性だ。彼女は不在だった。出直すことにして次の受給者のもとへ向かう。

次の受給者は、最初の訪問先から車で五分ほど走ったところにあるアパートに住んでいた。今年で五十五歳になる男性だ。男は在宅だった。男の近況や体調、就労活動の内容を確認し、アパートをあとにする。

車に戻ると、一時四十五分だった。

菅野病院は、矢来町と御崎町を隔てている大通りから、少し奥まった場所にある。いま聡美たちがいる場所から車で十分ほどでいける。

「計算通りだな」

小野寺はにやりと笑うと、車を菅野病院へ走らせた。


車から降りた聡美は、目の前にある建物を見上げた。

菅野病院は、病院というより診療所といった趣だった。病院棟と隣接している駐車スペースは軽自動車三台分ほどしかなく、建物も平屋造りで、一般住宅を少し大きくしたほどの広さしかない。唯一、診療施設を思わせるのは、窓にかかっているカーテンがすべて、白で統一されていることくらいだった。

磨りガラスのドアを開けると蝶番《ちょうつがい》が、ギギ、と音を立てた。久しく油を注《さ》していないのだろう。

「おいおい、お化け屋敷かよ」

小野寺が小声でつぶやく。

玄関を入ると、すぐ目の前が待合室になっていた。古めかしいビニール製のソファがひとつと、木製のマガジンラックが置かれている。誰もいない。しんと静まり返っている。

　玄関の横に、受付があった。小窓にはガラス戸が嵌《は》め込まれ、閉まったままだった。ガラス戸のなかに『午後の診療は二時半からです』と書かれたプレートが、こちらから見えるように置かれていた。

　待合室と同じく、受付にも誰もいなかった。おそらく看護師は、昼休みをとっているのだろう。

　小野寺は靴からビニール製のスリッパに履き替えると、受付の小窓をわずかに開けて奥に声をかけた。

「すみません。どなたかいらっしゃいませんか」

　返事はない。小野寺はさきほどより少し大きな声で、看護師を呼んだ。

「市役所の者です。すみません」

　少し間を置いて、受付の奥で人の気配がした。パタパタという足音がして、白衣を着た年配の女性が姿を現した。聡美の母親くらいの歳だろうか。体格にも身にまとっている雰囲気にも、貫禄《かんろく》がある。看護師は口に入っている食べ物をゆっくり飲み込むと、ガラス戸を大きく開けた。

「はいはい、市役所の方ですね。院長先生から、話は聞いています」

　看護師は小窓から身を乗り出し、待合室の突き当たりから右に伸びている廊下を指差した。

「その先に、応接室があります。ドアにプレートがかかってますから、すぐわかると思います。中に入って待っといてください」

　看護師は返事も聞かず、また足音を立てて奥へ戻っていった。

　小野寺と聡美は、女性の指示どおり応接室に向かった。

　十二畳ほどの部屋の中は、ひんやりとしていた。北向きのせいもあると思うが、しばらく使われていないかのような、人の温《ぬく》もりを感じさせない気配が、そう思わせるのかもしれない。

ふたりが中央に置かれた応接セットのソファに腰を下ろすと、ほどなくドアが開いて年配の男性が入ってきた。

グレーのズボンに白いワイシャツ、その上に白衣を羽織っている。会社勤めならば、とうに定年を迎えている年齢だ。銀髪はわずかに額にかかり、白い髭を蓄《たくわ》えた口元に、人の良さそうな笑みを浮かべている。この男性が院長に違いない。

院長はゆったりとした動きで、テーブルを挟んだ向かいのソファに腰を下ろすと、白衣の胸ポケットに入れた名刺入れから、名刺を二枚取り出した。聡美と小野寺も自分の名刺を取り出し、それぞれ両手で差し出しながら交換する。受け取った名刺には、『菅野内科病院　院長　菅野丈太郎《じょうたろう》』とあった。

小野寺が突然の来訪を詫びると、菅野は顔の前で軽く手を振り、気にしなくていい、という仕草を見せた。笑顔で逆に、小野寺と聡美の労をねぎらう。

「あんたらも、大変じゃねえ」

いえいえ——聡美と小野寺がほぼ同時に、言葉にして首を振った。

ノックの音が聞こえ、先ほどの看護師が三人分の茶を持って入室した。粗茶ですが、と愛想笑いを浮かべ、テーブルの上に茶を置く。聡美は、小野寺と一緒に頭を下げて礼を言った。看護師が部屋を出ると、菅野は茶を勧めながら話を向けた。

「なんでも、うちの受診者について、訊きたいことがあるそうじゃが」

小野寺は、早速ですが、と安西の名前を出した。現在、安西佳子は生活保護を受給している。自分たちは佳子の担当ケースワーカーだ。佳子の資料を調べても、病院の受診記録が見つからない。本人に訊ねたところ、菅野病院に通っていると言っている。今日は確認のために伺った、そう小野寺は言った。
菅野は、安西佳子さんね、とつぶやくと、茶托《ちゃたく》に落としていた視線をあげて小野寺を見た。
「たしかに安西さんは、うちに来とりますよ」
「いつ頃からですか」
菅野は、うーん、と唸り首を捻った。
「いつ頃からじゃったかのう。正確には覚えとらんが、三年は経つんじゃないかのう。最低でも半年
に一度は、定期健診を受けに来とりんさる」
佳子が言っていた受診頻度と同じだ。
小野寺は質問を続けた。
「安西さんは肝臓を患っていると聞いてます。正式な病名はなんでしょう。やはり、就業に支障があ
る状態なんでしょうか」
カルテを読むような淡々とした口調で、菅野は言った。
「病名は、アルコール性肝硬変です。長期のアルコール摂取によって引き起こされる肝硬変で、肝肥
大、脂肪肝が特徴。まだ若いのに、彼女の肝臓は老人です。身体にかかる負担がそのまま肝臓に繋が
り、無理をすれば肝不全を起こし死に至る可能性もある」
菅野はアルコールの過剰摂取により、脂肪肝から肝炎あるいは肝線維症を経て、肝硬変から肝がん
へと進行する例を説明した。
「肝臓は沈黙の臓器、と言われとることはご存じでしょう。丈夫じゃが、一度壊すとなかなか元には
戻らん。彼女の場合も、長期の治療が必要です」

「そうでしたか」

小野寺が言う。

菅野は自分の腕時計をちらりと見やると、いけんいけん、と驚いたように声を漏らした。

「もうすぐ午後の診察がはじまる時間じゃ。申し訳ないが、今日はこのあたりで。なにか聞き足りんことがあったら、また日を改めてお願いできますか、のう」

聡美は自分の時計を見た。あと二分で二時半になろうとしている。

小野寺と聡美は、慌ててソファから立ち上がると、時間を取らせた詫びを言い、応接室をあとにした。

玄関に向かう途中にある待合室では、ふたりの老婦人がにこやかに談笑していた。

病院を出た小野寺と聡美は、駐車場に停めてある車に乗り込んだ。

小野寺は、次の生保受給者のアパートへ車を走らせながら唸った。

「どうもしっくりこないなあ」

聡美は同意した。

「小野寺さんも、そう思いますか」

個人病院の多くは、患者の病状が重ければ、医療設備が調っている総合病院へ紹介状を書く。菅野の話によると、佳子が患っている病《やまい》は重症のようだ。津川市には、医療扶助のための医療を担当する指定医療機関がほかにいくつもある。津川市立総合病院もそのひとつだ。なぜ、菅野は重症患者を大きな病院へ転院させないのだろう。

それに、佳子の記録によると、彼女は以前、入院設備が調っている大手の病院で受診している。

多くの人は、一度病院にかかると、医師が信用できないとか看護師の対応が悪いなどの理由がない限り、同じ病院に通い続ける。自分のカルテがあるからだ。別な病院で一から検査をやり直すより、自分の病歴を把握している医師に診てもらいたい、と望む方が普通だ。なぜ、佳子は同じ病院で受診しなかったのだろう。なにかしらの理由があったとしても、どうして入院設備がある大きな病院を避け、小さな町医者にしたのか。

小野寺は聡美の疑問に同意し、市役所に戻ったら道和会のシマ内に住む、他の生保受給者の記録を調べてみる、と言った。佳子が肝臓を患っているというのは、詐病の可能性がある、と考えているのだ。

「安西さんは否定しているが、警察の調べで立木という内縁の夫がいることはわかっている。立木は暴力団の組員だ。他人を食い物にして生きているやつが、自分の女を利用しないわけないだろう。たぶん、病院もグルだと思う。菅野に嘘の診断書を書かせて、佳子は就労困難だと偽り生保を受給する。菅野は診断もせず、役所が発行した医療券に適当な金額を書いて、社会保険診療報酬支払基金に請求する。立木と菅野の懐には、自治体から吸い上げた税金が入るという寸法だ」

小野寺はハンドルを右に切りながら、言葉を続けた。

「相手はヤクザだ。いくらこっちが不正受給だなんだと騒いだところで、証拠がなければ、知らぬ存ぜぬで押し切るだろう。逆に、なんだかんだと因縁をつけられるのが関の山だ。だからこっちとしては、動かない証拠をどうしても手に入れなければいけない。そのうえで、役所として警察に告発する」

道和会の構成員の女——佳子は、菅野病院に通っていることになっている。ということは、道和会と関わりがある生保受給者で、菅野病院で受診していることになっている者が他にいても、不思議ではない。

記録から、菅野病院で受診している受給者を探す。見つけ出したら、受給者本人が申告している受診日と、病院の来院記録を照らし合わせる。相違があれば、その受給者も不正受給に加担している可能性が極めて高い。そこを徹底的に調べ上げる。小野寺は、徹底的に、という言葉に力を込めて、そう言った。

助手席で聡美は、はい、と力強く返事をした。

小野寺と聡美は、予定していた残り三人の訪問を済ませると、急いで市役所へ戻った。今日、在宅だった受給者は四人だった。不在だったひとり目の女性は、帰りにもう一度寄ったときも留守だった。

課に戻って自分の席に着くと聡美は、今日会えた四人の記録簿を開いた。訪問のときの様子や、受給者から聞き取った、不安や不満に思っていることなどの問題点を、メモを見ながら書き記す。すべて書き終えたときは、終業時間を過ぎていた。

「お疲れさん。お先に」

帰り支度を済ませた猪又と倉田が、部屋を出ていく。ふたりが退庁すると小野寺は、聡美に目配せをした。

計画を実行するという合図だ。

夕方、庁舎に戻る車中で、猪又が帰ったら、道和会のシマ内に住む生保受給者の記録を調べる打ち合わせをした。

道和会と佳子に関することでふたりが動いていると知れば、猪又は必ず止める。猪又に気づかれないよう、密かに調べを進める必要があった。

聡美は社会福祉課を出ると、退庁する振りをして地下へ向かった。地下には書庫がある。課ごとに部屋が分かれていて、そこにいままでの保存記録が収められている。

終業時間後に書庫を訪れる者は、あまりいない。手のかかる調べ物は、たいがい就業時間内にする。

聡美は社会福祉課の書庫に入ると、壁際のスイッチを入れて電気をつけた。蛍光灯が灯り、書庫の中が薄黄色の白っぽい光で満ちる。聡美はバッグからメモ帳とペンを取り出すと、何百冊とあるファイルの中から、医療券交付記録を探した。

奥から二番目の棚に、記録はあった。年度ごとに分けてファイルされている。聡美は一番新しい今年度のファイルから調べはじめた。

書類には、医療券の交付を受ける生保受給者の氏名、住所、生年月日のほか、受診する医療機関と受診理由、発行した担当者の氏名が記載されている。

聡美は、受給者が受診する医療機関の欄に集中して書類を捲った。受診する医療機関名が菅野病院になっている書類を見つけ、受給者の受給番号、氏名、住所の町名をメモ帳に手早く書き写していく。

ここ三年分の記録を調べた聡美はバッグから携帯を取り出すと、電波が届かない地下から一階にあがり、小野寺に電話をかけた。

電話はすぐに繋がった。三年分の医療券交付記録を調べ、菅野病院で受診していた者をメモした、と聡美は早口で伝えた。

課員はみんな帰ったらしく、小野寺はふたりでいるときと変わらない口調で答えた。

「そうか。こっちもだいたい調べがついた。これから『ひまわり』に来れるか。そこでそっちの情報と、俺が手に入れた情報を突き合わそう」

「ひまわり」は、庁舎で男が刃物を振り回す事件があった日に、小野寺と昼食をとった喫茶店だ。電話を切ると、聡美はすぐさま「ひまわり」に向かった。

小野寺が店に来たのは、聡美が着いてから十分ほど経ってからだった。

聡美の向かいに腰を下ろすと、小野寺はマスターにコーヒーを注文し、手にしていたバッグからA4のコピー用紙を取り出した。そこには、三十人ほどの氏名と住所が印刷されていた。

「道和会のシマの北町と志木《しぎ》町、八女《やめ》と見田《みた》に住んでいる生保受給者のリストだ」

北町は火災があった北町中村アパートがあった地区で、志木町はその隣、八女と見田は駅の西側にある町だった。北町と志木町は街の中心部から離れた所にあるが、八女と見田は繁華街から徒歩十分でいける地区だ。

テーブルの上に、小野寺が持ってきた用紙と聡美のメモを並べ、そのなかに同じ人物がいるか照合する。

「いた」

聡美は思わず声をあげた。

道和会のシマ内に住んでいる受給者で、菅野病院の医療券を交付された者を見つけた。ひとりやふたりではない。小野寺が印刷してきた受給者の三分の二にあたる二十人が、菅野病院で受診していることになっていた。区域に指定病院は、ほかにいくつもある。住居から離れた個人病院でわざわざ受診する人数としては、偶然の範囲に収まらない数字だ。

聡美は唖然《あぜん》として言った。

「道和会のシマに住んでいる受給者のほとんどが、菅野病院の受診者じゃないですか」

小野寺は運ばれてきたコーヒーに手もつけず、腕を組んで難しい顔をしている。

「調べれば、菅野病院と繋がりがある受給者が何人かは出てくると思っていたが、こんなにいるとは……」

驚きで、言葉の最後は声にならないようだ。

小野寺は眉間《みけん》に皺を寄せると、組んだ腕をテーブルに置いた。肩を怒らし、身を乗り出すように言う。

「聡美ちゃん」

真剣な口調に、体が強張《こわば》る。小野寺は聡美に呼びかけたあと、言葉にしようかやめようか、口を噤んでしばらく迷っていた。が、腹を決めたように息を吐くと、低い声で言った。

「このことに、山川さんが気づいていなかったはずはない」

このことに——小野寺は、照合の結果を指して言った。小野寺の言うとおり、ケースワーカー歴が長く仕事熱心だった山川が、この異変に気づいていなかったわけはない。

小野寺は言い聞かせるような口調で、聡美に言った。

「気づいていたのに、山川さんは黙っていた。ということは、山川さんも不正受給に一枚かんでいたってことだ」

もう、山川を庇《かば》うことができなかった。山川が不正受給に直接、絡んでいたかどうかはわからない。が、不正受給の可能性を疑われる事実を、見逃していたことはたしかだ。

「小野寺さん。昨日、金田さんから電話があったことを、急いで若林刑事に伝えた方がいいんじゃないでしょうか」

山川は何かしらの形で不正受給に関わっていた。言い換えるなら、道和会と関わりを持っていた。

山川が殺された理由は、道和会と裏で揉めたからではないか。

「きっと金田さんは、山川さんが殺された事件に関するなにかしらの情報を摑んでいるんです。もしかしたら、山川さんを殺した犯人を知っているかもしれない。山川さんを殺した犯人を突き止めるためにも、金田さんに関する情報を早く警察に知らせた方がいいと思うんです」

小野寺は若林にいい印象を抱いていない。一度は、警察に相談した方がいい、と口にしたものの、いざとなると若林に頼るようで気が進まないのだろう。小野寺は聡美の進言を難しい顔で聞いていたが、個人的な感情より事件解決を優先すべきだと思い直したらしく、両手で自分の腿を強く叩くと、よし、と声をあげた。

「いまから津川署へ行こう。若林がいればいいが、不在でも別の刑事が話を聞いてくれるだろう」

聡美は肯くと、バッグを手にして椅子から立ち上がった。


小野寺の車で津川署に着くと、聡美は小野寺と一緒に受付へ向かった。

受付には、夜勤と思しき制服姿の若い男性がいた。聡美は警官に、捜査一課の若林に取り次いでもらいたい、と伝えた。氏名と用件を訊ねられ、津川市役所に勤務している牧野聡美です、と名乗り、山川さんの事件に関することだと伝えてもらえばわかります、とだけ伝えた。

受付の警官は卓上の電話をあげると、内線ボタンを押した。電話が繫がったらしく、相手に用件を伝え指示を仰いでいる。警官は短い相槌《あいづち》を打つと内線を切り、聡美と小野寺を見た。

「刑事課がある四階へ、直接来てほしいそうです。その右手にエレベーターがありますから、それであがってください」

警官は、そこ、と言いながら建物の奥へ続いている廊下の先を指差した。

エレベーターで四階へあがると、降りた先で谷が待っていた。

谷は聡美に、その節はどうも、と軽く頭を下げ、ふたりを廊下の奥へ案内した。

あとについて歩きはじめようとした聡美は、廊下の向こうの喧騒《けんそう》に思わず、踏み出そうとした足を止めた。谷が向かう方向とは逆にある部屋から、なにか物々しい気配が漂ってくる。部屋の中から、人が慌ただしく行き交う足音や、なにか指示を出す声が聞こえてくる。

なんの部署だろう、と思いドアの上を見ると、刑事課と書かれたプレートが掲げられていた。なにか事件でも起きたのだろうか。

谷は廊下の突き当たりにある会議室へふたりを連れていくと、ここでお待ちください、と言い残し去っていった。

若林は署内にいるのだろうか。ここでどのくらい待たされるのだろう。

なにもわからないまま小野寺とふたり会議室の椅子に座っていると、廊下の外を大股で歩く足音が聞こえた。足音は次第に会議室へ近づき、ドアの前で止まった。と同時に、勢いよくドアが開いた。

若林だった。

「おう、ご苦労さん」

まるで部下に言うような口調だ。

若林は机を挟んだ向かいの椅子に腰をおろすと、いきなり本題に入った。

「そっちから来てくれてちょうどよかった。ちょうどあんたに連絡しようかと、思ってたところだったんでね」

「なにかあったんですか」

聡美より先に、小野寺が訊ねた。

若林は少し考えてから、いや、と首を振り、まずそっちの話を聞こう、と言った。

昨夜、金田から自宅へ電話があったことを、聡美は若林に伝えた。

「金田から？」

若林の顔色が変わった。

「それは、間違いないのか」

聡美は肯いた。相手は名乗らなかったが、間違いなく金田だった、と答える。

若林は興奮した様子で、電話があった時間と話した内容を詳しく訊ねた。電話が入ったのは、帰宅してまもなくの六時半で、通話は一分足らずだった。金田は、安西にこれ以上近づくと聡美の身が危ない、という意味のことを言って電話を切った。そう聡美は説明した。

「相手は名乗らなかったけれど、電話は間違いなく金田さんからでした」

聡美は確信を込めて言った。

聡美が話し終えると、小野寺が口を開いた。小野寺は、今日の午後に佳子が受診しているという菅野病院へ行って院長から話を聞いてきたこと、腑に落ちないことがあり、道和会のシマに住んでいる受給者と菅野病院で受診している受給者を照合したところ、半分以上の人間が合致したことを伝える。

「生保受給者と菅野病院、道和会が共謀して、医療費を不正受給している可能性があると思います」

若林の目を見据えながら、小野寺は言う。小野寺は、山川が不正受給を見逃していたかもしれないことは口にしなかった。憶測で、亡くなった先輩を犯罪者呼ばわりしたくなかったのだろう。だが、小野寺があえて言わなくとも、いままでの話から若林は、山川が不正受給に加担していた可能性があることに、気づいたはずだ。

伝えるべきことは伝えた。あとは警察に委《ゆだ》ねるだけだ。

黙って話を聞いていた若林は、うーん、と唸りながら手で顎を擦《こす》った。なにかしら、深刻な事態を抱えているかのような表情だ。行方を捜している金田に関する情報が手に入って、嬉しくないのだろうか。良かれと思って伝えた情報だが、逆に捜査の混乱を招いてしまったのか。

聡美は戸惑いながら訊ねた。

「もしかして、今日ここに来たのは余計なことだったでしょうか」

若林は低い声で、逆だ、とつぶやいた。

逆ということは、小野寺と聡美が提供した情報は捜査に有益なものだ、ということだ。

若林は大きく息を吐いて椅子にもたれると、安堵した聡美に、射るような視線を向けた。

「その、金田良太だがな。今しがた、遺体で発見された」

第三章

聡美は若林を見つめたまま、動けなかった。声は聞こえているのだが、言葉の意味が摑めない。言葉を失った聡美の横で、小野寺が叫んだ。

「金田が死んだんですか！」

小野寺の言葉に、停止していた思考が動きはじめる。

金田さんが死んだ。いつ、どこで、なぜ——

聡美より早く、小野寺が若林に訊ねた。

「どうして死んだんですか」

若林は問いに答えない。何事かを思案するように、会議机の上を指でコツコツと叩いている。目は聡美を向いていた。探るような視線に、身が強張る。

死体が発見されたときの状況を説明しない若林に業《ごう》を煮やしたのか、小野寺は声を荒らげた。

「なんで黙ってるんですか。教えてください。事故ですか、自殺ですか」

机を弾いていた指を止めると、若林は小野寺と聡美を睨むように見た。

「他殺だ」

聡美は耳を疑った。小野寺も声を失っている。

伝えられる範囲で、と断ってから、若林は説明しはじめた。

金田の遺体は今日の午後四時過ぎに、市内から十キロほど離れた甲名《こうな》山の山中で発見された。甲名山はいいハイキングコースがあり、利用者が多いことで有名な里山だ。

一一〇番通報したのは、山の麓《ふもと》に住んでいる六十四歳の男性だった。男性は健康のための山歩きを日課にしていて、今日も飼い犬を連れ、夕方の散歩に出掛けた。

山の中腹まで登ったとき、飼い犬が山道から少し外れた笹藪《ささやぶ》で、鼻面を地面に擦りつけ異常に吠えはじめた。蛇かウサギでもいるのだろうか、と思い犬が吠えている先を眺めると、土が新しく掘り起こされた形跡を見つけた。

値打ちのある植物が生えているわけでもなければ、山菜が採れる場所でもない。山肌一面、どこにでもある笹が生い茂っているだけだ。

不審に思った男性が側に行くと、犬が土を前足で掘りはじめた。気味が悪くなりやめさせようとしたとき、土の中に白っぽいものを発見した。人間の指先だった。驚いた男性は携帯を手に、電波の届く範囲まで急いで山を下りると、警察へ通報した。

「直接の死因は、おそらく失血死だ。解剖が済んでないからまだはっきりとはわからんが、胸と腹部を鋭利な刃物で刺されていた。だが、その前にかなり可愛がられている」

この場合の可愛がられるとは、痛めつけられている、ということだろう。

「リンチというより拷問《ごうもん》だな。じわじわと嬲《なぶ》るようなやり方だ」

若林は眉根を寄せ、聡美を目の端で見た。伝えていいものかどうか、迷っているような表情だ。声が震えないように意識しながら、聡美は言葉を喉から押し出した。

「教えてください。もし、教えてもらえるものなら——」

自分には金田の死の状況を知っておく義務があるような気がした。中学生のとき、公園で不良に絡まれていたのを、金田は助けてくれた。今回も、おそらく金田は自分を、助けてくれようとしたのだ。知っておかなければいけない。どんな小さなことでも。どんな酷《ひど》いことでも。

いいだろう、と若林はひとつ肯き、言葉を続けた。

「指の爪が剝《は》がされて、何本かへし折られていた」

聡美は唾を呑み込んだ。覚悟を決めていたものの、喉の奥から酸っぱいものが込み上げてくる。横を見やると、小野寺は目を伏せていた。顔面は蒼白だ。

「遺体の損傷について話せるのは、ここまでだ」

若林はそれ以上、語らなかった。口振りからは、もっと酷い状況だったことが伝わってくる。聡美が聞いたら、貧血を起こして倒れそうなほどの拷問を、金田は受けていたのだろう。

「死斑や死後硬直の様子から、死亡推定時刻は今日の午前一時から朝方の六時くらいまでと推定される。司法解剖の結果が出れば、もっと時間が絞れるだろう」

司法解剖の結果は明日には出る、と若林は言った。

瘧《おこり》に罹《かか》ったように震えてくる身体を、聡美は両手で抱えた。

いまならわかる。安西佳子にこれ以上近づくな、という金田の言葉は、脅しや警告ではなく、忠告だった。佳子は道和会と繫《つな》がっている。金田を殺した犯人が、道和会の者である可能性は高い。

──金田を襲った魔の手は、自分にも及ぶのだろうか。

怯《おび》える聡美を、若林はじっと見つめている。が、ふいに舌打ちをくれると、大きく息を吐いた。再び苛立たしげに、机を指で叩《たた》く。

「金田を殺したのは、十中八九、道和会の人間だ。相手はヤクザだ。なにをするかわからん。お前さんたちに身辺警護をつけたいところだが、明らかに危険が迫っていると証明できない現段階ではそれも難しい」

部屋の中に重苦しい空気が立ち込める。

静寂を破ったのは、ドアをノックする音だった。入れ、と若林が答えるとドアが開き、谷が入ってきた。

「お取り込み中、すみません」

谷はそう言うと若林の側へ行き、なにやら耳打ちをした。内容まではわからないが、金田、という言葉は聞き取れた。金田の件で、なにか動きがあったのだろうか。

若林が肯くと、谷は足早に退室した。

若林は組んでいた足を解《ほど》くと、気を引き締めるように自分の腿《もも》を両手で強く叩いた。

「金田の殺害は山川の事件との関連性が高いと見て、県警はふたつの事件の合同捜査本部を設置することに決めたようだ。とりあえず戒名は二本立てだが、津川署の捜査本部は、実質的に合同で捜査に当たる」

合同捜査本部、という言葉に物々しさがいっそう増す。

若林は椅子から立ち上がると、小野寺と聡美を交互に見た。目には厳しい光を宿している。

「今回の一連の事件に関してだが、俺も金田が残した意見に一票だ。これ以上、深入りするな」

特にあんた、と言いながら若林は聡美を指差した。

「金田が連絡してきたってことは、あんたが金田を殺した奴から目をつけられてる証拠だ」

若林は、聡美を見ながら苦い顔をした。

「俺もいままでに数多くの仏の顔を見てきたが、顔見知りの仏の顔を拝むほど気が滅入ることはない。俺にそんな思いをさせるなよ」

わかったな、と念を押して、若林は部屋を出て行った。

津川署を出て駐車場に停めていた車に乗り込むと、青白い顔のまま小野寺は大きく息を吐きだした。

「大事になってきたな」

小野寺は運転席で身体ごと聡美を向くと、真剣な目で見た。

「これはもう、一市民の俺たちが出る幕じゃない。あいつの言うとおり警察に任せて、これ以上、深入りしない方がいい」

小野寺は体勢を元に戻すと、見えない敵を睨むように前方を見やった。

「この事件が片付くまでは、お互い気をつけよう。夜ひとりで出歩いたり、人気のない所には行くなよ」

聡美が肯いたのを確認すると、小野寺は車にキーを差し込みエンジンをかけた。


亮輔が座布団に腰を下ろすのを見計らい、聡美は茶の間と続きの台所から顔を出した。

「ビールにする？　それともお茶でも淹《い》れる？」

亮輔は首に巻いている黒いネクタイを、片手で緩めた。

「ビールを頼む。今日は飲まないとやっとられん気分じゃ」

聡美は冷蔵庫から瓶ビールを取り出しグラスと一緒に盆に載せると、茶の間にいる兄のもとへ運んだ。

遺体が発見されてから四日後の今日、市内にある高徳寺《こうとく》で金田の葬儀が行われた。

喪主は金田の伯父だった。金田の両親は金田が中学の頃に離婚し、本人は母親に引き取られている。道理からいえば、戸籍上は縁がなくなった甥の葬儀を、伯父が出す義理はない。だが、伯父という人間は情に厚かったのだろう。警察から金田の訃報を受けたあと、数少ない友人を捜し出し連絡をして、葬儀を執《と》り行った。

参列者は金田の伯父とその家族二人、中学高校の同級生だった亮輔と西海、渋谷、そして金田とは仲が悪かった門馬の四人、計七人だけだった。葬儀のあと集まった同級生で軽く飲んできたがまだ飲み足りない、と亮輔は言った。

「淋しい葬儀じゃったなあ」

亮輔は手酌でグラスにビールを注ぐと、一気に飲み干しつぶやいた。

「数が少なくても、悼《いた》む涙が多けりゃ少しは救われるが、数が少ないうえに涙もないなんて哀しすぎる」

金田の骨は四十九日を待たずそのまま、菩提《ぼだい》寺の高徳寺にある母親の墓に納められたという。

亮輔は、ああ、と声をあげると背伸びをする格好のまま、畳に仰向《あおむ》けに倒れた。天井を見つめたまま、独り言のように言う。

「そがに親しかったわけじゃないが、知ってる奴が逝《い》くいうんは、やっぱり切ないのう」

亮輔の辛そうな表情に、山川の葬儀に参列したときの思いが蘇《よみがえ》る。

死は無条件に哀しいものだ。身内に限らず、友人や知人、職場の同僚など、この世で縁があった人間の死ともなれば、なおさら哀しい。

口にする言葉が見つからず、亮輔の向かいで畳に目を落としていると、風呂場の戸が開く音がした。母の昌子が風呂からあがったのだ。

茶の間の戸が開いて、首にタオルをかけた昌子が部屋に入ってきた。

「あら、なんね。もう来とったん」

亮輔を見ながら昌子が言う。亮輔は身体を起こし、胡坐《あぐら》をかいて言った。

「いま来たとこじゃ」

昌子は濡れている髪をタオルで拭《ふ》きながら、聡美の横に腰をおろした。

「お腹は大丈夫ね。うちと聡美はさっきそうめんで済ませたんじゃが、食べるんなら、いまから茹《ゆ》でるよ」

亮輔は首を振った。

「西海たちと軽く食べてきたけん、腹は空いとらん。正直、食欲もあまりない」

昌子は溜め息とともに、ほうね、とつぶやいた。

「ほんま、やるせないねえ。なんでこんなことになったんか……」

昌子が口を閉ざすと、部屋に沈黙が広がった。

金田が他殺死体で発見された事件は、遺体が発見された翌日にテレビのニュースや新聞で報道された。昌子は事件を朝刊で知った。自分の息子の、さして親しくなかった元同級生の名前を、昌子は覚えていた。

驚きながら新聞を見せる昌子に、自分は昨夜のうちに金田の死を知っていた、とは言えなかった。言えば、昌子は根掘り葉掘り訊いてくるだろう。山川と金田の死に、自分が首を突っ込んでいることを説明しなくてはいけない。娘がきな臭い事件に関わっていると知れば、昌子はひどく心配する。母親の弱っている心臓に、負担をかけたくはなかった。

兄の亮輔には、殺される前に金田から電話があったことだけは伝えたが、それ以外の話はしなかった。道和会や不正受給の話をするには、そもそも佳子と立木の関係から話さなくてはならない。社会福祉課の、生活保護受給者の個人情報を外部に漏らさないという守秘義務を、破ることになる。

亮輔も聡美の立場は理解しているのだろう。なぜ金田から聡美に電話があったのか一度だけ訊ねたが、答えられずにいると、それ以上は訊かず、母さんに心配かけるなよ、とだけ言った。

聡美は腰をあげ、台所に立つと三人分の麦茶を用意し茶の間に運んだ。

「早う犯人が、見つかるとええねえ」

座卓に置かれた麦茶を飲みながら、昌子は誰にともなく言った。

聡美は若林の顔を思い浮かべた。

四日前、若林は津川署の会議室で、所轄に合同捜査本部が置かれることになった、と言っていた。警察の捜査方法など聡美には詳しくはわからないが、おそらく大規模な捜査が行われているはずだ。警察はどこまで捜査を進めているのだろう。犯人に辿《たど》りつく有力な情報を入手しただろうか。

亮輔はビールを半分ほど残したまま、麦茶に口をつけた。

「もう飲まんの」

聡美が訊ねると亮輔は、凝《こ》りをほぐすように首をぐるりと回した。

「明日は早いけん。もう休むわ」

今日は日曜で会社は休みだ。だから休暇をとる必要はなかった。疲れているし久しぶりの帰省だから、一日ぐらい休みたい。しかし、そうもいかない。亡くなったのが親族であれば、休暇申請もしやすいが、友人となると休みを貰いづらい、と亮輔は息をはいた。

「何時に発つん？」

朝食を用意しようと思った。聡美の考えを察したらしく、亮輔は、朝飯ならいらない、と手を顔の前で振った。

「近くのコンビニでおにぎりでも買《こ》うてくけん、起きんでええて」

立ち上がった亮輔を、昌子は仰ぎ見た。

「風呂に入って休みんさいよ。疲れが取れんけえ」

いつまでたっても子供扱いする母親に苦笑しながら、亮輔は茶の間を出て行った。

昌子はコップに残っている麦茶を飲み干すと、はあ、と息を吐いた。

「自分より若い人が逝くいうんは、やっぱり切ないねえ」

昌子は聡美に視線を向けた。

「あんたも親より先に逝くことだけは、絶対にやめてえよ」

「なに縁起でもないこと言うとるん」

聡美は半分ほど残ったビール瓶と亮輔が使ったグラスを盆に載せると、昌子の視線から逃げるように茶の間を出た。

万が一、自分の身になにかあったら、昌子はどれだけ悲しむだろう。母親の気持ちも考えず、向こう見ずな行動をしている自分を責める。

——ごめんね、母さん。

聡美は昌子に心で詫びた。


翌朝、聡美は玄関が開く音で目を覚ました。朝ごはんは作らなくても、せめて見送りだけはしようと思っていたが、寝過ごした。このところ、深い睡眠が取れていない。目覚ましをかけなくても、亮輔が起きれば気配で気づくだろうと思っていたが、久しぶりに家族三人が揃《そろ》った安心感か、熟睡していた。

階段を駆け下り、パジャマのまま玄関を出た。

「いってらっしゃい」

慌てて見送りに出てきた妹に、亮輔は苦笑した。その顔をすぐに引き締め、真面目な顔で言う。

「何度も言うが、くれぐれも危ないことはするなよ。お前になにかあったら、母さんはショックで倒れるだけではすまんけえの」

真剣な口調に、聡美も真剣に答える。

「わかっとる。心配せんで」

亮輔はほっとしたように表情を緩めると、行ってくる、と言い残し八雲市に戻っていった。


聡美は会議室の椅子に座り、膝に視線を落としたまま唇を嚙んでいた。

横には小野寺がいる。机を挟んだ向かいには、福祉保健部長の佐賀兼敏《さがかねとし》と猪又がいた。

佐賀は身体を椅子の背もたれに斜めに預けながら、聡美と小野寺を交互に睨んだ。

「もう一度言うが、君たちは警察じゃない。津川市役所の職員だ。自分のやるべき仕事を、はき違えているんじゃないのか」

怒気を含んだ厳しい声に、聡美の肩がぴくりと跳ねた。小野寺も部長直々の叱責《しっせき》に、身体を硬直させている。

猪又は直属の部下に向けられた佐賀の苦言を、身動《みじろ》ぎもせずじっと聞いている。額には薄《うっす》ら汗が滲《にじ》んでいた。

亮輔を見送ったあと、聡美はいつもどおり出勤した。

朝礼が終わり業務に取りかかろうとしたとき、小野寺とともに猪又から呼ばれた。猪又はふたりを廊下へ連れ出すと、話があるから会議室へ来てくれ、とふたりを促した。

言われるまま会議室へ行き、椅子に座って待っていると、ほどなく猪又と佐賀が入ってきた。佐賀をさきに部屋に通すと、猪又は部屋に入り会議室のドアを閉めた。話があるというのは、猪又ではなく佐賀のようだった。平職員に朝っぱらから、部長直々になんの話があるというのか。

真向かいに腰を下ろしてふたりを眺める佐賀の険しい表情から、決していい話ではないことが窺えた。

猪又が自分の隣に座ると、佐賀は前置きもせずいきなり本題を切りだした。

「君たちは、先日亡くなった山川くんの後任だそうだが、なにか勘違いしているんじゃないかね」

佐賀は、小野寺と聡美が菅野病院の院長を訪ねたり、生保受給者の書類を調べるなどして不正受給の有無を調査していることを不適切な行為だとしてふたりを責めた。

聡美と小野寺は、誰にも知られないように調べを進めてきた。いったいどこから漏れたのか。一瞬、若林の顔が浮かんだが、すぐに打ち消した。仮に、警察が関連書類の任意提出を求めたとしても、若林が聡美たちの名前を口にするとは思えない。警察は必要最小限のことしか言わないはずだ。

聡美は目の端で小野寺を見た。小野寺は腿の上に手を置きながら、厳しい顔で机の上を睨《にら》んでいる。小野寺も佐賀に知らせた人物を、懸命に推察しているようだ。

佐賀は不快そうに大きく息を吐くと、小野寺と聡美を見た。

「私はよう知らんが、最近のゲームには自分が刑事や探偵になって事件を解決するものがあるそうじゃないか。その手のゲームにはまっているのか、それとも刑事ドラマの見過ぎか。いずれにせよ、いまの若者の言葉でいうリアルとバーチャルの区別が、出来なくなっているんじゃないのかね。いい大人が」

怒りと侮蔑《ぶべつ》が混じった声で、佐賀は吐き捨てるように言った。

いつまでも終わらない陰険な物言いに、はじめは黙って聞いていた小野寺も耐えられなくなったのだろう。机に落としていた視線を佐賀に向けると、お言葉ですが、と言葉を返した。

「担当職員として、不正受給の可能性を見逃すわけにはいきません。佐賀部長がおっしゃることはごもっともです。ですが、生保受給者の身辺を調べることも、自分たちの仕事であると、俺は考えます」

「滅多なことを口にするんじゃない！」

三十人ほどが入る会議室に、佐賀の声が反響する。自分の声が外に聞こえなかったか気になったのだろう。佐賀はドアの方を気にしながら声を潜《ひそ》めた。

「マスコミに知れたら大事になる」

——保身。

聡美は眉間《みけん》に皺《しわ》を寄せた。

佐賀は自分を落ち着かせるように大きく息を吐くと、諭すように口調を抑えて言った。

「不正受給が行われているのだとしたら、たしかに対処しなければならない。不正受給は詐欺と同じだからな。が、それ以外は我々の領分ではない。仮に暴力団組織が市政と受給者のあいだに入って貧困ビジネスに手を染めていたとしても、我々には、直接、手を打つ術《すべ》はない。暴力団組織に対する取り締まりや捜査権は、警察にある」

佐賀は胸の前で指を組むと、椅子の背にもたれた。

「生保受給者からの被害証言や第三者からの情報提供の事実があった場合は、警察へ通報し、自治体としてなにかしらの対応策をとるべきだ。しかし、そこまでだ。捜査権がない我々は、それ以上のことはできない。我々の仕事の本分は、申請に来た人間が本当に生保受給を受ける権利がある者なのかどうか判断し、生保を受給している人間を自立させることだ。そうだろう」

最後の台詞は、明らかに付加疑問文だ。言葉では訊ねているが、自分の意見に同意しろと強制するような口調だった。佐賀の威圧的な態度に、反発の思いが頭を擡《もた》げた。

聡美は居住まいを正すと、佐賀の目を真っ直ぐに見据えた。

「佐賀部長がおっしゃっていることはわかります。私も貧困ビジネスと不正受給を監視する機関は別だと思います。でも、病歴を偽って生保を受給している受給者がいた場合、それは申請を許可した自分たちの落ち度であり、私たちが見つけ出して対処しなければいけない問題です。警察とは別に、私たちが調べなければいけないことはあると思います」

佐賀は、聞き分けのない子供を咎《とが》めるような視線で聡美を見た。

「調べた結果、それが市政の信頼を損《そこ》なうことになってもかね」

佐賀の声には、多くのものを背負う、自負と責任の重みがあった。

「亡くなった山川くんだが、ずいぶん高価な時計を身に着けていたそうじゃないか。しかも、彼が担当していた生保受給者のなかには、かなり親身になって相談に乗っていた女性もいたと聞いている」

佐賀がいう、親身になって相談に乗っていた女性というのが佳子を指していることは、すぐに察しがついた。

佐賀はもたれていた椅子から身を起こすと、机に肘《ひじ》をついた。顔の前で指を組み、隙間から聡美を見る。

「実際のところはわからない。だが、もし不正受給が露見したら、それを見落としていた市政が非難される。それは間違いはない。万が一、受給者と生保担当者が結託していたとなれば、津川市役所福祉保健部および社会福祉課は、津川市民だけではなく社会全体から激しい批判を浴びる」

佐賀は小野寺と聡美を見据えると、有無を言わさない強い口調で言った。

「いいか。不正受給が行われている可能性があることを、絶対マスコミに嗅《か》ぎつけられるな。不正受給が疑われる生保受給者に関しては、早急に対処しろ。表に出る前に、然《しか》るべき手を打つんだ」

そう言うと佐賀は、猪又を見た。猪又は唾を呑み込むように喉を動かすと、小刻みに肯いた。

話は終わりだ、とばかりに立ち上がると、佐賀は苦々しい顔のまま、振り向きもせず会議室を出て行った。

これが役所のやり方か。不正が行われているかもしれない事実より、自己保身の方が大切なのだ。事なかれ主義が、骨の髄《ずい》まで沁《し》み込んでいる。

聡美の胸に怒りが込み上げてくる。小野寺も同じ気持ちなのだろう。膝頭を強く摑《つか》み、怖い顔をして俯き加減に前方を睨んでいる。

表情からふたりの内心を察したらしく、猪又は宥《なだ》めるような口調で言った。

「納得いかんだろうが堪えてくれ。これも行政を守るためじゃ」

猪又が口にした、行政を守る、という言葉に、さらなる怒りが募る。

行政はそもそも、市民のためにある。役所の役割は、市民から徴収した税金を適切に運用し、地域の住民が暮らしやすい町を作り上げていくことだ。市民のために働くべき公僕が、市民を裏切ることなどあってはならない。

そう訴えようと聡美は口を開きかけた。が、機先を制するように、猪又が先に口を開いた。

「それから、先ほど佐賀部長から、来週早々、社会福祉課に課員を補充するという話があった。新しい課員が来たら、君たちには担当を代わってもらう」

小野寺は机に両手を叩きつけると、腰を浮かせた。

「俺たちに、生保担当から外れろということですか」

詰め寄る小野寺を押し止めるように、猪又は、まあまあ、と両手を前にかざした。

「部長の判断じゃ。中途半端な時期に担当が代わるんは、気持ちのええもんじゃないとは思うがのう、ここは抑えて、引き継ぎの準備をしてくれい」

場の空気を和《なご》ませようと思ったのだろう。猪又は精一杯の笑顔を浮かべて、ことさら明るい口調で言った。

「後任はふたりじゃ。ひとりは十五年前に生保を担当していたケースワーカー経験者で、もうひとりもベテランの事務方じゃ。ふたりとも古巣じゃけ、基本的な仕事は知っている。書類さえまとめて渡せば、あとは上手くやってくれるじゃろ。心配するな」

上手くやる——とは、事を荒立てずなあなあで済ませる、という意味か。

「後任への引き継ぎが終わったら、ふたりには地域福祉の業務に就いてもらう。残業も少ないし、内勤が主じゃけ、身体的にも楽になるじゃろ」

猪又は椅子から立ち上がりふたりの顔を改めて眺めると、頼んだぞ、と念を押して部屋を出て行った。

会議室のドアが閉まると、小野寺は浮かせていた尻を力尽きたように椅子に戻した。

外から市政の広報車が、ゴミのぽい捨て禁止や歩き煙草防止を促すアナウンスを流しながら、大通りを過ぎて行く音が聞こえる。アナウンスの女性の声が無駄に明るく、室内の陰鬱《いんうつ》とした空気がさらに重くなる。

さきほど込み上げた怒りに代わり、胸に無力感が広がる。

「こんなこと、納得できません」

誰に向かって言っているのか、聡美自身わからなかった。

隣で小野寺が、ぼそりと言った。

「世の中、納得できないことばかりだ」

――ここまでか。

聡美は目を閉じた。

山川の死の真相や、不正受給に関わるなにかを探し出せるような気がして、懸命に調べてきたが、若林からはこれ以上首を突っ込むなと止められ、職場では担当を代えられてしまう。もう、自分たちが出来ることはなにもないのか。

小野寺は頬《ほお》を膨《ふく》らませて、ふうっと息を吐くと顔を聡美に向けた。

「いつまでもここに座っていてもどうにもならない。もう生保の担当じゃなくなる事実は変わらないんだ。課に戻ろう」

小野寺の言うとおりだ。落ち込んだままずっとこうして会議室の椅子に座っていても、どうにもならない。聡美は小野寺を見ると小さく肯いた。

課に戻り自分の席に着くと、聡美は引き継ぎのための作業に入った。

未決裁の生保申請書の整理や、県に提出する負担金や補助金申請の報告書のとりまとめを行う。

壁に備え付けのキャビネットから、生保関係のファイルを抱えて机に置くと、隣から美央が身体を寄せてきた。

「新しい課員が来るみたいね」

おそらく課長が伝えたのだろう。別に声を潜める必要はないのだが、美央は意味もなく秘密めいた話し方をするときがある。

「よかったね」

美央は耳打ちをした。

よかった、の意味がわからず美央を見つめる。美央はカラーコンタクトで黒目を強調している瞳を聡美に向けた。

「だって、嫌がってた生保担当を辞められるんじゃない」

聡美は、入庁した今年の春を思い出した。

津川市役所に就職した聡美は、児童福祉か介護福祉に携わるものだとばかり思っていた。だが、配属先は社会福祉課だった。生活保護に関わる業務を担うことに戸惑い、ケースワーカーを務めることに不安を覚えた。

たしかに、気が乗らない業務だった。できることなら、はやく担当を代わりたいとも考えた。その希望が叶う。本当なら晴れ晴れとした気分になるはずなのに、気持ちは一向に晴れない。むしろ、手がけていたパズルの画が、あと数ピースで見えるというときに横から取りあげられてしまったような、不満が残る。嫌々はじめたパズルが好きになりかけていただけに、いっそう無念の思いが強い。

「後任の人は生保担当の経験者だっていうし、これで丸く収まるね。なにか手伝うことがあったら、言ってね」

美央は体勢を戻し、中途半端になっていた報告書の発送作業を再開した。

いったいなにが丸く収まるのか。

後任へ引き継ぐ生保受給者のリストを整理しながら、聡美は思った。

山川を殺した犯人はまだ捕まっていない。不正受給の疑惑も、残されたままだ。社会福祉課の態勢が整うだけで、問題はなにひとつ解決していない。

重い気持ちを引き摺《ず》ったまま、聡美は黙々と手を動かした。

書類の整理が一通りついたところで、聡美はパソコンを開いた。山川の仕事を引き継ぐとき、山川のパソコンから自分のパソコンに、生保関係の書類データが入っているフォルダを移していた。

画面上でカーソルを移動し、『生活保護関係』とタイトルがつけられているフォルダを開く。

開いたフォルダの中には、さらにいくつかのフォルダが入っていた。『生保受給者訪問記録』『生活保護申請書テンプレート』『福祉事務所一覧』『生活保護受給者名簿』などのタイトルがついている。

フォルダを引き継いだあと、『生保受給者訪問記録』と『生活保護受給者名簿』のデータは開いていた。だが、ほかのフォルダは、まだ確認していなかった。あまりに急な引き継ぎだったため、いましなければいけない業務以外のものには、目を通す暇がなかったのだ。いずれ時間に余裕ができたときに整理しようと思い、そのままになっていた。

目を通すだけ通しておこう。

内容の確認をせずに後任にデータを渡すことは、仕事の手抜きだと思われるようで気が引けた。

聡美は順番にフォルダを開いた。すべて確認を終え、あとは『社会福祉協議会誌「きずなだより」広報用原稿』というタイトルがつけられているフォルダのみとなった。社会福祉協議会が発行している広報誌「きずなだより」には、広報誌に掲載してほしい情報があった場合、原稿を作成して送ることになっている。その原稿が保存されているのだろう。

はたして、フォルダの中には、「きずなだより」用の原稿データが保存されていた。「きずなだより二〇××年度」というタイトルがつけられ、年度ごとにフォルダに分けられていた。一番古いものは八年前の日付がついている。このフォルダの中にある原稿は、山川が社会福祉課に在籍していた八年間に作成したものだ。

相手を包み込むような、山川の笑顔が思い出される。課に在籍していた八年のあいだ、山川はなにを思い、なにを考えていたのだろうか。

目頭が熱くなり、急いでフォルダを閉じようとした。×印のアイコンにカーソルを合わせたとき、あるフォルダが目にとまった。そのフォルダは年度ごとに分けられている八個のフォルダのあいだに、まるで身を隠すかのようにひっそりと置かれていた。タイトルは「作業中」となっている。

作業が途中のまま放置されている原稿が入っているのだろうか。

念のため、フォルダをダブルクリックする。が、フォルダは開かない。画面にウィンドウが出て、パスワードの入力を求められた。山川はフォルダにロックをかけていた。

聡美は違和感を覚えた。

ほかのフォルダは、ロックがかかっていなかった。パスワードを入力しなければいけないフォルダは、このひとつだけだ。一般的に作業途中のデータは、すぐに作業に取り掛かれる状態で保存されていることが多い。山川は作業中のフォルダに、なぜロックなどをかけたのだろうか。

フォルダのプロパティを開き、作成日時を表示する。今年の四月二十日になっている。

いまからおよそ二カ月前、山川が殺されるひと月半ほど前に作成されたフォルダだった。

心臓が大きく跳ねた。動悸《どうき》がして、寒気にも似た震えが背筋を走った。

山川はこのフォルダになにを隠したのか。

聡美は文字と数字を組み合わせたものを、パスワード欄に入力した。山川の名前、手帳に書きとめておいた生年月日、市役所の電話番号、課の内線番号など、思いつく限りの文字と数字を打ちこむ。

終業時間になり、倉田と猪又が退庁した。高村も、お先します、と頭を下げて部屋を出ていき、美央も帰り支度をはじめた。

画面の一点を見つめながら、聡美が懸命にパスワードを探していると、隣から美央が声をかけた。

「なにをそんなに、一生懸命見てるの」

「ええ、ちょっと」

聡美は凝った肩をほぐすために首をぐるりと回し、椅子の背にもたれた。パソコンと聡美のあいだに顔を突っ込むようにして、美央は画面を見た。そのままの姿勢で顔だけ聡美に向けると、わざとらしく眉間に皺を寄せた。

「なんか、秘密のサイトを開くためのパスワード？」

聡美は首を振った。

「山川さんが残したデータです」

聡美はフォルダを見つけた経緯を説明した。

「ロックがかかってるから、ちょっと気になって開いてみようと思ったんです。でも、さっぱり」

美央は曲げていた背を起こすと、なにかを納得したように首を縦に振った。

「山川さんも男だったってことね」

美央を見ることで、言葉の意味を問う。美央は少し鼻を上に向けると、自信たっぷりに言った。

「男が隠しているものといえば、エッチな類に決まってる。どこぞのエロサイトからダウンロードした卑猥《ひわい》な画像が入ってるのよ。奥さんがいるから家では見られない。だから、職場でこっそり見てたってとこね」

美央は、あ〜あ、とうんざりした声を漏らすと、手にしていたバッグを抱きしめた。

「どうして男って、ひとりの女に満足できないのかなあ」

美央はフォルダの中身は卑猥な画像だと決めつけている。

口には出さなかったが、聡美は美央の意見を心で否定した。山川が妻以外の女性に関心を持っていたかどうかはわからない。だが、もし関心があったとしても、山川が職場のパソコンから私用でネットを閲覧するとは思えなかった。

市役所の服務規律には、「私用メールや私的なインターネット利用の禁止」が謳《うた》われている。職場のパソコンは、行政が職員に貸与しているものだ。パソコンには使用履歴がわかる管理ツールなどが組みこまれていて、どのパソコンからどのサイトにどのくらいアクセスをしているかを、調べられるようになっている。

昨年、北海道の市役所に勤める職員が、職場のパソコンから勤務時間中に業務目的外のウェブサイトに接続し、ネットショッピングや猥褻《わいせつ》画像のダウンロードを行っていたとして停職一カ月の懲戒処分を受けた。これを受けて津川市役所でも、業務に使用する端末を不適正に使用しないよう、職員に対する指導が徹底された。

仮に、山川が猥褻画像の閲覧を望んでいたとしても、懲戒処分を受けるかもしれない危険を冒《おか》して、職場のパソコンを利用するとは思えない。自宅のパソコン以外で閲覧したいならば、自分の携帯を使うか、ネットカフェにでも行けばいい。

そう考えると、フォルダの中身がさらに気になる。

「あ、急がなくちゃ」

美央は腕時計を見ながら言った。

「このあと、なにかあるんですか」

念入りに化粧直しがされた美央の顔を見て、聡美は訊ねた。

美央は首を振った。

「今日はこれから、市役所のソフトボール同好会の親睦会なの。あたし、幹事だから少し早めに行かないといけなくて」

美央は不機嫌そうに口をすぼめた。

「サッカー同好会なら若い男の人が多いから出会いも期待できるけど、ソフトボールはおじさんばっかり。あたしも知り合いから頼まれなかったら、出会いが期待できない同好会のマネージャーなんてやらないわよ」

しかも、と美央は口を尖《とが》らせた。

「飲み会のときは、いつも猪又課長と一緒なんだから」

聡美は猪又もソフトボール同好会に入っていることを思い出した。

「出会いがないならせめて〝飲み〟だけでも楽しんじゃおうって思うけど、直属の上司の前ではっちゃけることもできないし。いいことといったら、飲み代を少し安くしてもらえることくらいかな」

美央はやる気のない顔を隠そうともせず、溜め息をつきながら部屋を出て行った。

美央が出て行くと、部屋には聡美と小野寺のふたりだけになった。小野寺も引き継ぎの仕事が終わらないのだろう。手元の書類を手早く捲っている。

美央が部屋を出て行くと、待っていたように小野寺が聡美に話しかけた。

「聡美ちゃん、いまの話だけど」

聞き耳を立てていたのだろう。小野寺が言ういまの話というのが、山川が残したフォルダのことを指していることはすぐにわかった。

「フォルダ、開かないのか」

小野寺は書類に目を落としたまま訊ねた。

聡美は小野寺を見ながら、開きません、と答えた。

「中身はわかりませんが、フォルダの作成日時を考えると、山川さんが殺された事件と関係あるかもしれません。可能性はあると思います」

小野寺は開いていた書類を音を立てて閉じると、険《けわ》しい顔で聡美を見た。

「たしかに、その可能性はあるな」

小野寺は書類を手早く片付けると、通勤用のバッグを持ち聡美の側へやってきた。

「でも、山川さんに関連のある数字や文字を入力しても開かないなら、もう俺たちの手には負えんよ。諦めた方がいい」

確かに自分たちには開けない。自分たちには――

聡美は開かないままのフォルダをしばらくじっと見ていたが、机の引き出しからＵＳＢメモリを取り出すと、パソコンに差し込んだ。

「なにをするんだ」

ＵＳＢメモリのウィンドウを開き、ロックがかかっているフォルダをそこへドラッグする。

「ロックがかかっているフォルダを、若林さんに届けます」

小野寺が息をのむ気配がした。小野寺は聡美の机に手をつくと、顔を覗き込んだ。

「若林から、もう事件に首を突っ込むな、と言われただろう。もう忘れたのか」

メモリにフォルダを移し終えると、聡美はパソコンからＵＳＢメモリを抜き取り、電源を落とした。バッグにUSBメモリを入れて、椅子から立ち上がる。

「若林さんから言われたことは忘れていません。でも、もしこの中に事件を解く鍵が入っているなら、このまま放っておくことはできません。怒られても怒鳴られても、私はこれを警察に届けます」

小野寺をまっすぐに見つめる聡美の目から、考えは変わらないと感じたのだろう。小野寺は諦めたように首を振ると、わかった、と肯いた。

「たしかに、事件解決に関わる重要なものが入っているとしたら、届けないわけにはいかんな」

あっ——と小野寺はなにかを思い出したように短い声をあげると、顔を曇らせた。参ったなあ、と言いながら首の後ろを擦る。

「警察までついてきたいんだが、今日はこれから予定があったんだ」

交通事故で足の骨を折り入院している友人を、仲間内で見舞うのだという。

「別に今日じゃなくてもいいんだが、前々から約束していたし、一緒に見舞いに行くほかの友人たちとも、忙しい中やっと予定を合わせたんだ。いまになって断るのも気が引ける」

聡美は思わず噴き出した。幼稚園児でもあるまいし、市内の警察へひとりで行けないわけがない。

そう言うと小野寺は怒ったような顔をした。

「そういう問題じゃない。まだ山川さんと金田を殺した犯人は捕まっていない。なにが起こるかわからないから、身辺には気をつけろと言いたいんだ」

小野寺の心遣いはありがたい。しかし、心配のし過ぎだ。ひとりで暗い道を歩くわけでもないし、人気のない場所へ行くわけでもない。市役所を出たら車でまっすぐ津川署へ行くだけだ、と聡美は言った。

「心配しないでください。これを無事に若林さんに届けたらメールします」

聡美に説き伏せられ、小野寺はしぶしぶ了承した。

帰る前にちょっとトイレに行ってくる、と言い残し小野寺は席を離れた。駐車場までは送っていくから待っているように、と釘を刺される。

それも必要ないと思ったが、先ほどのやり取りでは小野寺が折れたのだから、今回は自分が折れようと思った。

大人しく駐車場まで送ってもらおう。

駐車場に着くと、小野寺は自分の車を停めている四階でエレベーターを降りた。聡美は自分の車を五階に停めている。

扉が閉まる間際、小野寺は叫んだ。

「いいな。警察に着いたら、必ずメールしろよ」

聡美は微笑みながら手を振った。

五階に着くと、聡美はエレベーターから降りた。

立体駐車場に灯りはなく、灯っているのは非常口を示す緑色の誘導灯だけだ。市役所の隣にあるこの駐車場は、昼間は来訪者の車で混み合うが、窓口が閉まる夕方以降は駐車している車は少なくなり人気もなくなる。

ふいに耳に、なにが起こるかわからないから、という小野寺の声が蘇った。急に、いつもの暗闇がいっそう濃くなる。

――早くここを出よう。

キーレスで車の鍵を開け、ドアを開ける。

車に乗り込もうとしたとき、突然、背後に人の気配を感じた。

驚いて振り返ろうとしたとき、頭部に激しい衝撃を感じた。視界が大きく揺れた次の瞬間、顔が冷たいものに触れた。地面のコンクリートだ、とわかるまでしばらくかかった。

ひどい耳鳴りがして、周りの音が聞こえない。吐き気がし、後頭部ががんがん痛む。なにかで頭を殴られたのだ。

目の前に、男物の汚れたスニーカーが現れた。と同時に、うつ伏せにされて手を背後に回された。なにかで縛られたのだろうか。腕の自由が利かなくなる。アイマスクで目隠しをされ、猿轡《さるぐつわ》を嚙まされる。

身体を持ちあげられる感覚がして、どこかに投げ出された。頰にあたる布の感触と、ガソリンと埃が入り混じったような臭いから、車のトランクに押し込められたことがわかる。

遠くで、早くしろ、とか、急げ、という声がする。何人いるのかわからないが、自分の周りに複数の男たちがいるのは間違いない。会話の断片から微かだが、データ、という言葉が聞き取れた。

車のエンジンがかかる。

聡美は定まらない思考を、必死に巡らせた。

男たちが口にしたデータとは、先ほどＵＳＢメモリに保存した山川のデータのことだろうか。そうだとしたら、自分を襲った人間は道和会の者の可能性が高い。

いや、と聡美は即座に否定した。

それはおかしい。データを見つけたのは、つい先ほどのことだ。道和会の人間が、こんなに早く、自分がデータを見つけたことを知っているはずはない。だが、男が口にしたデータという言葉から考えられるものは、山川のデータしかない。聡美がデータを持っていることを、なぜこんなに早く道和会の人間が知っているのか。

聡美は、はっとした。

脳裏に小野寺の顔が浮かぶ。

聡美がデータを持っていることを知っている人物は、小野寺しかいない。聡美がデータをＵＳＢメモリに移し、警察に提出しようとしていることを、小野寺はトイレに行く振りをして道和会に連絡した。そのあと、自分はなにごともなかったかのように駐車場の四階で聡美と別れた。

まさか――

道和会と繋がっていたのは小野寺だったのか。花北通りでバーを営んでいる小野寺の叔父は、裏の世界に詳しいと言っていた。叔父も道和会と繋がっていて、小野寺とともに不正受給に一枚嚙んでいたというのか。

もし、小野寺が道和会と繋がっていたとしたら、道和会に山川を殺すように唆《そそのか》したのは小野寺ではないのか。山川はなにかしらで、小野寺が不正受給に加担していることを知った。そのことに気づいた小野寺は道和会に連絡を取り、山川の口を塞ぐように伝えた。

金田を殺すように仕向けたのも、小野寺かもしれない。金田は聡美が小野寺に、金田から電話があった、と伝えた翌日、口を封じられるように殺された。小野寺はどこからか、金田が聡美に連絡を取ったことを知った。小野寺がどこからその事実を知ったのかはわからない。裏の世界に詳しいという叔父の線かもしれない。いずれにせよ、小野寺は金田が聡美に接触したことを知った。

金田から電話があったことを携帯で伝えようとしたが、小野寺は電話に出なかった。そのとき、小野寺は道和会と連絡を取っていたのではないか。金田の裏切りを組員に伝え、殺害を唆していたのかもしれない。

――道和会と裏で繋がり、不正受給のおこぼれに与《あずか》っていたのは、小野寺なのか。

信じられなかった。いや、信じたくなかった。しかし、論理的に考えれば、結論はそれしかなかった。

聡美は自由を奪われた身体を捩った。

助けて！

叫んだつもりだったが、猿轡の間から漏れる声は呻き声にしかならなかった。

呻き声はエンジン音に掻き消され、車がスピードをあげた。

——いったい、どこに向かっているのか。

信号待ちが間遠くなり、車のスピードが一段と加速される。

母の顔が、そして兄の顔が、脳裏に浮かんだ。

恐怖で全身が震える。聡美は身を丸め、呻き続けた。


若林は手元に配られた資料を睨みつけた。

A４の紙には二十件ほどの電話番号と、その番号を利用している個人名、もしくは事業者名が記載されている。

津川署の三階にある会議室では、北町中村アパート放火殺人事件の捜査会議が行われていた。各捜査員が地取りや敷鑑の報告を行い、事件の捜査状況を確認している。いま、若林が手にしている資料は、支援班から配られたものだった。

資料の内容は、数日前、他殺体で発見された金田良太が使用していた携帯の履歴だった。

携帯電話本体は、遺体発見から三時間後に、現場から五百メートルほど離れた山中で見つかった。本体は意図的に壊されていて、通話やメールの履歴を知ることはできなかった。幸いにもＳＩＭカードのＩＣチップの解析により番号が判明、すぐさま携帯キャリア各社へ番号の確認を依頼した。

捜査の結果、現場近くから発見された携帯のキャリア会社が判明した。携帯の契約者は韓国籍の男だった。男は百五十台もの違法携帯を売り飛ばした容疑で、半年前に神奈川県警に逮捕されていた。おそらくその男から、携帯を買ったのだろう。

「現場から発見された携帯から金田の指紋が検出されたことから、金田は韓国籍の男からなんらかの方法で違法携帯を入手し、自分名義と他人名義の携帯二台を所有していたとみて間違いないと思われます。配付した資料は、金田が使用していた他人名義の携帯のキャリア会社に携帯履歴の開示を求め、いまの時点で確認できたものです。今後、確認が取れ次第、キャリア会社から随時、支援班へ情報が送られてくることになっています」

支援班に応援でやってきた、交通課に勤務している捜査員の報告を聞きながら、若林は資料に記載されている一件の番号を食い入るように見つめていた。

若林の頭の中には、県庁や市の消防本部、総合支庁など、津川市の行政機関の代表電話番号が概《おおむ》ね記憶されている。若林が見つめる一件の電話番号。それは、津川市役所の代表番号だった。遺体で発見される一週間前から、金田は携帯から三回にわたり、津川市役所の代表番号へ電話をかけている。いったい誰に連絡をとったのか。

合同捜査本部の指揮をとっている県警捜査一課長も、若林と同じ疑問を抱いたのだろう。報告する応援捜査員を鋭い目で見た。

「上から五番目にある電話番号、これは津川市役所のものだろう。金田はどこの課へ連絡をとったんだ」

捜査員は気まずそうに答えた。

「そこまでは、まだ調べが進んでいません」

捜一課長は、早急に調べろ、と命じ、他の番号に関しても、金田との関係性を急いで洗うように指示を出した。

「金田と、アパートの火災現場から発見された市役所職員の殺しは、同一犯の可能性が高いと思われる。金田の携帯に残っている履歴は、事件解決に関わる重要なものだ。どんな小さな情報も見逃すな。つぶさに当たれ」

捜一課長は捜査員たちに檄を飛ばし、捜査会議を終了した。

若林は椅子からすばやく立ち上がり、先ほど携帯に関わる報告を行った交通課勤務の捜査員を呼び止めた。後ろのドアから部屋を出て行こうとしていた捜査員は、人の波から抜け出し、若林へ駆け寄った。

「お呼びでしょうか」

若林は手短に、用件を伝えた。

「お前、先ほどの捜査会議の報告で、金田の携帯履歴は、遡《さかのぼ》って確認が取れ次第送られてくると言っていたな。その情報を随時、俺にあげろ」

「随時、ですか」

捜査員は少し驚いたように、目を開いた。

合同捜査本部では毎日、朝と夜の二回、捜査会議を開いている。随時情報をあげろ、ということは、若林にとって金田の携帯履歴は、二回の捜査会議を待っていられないほど高い緊急性を要する情報であることを意味する。捜査員には金田の携帯履歴がそれほどまで重要なものとは思えないのだろう。

若林は捜査員に念を押した。

「夜中、明け方、いつでもいい。新しい情報が入り次第、俺のところへ持ってこい。いいな」

捜査員は顔を強張《こわば》らせて、了解しました、と頭を下げた。

部屋を出ると、若林は携帯から聡美へ電話を入れた。携帯の向こうから呼び出し音が聞こえる。

山川の死に関係していると思われる金田の携帯履歴から、市役所の代表番号が出てきた。かけていた時期は、山川の死後だ。山川が生きていた頃の履歴だとしたら、金田と――道和会と繋がっていたのは山川だと推察できる。が、金田は山川の死後に、市役所へ連絡をとっている。ということは、山川ではない市役所に勤めている誰かが、道和会と繋がっている可能性が高いということだ。

しかもその人物は、金田とさほど親しい間柄とは思えない。ズブズブの関係なら携帯の番号くらいは知っているはずだ。いや、プライベートの携帯は就業中は切っている可能性もある。仕事中だからあえて職場に電話をかけた、ということも考えられる。

呼び出し音を聞きながら頭を巡らせた。

金田は聡美に警告とも取れる電話をかけている。そして翌日、何者かに殺された。残虐《ざんぎゃく》な犯行手口から考えて、暴力団関係者の線が強い。組員同士の仲間割れか、それとも組織に楯突《たてつ》いて邪魔者として始末されたのか。いずれにせよ、市役所の内部に、事件の重要な鍵を握る人物がいることは間違いない。

道和会と裏で繋がっている人物が、同じ職場にいることを聡美は知らない。もし、その人間に自分が知っている情報を話していたとしたら、聡美の身に危険が及ぶ可能性がある。聡美に改めて自分の身辺に気をつけるよう促し、一刻も早く金田が市役所の誰と連絡をとっていたのか突き止めなければいけない。

だが、電話は繫がらない。

なにしてるんだ。とっとと出ろ！

心で毒づく。

呼び出し音が途切れ、若林が口を開きかけたとき、携帯の向こうから機械的な女性の音声ガイダンスが聞こえた。マニュアルどおりの応答メッセージが流れ、留守電に切り替わる。

若林は舌打ちをくれると自分の名前を名乗り、この留守電を聞いたら折り返し連絡をよこすよう言い残して電話を切った。

若林は腕時計を見た。まもなく七時。もう勤務時間はとっくに過ぎている。運転中で携帯に出られないのか、それとも、帰宅して飯でも食っているのか。

続いて若林は、聡美の自宅へ電話をかけた。いま扱っている事件関係者の連絡先は、すぐに使えるように携帯に登録している。

電話はすぐに繫がった。携帯の向こうから、牧野です、という年配の女性の声がした。おそらく聡美の母親だろう。

警察と言えば動揺させると思い、役所の若林と名乗った。警察も、役所であることに違いない。

「聡美さんの携帯番号を知らないので、ご自宅へ連絡しました。聡美さんはいらっしゃいますか」

女性は、なんの疑いもなく答えた。

「娘はまだ帰っておりません」

娘、ということは、やはり母親なのだ。

若林は自分の腕時計を見やった。

「聡美さんは何時ごろ、お帰りになりますか」

母親は、そうですねえ、と少し考えながら、いつもならもう帰っている時間なんですが、と言った。

でも、と母親は言葉を続ける。

「今日は用事で遅くなる、という話はしていませんでしたから、間もなく帰ってくると思います。娘が帰ったら、若林さんという方からお電話があったことをお伝えしますね」

お願いします、と言うと、若林は電話を切った。

母親との電話を切ると、若林はすぐさま小野寺の携帯に電話をかけた。聡美と親しい小野寺なら、聡美の居場所を知っているかもしれない。しかし、小野寺の電話も繋がらなかった。留守電に切り替わる。

聡美の携帯に残した伝言と同じ内容を残し、若林は電話を切った。

胸の奥がざわざわとして、落ち着かない。こういう感じがするときは、あまりよくない。長年の勘で知っている。しかし、いまはどうすることもできない。とりあえず、なにかあったときにすぐに動けるよう、腹を満たしておくことにする。

会議室に戻り、用意されていた仕出し弁当を食べていると、さきほど若林が、金田の携帯履歴が出たらすぐにあげろ、と命じた捜査員が入ってきた。捜査員は若林の前にやってくると、一礼してから二枚の紙を差し出した。

「たったいま、携帯のキャリア会社から送られてきた情報です。新たに確認できた通話履歴とその契約者名です」

捜査員は書類を手渡し、部屋を出て行く。

箸《はし》を動かしながら新しく入手した情報を眺めていた若林は、飯を咀嚼《そしゃく》していた口を止めた。金田の通話履歴に残されていた電話番号の契約者名のなかに、見知った人物の名前があった。

若林は口の中に残っていたものを丸のみし、箸を乱暴に置くと、書類を両手に持ち紙面に食らいついた。記されている名前が見間違いではないか、改めて確認する。

何度見ても、間違いなかった。聡美と同じ職場で、常に聡美の側にいる人間。

——こいつが道和会と繋がっていたってのか。

若林の顔から血の気が引く。

——タヌキが！

若林は上着の内ポケットから携帯を取り出した。

聡美の携帯に電話をかける。繋がらない。急いで電話を切り、聡美の自宅へかける。電話に出た母親は申し訳なさそうに、まだ娘は帰らない、と答えた。

胸騒ぎが激しくなる。

聡美の母親との電話を急いで切ると、若林は小野寺へ電話をかけた。電源が切れている。

「くそっ！」

若林は吐き捨てた。

携帯を切ると、部屋の後ろを振り返った。

「谷！」

会議室の後ろで弁当を食べていた谷が、弾《はじ》かれたように顔をあげた。手にしていた箸を放り出し、若林に駆け寄る。

「なんでしょう」

若林は、さきほど捜査員から受け取った書類を谷の胸元に突きつけた。

「いますぐ、こいつを任意でひっぱれ」

こいつ、と言いながら若林は書類の名前を指差した。名前を見ながら、谷は驚いた様子で訊ねた。

「任同の理由はなんでしょうか」

若林は睨むように、谷を見据えた。

「山川と金田殺しの重要参考人だ」

谷の顔色が変わる。

「本部長には俺から説明する。急げ！」

谷は懐から手帳を取り出し、名前と連絡先をメモすると、慌ただしく部屋を出て行った。


遠くで誰かが笑っている。

男の声だ。

父だろうか。

朦朧《もうろう》とする頭の中に、桜の下で酒を飲んでいる父の姿が浮かぶ。父の周りには、同じ職場の同僚の姿がある。子供の頃、職場の花見に連れていってもらったときの光景だ。父の隣に昌子がいる。ふたりとも楽しそうに笑っている。

昌子の隣には亮輔もいる。まだ子供の亮輔は花を愛《め》でるでもなく、目の前に並んでいる重箱の料理をひたすら口に入れている。

懐かしい光景だ。家族四人がともにいた、幸せなひとときだ。それなのに、なんだか無性に悲しい。なぜだろう。自分もその場にいるはずなのに、みんなからひどく遠くにいるように感じるからだろうか。そばにいるはずの聡美に、誰も声をかけない。見もしない。自分たちだけで楽しげに談笑している。

叫ぼうとしたとき、男の荒々しい声で意識が戻った。

──私、ここよ。

「何度も言いますが、そがあなんじゃないっすよ！」

はっとして目を開ける。と同時に、頭に激しい痛みを感じた。開けた瞼《まぶた》を咄嗟《とっさ》に閉じた。耳に、嘲《ちょう》笑《しょう》が混じった張りのある声が響いた。

「お前の悪いとこはのう、人の話を聞かんところじゃ。ほじゃけん、ミサキにもふられるんよう」

張りのある声に、少し甲高《かんだか》い声が不満そうに言う。

「じゃけえ、俺の方がふった、言うとるじゃないですか」

ふたりの会話の合間に、別な男の声の笑い声が混じる。低音のだみ声だ。

ゆっくりと瞼を開けて、あたりを見渡す。

少し離れた薄闇の中に、ぼんやりとした灯りが見えた。灯りのそばに三人の男がいる。

ひとりは金髪で白い上下のスウェットを着ている。引き締まった体軀《たいく》から、遠目にもまだ若いとわかる。金髪と向かい合っている男は、ジーンズにジャンパー姿だ。落ち着いたものいいから、金髪より年上らしい。ふたりの間に聡美に背を向ける形で座っている男は、蛇革の素材らしきジャケットを羽織っている。全身から漂う貫禄から、三人のなかでは一番年嵩《としかさ》に思われた。

三人は車座になり、灯りを囲む形で木箱に腰かけている。

男たちの会話に耳をそばだてる。甲高い声は金髪、張りのある声はジャンパー、だみ声は蛇革だ。

男たちは聡美が意識を取り戻したことに気づかず、話に夢中になっている。

少しずつ、頭がはっきりとしてくる。どうやら押し込まれた車のトランクの中で、気を失ってしまったようだ。

聡美は床に横たわりながら、身体を動かしてみた。腕が動かない。背中に回されて、なにかで縛られている。猿轡もされたままだ。身体の自由を奪うには腕を縛るだけで充分だと思ったのだろう。足までは拘束されていない。

男たちに気づかれないように注意を払いながら、あたりの様子をうかがった。

暗がりに目が慣れて、少しずつ自分がいまいる場所がどのようなところなのかわかってきた。

壁はコンクリートの打ちっぱなしで、自分が寝そべっている床には、赤茶けた鉄パイプやネジ、釘、潰《つぶ》れた段ボールが落ちている。窓は見当たらない。

金髪の若い男のそばに鉄製の支柱があり、簡易型のスポットライトが取り付けられている。いまいる場所にある、唯一の灯りだ。電源は男の足元にあるポータブル発電機から取っているようだ。

灯りが小さいためはっきりしないが、声が壁に反響する感じから、天井が高くかなり広い場所のようだ。男たちから少し離れた場所に、錆びついた小型のフォークリフトが置かれている。どうやら倉庫のようだ。

どこの倉庫だろう。

場所がわかるようなものはないか、五感を駆使して探す。

埃っぽい空気に、潮の匂いが混じっていることに気づいた。

わかった。埠頭の倉庫だ。

津川市には、港がふたつある。ひとつは近海で獲れた魚があがる塩見《しおみ》港。もうひとつは、船を造る部品などを運ぶ船が入る津川港だ。市役所の駐車場で拉致されて、どちらかの港の倉庫に連れ込まれたのだ。

ひときわ高い笑い声が、倉庫内に響いた。

身を硬くして息を潜める。

男たちは自分をどうするつもりなのだろう。山川や金田と同じように、口を塞《ふさ》ぐつもりなのだろうか。

目をきつく閉じ、愚《おろ》かな自分を恨む。

知らなかったとはいえ、自分は道和会と繋がっている小野寺に、摑んだ情報を逐一報告していたのだ。いまごろ小野寺は、どうしているだろう。自分の悪事を知っている者が始末されることを喜び、美味い酒でも飲んでいるのか。

──悔しい。

聡美は目を開いて、奥歯を嚙みしめた。

──絶対、逃げ出してみせる。

聡美は腕に力を入れた。手首を縛っているものを外すために、引っ張ったり捩《よじ》ったりする。かなりきつく縛ったのだろう。少しも緩まない。

縛っているものが紐ならば、コンクリートの床に擦りつければ、摩擦で切れるかもしれない。

後ろ手のまま、手首を床に擦りつける。体勢が悪いため、思うようにいかない。皮膚が床にあたり、擦り剝《む》ける。

「なにしとんじゃ！」

突然、蛇革の声が響いた。

心臓が飛び跳ねる。気づかれたか。

悲鳴が喉まで出かかったとき、金髪の怯えた声がした。

「俺、なにかしましたか」

蛇革が不機嫌な声で言う。

「そがなもん現場に残したら、フィルターに残ってる唾から足がつくじゃろうが。すぐ拾わんかい！」

どうやら金髪は自分が吸った煙草を、床に捨てたらしい。

すんません、と詫びて、金髪が床から煙草を拾う気配がする。

よかった。

ほっとして、息が漏れる。

男たちは、自分が目を覚ましたことに、気づいたのではなかった。

再び、手首を床に擦りつける。

お願い、切れて。

そう願いながら、必死に手首を動かす聡美は、さきほど蛇革が言ったひと言を思い出し、動きを止めた。

蛇革は金髪を叱りながら、現場、と言った。自分なら、いまいる場所を説明するとき、ここ、とか、倉庫という言葉を使う。しかし、蛇革は違った。蛇革が使った「現場」が意味するもの。それは殺害現場だ。

頭に、自分が殺される図が浮かぶ。刃物で身体中を切り刻まれるのか、それとも、地面に落ちている鉄パイプで頭を滅多打ちにされるのか。

恐ろしさで身体が震えてくる。抑えようとしても無理だ。自分の意思とは関係なく、身体は勝手に震える。

聡美が怯えている気配に気づいたのだろう。ジャンパーの声がした。

「兄貴、女が目え覚ましたみたいです」

聡美ははっとして、男たちに顔を向けた。

「そのようだな」

そう言って、蛇革は木箱から立ち上がった。ゆっくりと聡美に近づいてくる。

聡美は身を捩り、蛇革から離れようとした。しかし、身体はわずかに後ろへずれただけだった。

蛇革は聡美のそばまで来ると、膝を割って目の前にしゃがんだ。

「思うたより早う目が覚めたのう。あんたを運ぶんに難儀したけん、もうちぃと休んでから仕事に掛かろう思うちょったんじゃが、そうもいかんようじゃのう」

仕事とは、おそらく聡美を殺すことだ。

猿轡をされているため、声は出せない。聡美は激しく首を振り、無言の命乞いをした。

蛇革は、憐《あわ》れみと嘲《あざけ》りが入り混じった笑みを浮かべた。

「あんたにはなんの恨みもないが、組長の言うことは絶対じゃ。わしらの世界は、親父の命令なら自分の女でも殺《や》らにゃあいけんからのう」

ほじゃが、と蛇革は首を傾げながら聡美の顔を覗き込んだ。

「あんたも不憫《ふびん》よのう。仲間と思うてた人間に裏切られて命を落とすなんて」

職場の人間。

やはり道和会と裏で繋がっていたのは小野寺なのだ。

まあ、と言いながら、蛇革は肩の凝りをほぐすように、首をぐるりと回した。

「恨むんなら、生保の担当になった不運と、余計な野次馬根性を出した自分の愚かさを恨むんじゃの」

蛇革は、いつのまにか後ろにいた金髪に向かって、おう、と声を張り上げた。

「その辺にパイプが転がっとったじゃろ。ちょうど良さげなやつを持ってこいや。それから、軍手もじゃ」

金髪は股間を押さえながら、言いづらそうに言った。

「殺るまえに犯《や》っちゃあ、いけんですかね」

蛇革はゆっくり地面から立ち上がると、素早い動きで金髪の顔に裏拳をめり込ませた。

「じゃけえお前は、馬鹿じゃいうんじゃ。現場に子種なんか残してみいや。ＤＮＡ鑑定にかけられて、一発でアウトじゃ。警察にパクられたら終《しま》いで。お前みたいな性根なし、ぺらぺら唄《うと》うてしもうて、こっちまで刑務所送りじゃ」

金髪はよろめき、殴られた頬を押さえながら、いまにも泣きそうな顔をした。

「俺は口を割ったりせんですよ」

「信用できんけん言うとるんじゃろうが！　殺《バラ》しは下手すりゃ死刑もあるんど」

蛇革は恐ろしい顔で凄《すご》んだ。

「ごちゃごちゃ言うとらんで、早う、パイプと軍手持ってこい！」

金髪は急いで走り出し、戻ってきたときには、手に錆びた鉄パイプと軍手を持っていた。鉄パイプの持ち手に、タオルが巻きつけてある。指紋がつかないようにするためだろう。

蛇革は鉄パイプをタオルごと受け取ると、ゴルフの素振りをするように腰を入れて振った。

「こりゃあちょうどええ。握り具合も重さもぴったりじゃ」

蛇革は満足げな笑みを浮かべると、金髪に鉄パイプを返しながら言った。

「おう、お前、軍手嵌《は》めえや」

金髪は驚いた。

「俺が殺るんすか」

声が裏返っている。

蛇革は金髪が首にかけているシルバーチェーンを摑んで引き寄せると、鼻がつくぐらい顔を近づけた。

「ひとり殺《ば》らしゃあ、ちいたあ性根がつくじゃろ」

「いや、俺よりスギさんの方が力あるし……」

金髪はちらりとジャンパーを見た。

ジャンパーはスギという名前らしい。

蛇革は引きつけた金髪をこんどは乱暴に突き放すと、頰を張った。

「お前、頭も悪いが耳も悪いんか。わしゃ、お前にやれ、言うたんど」

スギ、と蛇革がジャンパーを呼ぶ。

「船は用意しとるじゃろうの。女の死体は、お前が船まで運べ。軽そうに見えても、人は死ぬとけっこう重いんじゃ。わしは最近、腰が悪い」

「殺りっぱなしじゃダメですか」

ジャンパーのポケットに手を突っ込みながら、スギがぼそりと言う。

蛇革は腰を摩《さす》りながらぼやいた。

「親父の命令じゃ。こがな短期間に市役所から死人がぽろぽろ出りゃあ、今まで以上に大騒ぎになるけん。面倒じゃが海に沈めて、一生行方不明いうことにしとった方がええっちゅう考えじゃ」

蛇革が金髪を振り返る。

「準備はできたか」

金髪は手に軍手を嵌めて、鉄パイプを両手で握っている。覚悟を決めたらしく、蛇革を見ながら大きく肯いた。


来院者用の駐車場に停めていた自分の車に乗り込むと、小野寺は運転席の上で大きく伸びをした。足の骨を折った友人は、術後の経過が良好で予定より早く退院できるとのことだった。友人も、入院した当初は手術の痛みと不自由な生活で落ち込んでいたが、退院の目途《めど》もつき、ほっとしたのだろう。思いのほか元気そうで安心した。

病院を出た小野寺は、一緒に見舞った友人たちと駐車場で別れた。

エンジンをかけると、小野寺は車の時計を見た。七時半だ。

ズボンの尻ポケットから携帯を取り出し、電源を入れる。見舞い中は病院の規則に従い、電源を切っていた。

電源が入り、待ち受け画面が現れた。着信があったことを伝えるアイコンが表示されている。留守電が残されているらしい。

おそらく聡美だ。無事に若林にデータを届けたという連絡だろう。

小野寺は着信履歴を確認した。

表示された番号に眉をひそめる。着信履歴に残されていた番号は、覚えのないものだった。七時過ぎに一回目、その十分後にもう一度かかってきている。

一度ならば間違い電話とも考えられるが、時間をおいて二回かけてきているとなると、明らかに自分にかけてきているのだろう。

いったい誰だ。

小野寺は留守電を確認しようとした。そのとき着信が入った。公衆電話からだった。

ほとんどの人間が携帯を所持しているいま、公衆電話からかかってくることはめずらしい。

いったい誰だ。

小野寺はいぶかりながら着信キーを押した。

「もしもし」

敢《あ》えて自分からは名乗らなかった。いたずら電話か、なにかの勧誘だったら、そのまま切るつもりだった。

相手はなにも言わない。無音の状態が続く。

やはりいたずらか。

小野寺が電話を切ろうとしたとき、携帯の向こうからか細い声が聞こえた。

「津川市役所の小野寺さん、ですか」

聞き覚えのある声だった。ゆっくりとだるそうにつぶやく小さな声、安西佳子だ。

ケースワーカーは、担当者が女性の場合、ストーカー被害などを受ける危険性を考えて、携帯番号は受給者に教えていない。しかし、担当者が男性の場合は、自分が担当する生保受給者に、緊急の連絡先として携帯番号を教えている。

「安西さんですね」

安西は返事をしない。否定しないことが、肯定を意味していた。

「どうしました。なにかありましたか」

携帯にかけてくるということは、急を要するなにかがあったのだろう。

携帯の向こうで、安西は言おうか言うまいか迷っているようだったが、意を決したように言った。

「気をつけてって、牧野さんに伝えてください」

唐突に出た聡美の名前に、意表をつかれる。小野寺は携帯を強く握りしめる。

「気をつけろって、どういうことですか」

安西は切羽詰《せっぱつ》まった声で、早口に言う。

「詳しいことは言えません。とにかく、すぐに牧野さんに伝えてください。お願い、急いで！」

電話がいきなり切れる。

「もしもし、安西さん、もしもし！」

電話をかけ直そうとした。安西がかけてきた発信元を見て、舌打ちをする。発信元が公衆電話では、かけ直すことはできない。

小野寺の頭に、立木の存在が浮かぶ。立木は道和会の構成員だ。もしかしたら安西は、聡美の身に危険が及ぶような話を、立木から聞いたのだろうか。聡美に教えようとしたが、聡美の携帯番号は知らない。だから、聡美の同僚である自分に連絡をしてきたのか。

小野寺はすぐさま聡美の携帯へ電話をかけた。通じない。留守電に切り替わる。

留守電にはなにも吹き込まず、電話を切る。なにも吹き込まなくても、着信があったことに気づけば、聡美なら折り返しかけてくる。無事ならば。

安西の電話の声が、耳の奥でする。

——お願い、急いで！

胸騒ぎがする。

聡美の実家へ電話をしてみよう。そう思ったとき、見慣れない番号から留守電が入っていたことを思い出した。

小野寺の不安が、一瞬薄れる。

もしかしたら、なにかの事情で、誰かの携帯から聡美が連絡をよこしたのかもしれない。

小野寺は急いで、留守電に残されているメッセージを確認した。

若林だった。メッセージの内容は、至急連絡を乞《こ》うものだった。声には切迫感が滲《にじ》み出ている。

小野寺は発信キーを押すのももどかしく、若林へ電話をかけた。

若林はすぐに出た。小野寺の番号を携帯に登録しているらしく、小野寺が名乗る前に怒鳴りつけた。

「小野寺！　てめえ、この非常時になにしてやがる！　この役立たずが！」

若林の剣幕に圧《お》される。

電話に出られなかった理由を説明しようとしたが、若林は聞こうともせず、すぐ用件を切り出した。

「お前、牧野がどこにいるか知らないか」

「え？」

小野寺は聞き返した。

「聡美ちゃんなら、あんたのところへあるものを届けに行ったが、まだ着いてないのか？」

「どういうことだ」

小野寺は、聡美が若林のもとへ行った理由を説明した。

話を聞いた若林は、電話の内容を要約した。

「その、山川さんのパソコンに残されていたデータを、牧野は俺に届けに来る予定だったんだな」

そうだ、と小野寺は答えた。

「市役所を出たのは六時頃だ。津川署まで、どんなに道が混んでいても十五分もあれば着く。いまは七時半。とっくに着いているはずだ」

若林は、怒ったような声で言った。

「牧野は署に来ていない」

硬直した小野寺の耳の奥で、安西の声がした。

──気をつけてって、牧野さんに伝えてください。

小野寺は若林に向かって叫んだ。

「いまから聡美ちゃんの実家に電話する。聡美ちゃんの携帯は、電話しても繋がらないんだ」

「無駄だ」

若林が冷たく言い放つ。

「牧野の自宅には、俺がすでに確認をとった。まだ帰宅していない」

頭が混乱する。小野寺は確信を込めて言った。

「聡美ちゃんに、なにかあったんだ」

「どうしてそう思う」

若林が訊ねる。

小野寺は、今しがた安西から電話があったことを伝えた。

「おそらく安西は、立木から聡美ちゃんの身に危険が迫っている話を聞いたんだ。そして、俺に伝えてきた」

小野寺はハンドルを拳で強く叩いた。

「いったいどこにいるんだよ！」

聡美がいそうな場所を必死に考える。取り乱している小野寺に、若林は冷静な声で言った。

「おい、いまから言うことを、よく聞け」

小野寺は若林の声に、意識を集中した。

「さっき金田の携帯履歴のデータが出た。そのなかに、お前んとこの課長の携帯番号があった」

若林の言葉がなにを意味しているのか、すぐにはわからなかった。頭を整理しながら、若林の言葉を改めて確認する。

「うちの課長って、猪又課長のことか」

そうだ、と若林は答えた。

携帯のキャリア会社は、顧客が発着信した番号や、送受信したメールアドレス、内容などのデータを、三カ月分保存している。金田は殺される前の十日間に、数回、猪又の携帯へ電話をかけていたという。

頭がさらに混乱する。なぜ、金田の携帯履歴に猪又の番号が残っているのか。

若林は、真剣な声で訊ねる。

「牧野が俺に届けようとしていたデータだが、お前のほかに牧野が持っていることを知っている奴がいるか」

小野寺は必死に考えた。はっとした。そうだ。美央が知っている。

「西田美央ってのは、たしか同じ課の職員だったな」

小野寺は、帰り際に美央が、データを開こうとしている聡美に話しかけていたことを伝えた。

「西田は、いまどこにいる」

美央の退庁後の予定など知らない、そう答えようとしたとき、今日はソフトボール同好会の親睦会があることを思い出した。美央は今日、その飲み会に参加している。同好会に入っている猪又もその席にいるはずだ。

小野寺ははっとした。

その席で、美央が猪又に聡美がデータを持っていることを伝えていたら――

小野寺は携帯に向かって叫んだ。

「俺、美央ちゃんに連絡してみます！」

「おい、待て。いったいなにが……！」

小野寺は若林の言葉を最後まで聞かずに携帯を切った。すぐさま美央へ電話をかける。

「出てくれ」

思わず声に出る。

数回のコールで、携帯は繋がった。

「はあい、美央です」

普段から鼻にかかっている声が、さらに鼻声になっている。すっかり出来上がっているようだ。美央の後ろから、笑い声が混じった喧騒《けんそう》が聞こえる。まだ飲み会の最中のようだ。

小野寺は急いで訊ねた。

「小野寺だけど、いまそこに猪又課長はいるか」

なぜ課長のことを自分に訊くのか不思議に思ったようだったが、さして気に留める様子もなく、美央は暢気《のんき》な声で答えた。

「課長はいませんよ」

「いない？」

美央の話によると、市役所を出るときに正面玄関で一緒になったのだが、立ち話をしている途中で、急用ができたから今日の飲み会は欠席する、と言って出ていったという。

急用とはなんなのだろう。

思い当たることはないか訊ねると、美央は面倒そうに唸った。

「課長の用事なんか、あたし、知りませんよ。付き合っているわけじゃないし」

小野寺は食い下がる。

「どんなことでもいい。なんか変わった様子はなかったか」

美央は不満そうに溜め息をついたが、そういえば、となにかに気づいたような声を出した。

「あたしが、山川さんがいなくなってから、きつかった仕事がもっときつくなったって愚痴ったら、新しい課員が来れば少しは楽になるって課長が言ったんです。だからあたし、そうですね、そうすれば、牧野さんも今より楽になりますよね。開けなくて困っていた山川さんが残したデータも、そのまま次の人に引き継いじゃえばいいのに、って言ったんです。そうしたら急に怖い顔をして、そのデータはなんだって訊くから、山川さんのパソコンからロックがかかっているフォルダが見つかって、牧野さんが必死になって開こうとしてるって話をしたんです」

やはり猪又は、聡美が山川の残したデータを持っていることを知っていた。

「それで、課長はどうした」

美央は、そうだ、と声をあげた。

「その後だ。課長が親睦会を欠席するって言ったのは」

そこまで話したとき、携帯の向こうで美央を呼ぶ誰かの声がした。美央が甘ったるい声で、はあい、と返事をする。美央は小野寺に、もういいですか、と面倒そうに言った。

小野寺は最後にひとつだけ、と美央に訊ねた。

「課長が庁舎を出てからどこに行ったのかわからないか」

美央は、もう勘弁してほしいというような口調で、そんなことわかりません、と答えた。

飲み会の邪魔をした詫びを言い、小野寺は携帯を切った。

アクセルを踏み、市役所の駐車場へ向かう。あたりはもうすっかり暗くなっている。

エレベーターを待つ時間がもどかしく、聡美がいつも車を停めている五階まで階段を駆け上がる。

聡美の車は、駐車場にまだあった。車は使っていない。

何かしらの理由で、急に予定を変更したのかもしれない。そう考え、社会福祉課に行ってみる。無駄な希望だとは思っていたが、課員は全員退庁したらしく、やはり部屋には誰もいなかった。

壁に背を預け、独りつぶやく。

「いったいどこにいるんだよ」

意味もなく室内を見渡すと、ふと違和感を覚えた。いつもとなにかが違うように感じる。

なにが違うんだ。

部屋の隅々に目を配る。課員の机を順に見ていると、聡美の机の上にあったパソコンがなくなっていることに気づいた。

急いで駆け寄り、聡美の机の周りを捜す。やはり、ない。

パソコンには、聡美がＵＳＢメモリに保存したデータのオリジナルが残っている。データが発見されることを恐れた人物が、パソコン本体を持ち出したのだ。その誰かとはおそらく――。

猪又課長――
小野寺は携帯を開くと、若林の番号を押した。

津川署の一階に置かれている来客用のソファに座り、小野寺は額に手を当てて項垂れた。

小野寺は社会福祉課の部屋から若林に電話をかけて、猪又は聡美が山川のデータを持っていると知っていること、聡美の車が市役所の駐車場に置かれていること、そして、聡美の机からパソコンがなくなっていることを伝えた。話し終えると若林は、いますぐ署に来るように小野寺に命じた。


小野寺が署へ着くと、入り口で谷が待っていた。上で若林が待っているという。谷について四階に行くと、捜査一課の部屋のなかにある取調室へ通された。若林はすでに部屋にいた。机を挟んだ向かいの席に座るよう目で促す。小野寺が椅子に座ると、部屋の隅にある机で、谷が置いてあったパソコンを開いた。これからここで話す内容はすべて記録する、と若林は言う。

小野寺は苛立った。悠長に話をしている時間はない。行方がわからなくなっている聡美を、すぐに捜し出してくれ、と懇願する。若林は、猪又に関しては、金田殺しの参考人として事情を聞くために動いているが、まだ捕まらない。退庁しているが自宅には帰っておらず、在宅していた猪又の妻も夫の居所はわからないという。いま、懸命に捜している最中だ、と答えた。聡美に関しては、小野寺との電話を切ったあと、聡美の車が残されている駐車場周辺の聞き込みや、なにか拉致された痕跡が残されていないか、すでに捜査を開始しているという。

「まだ事件性が確認されたわけじゃない。表立っては動けないが、緊急事案として所轄が捜査を進めている。最初の一手はすでに打ってある。そう焦るな。とにかく、もう少し詳しい事情を聞かせろ」

小野寺は、自分が知り得ているすべての情報を若林に伝えた。若林は厳しい表情で、黙って聞いている。

小野寺は机を叩くと、身を乗り出して若林に訴えた。

「俺と聡美ちゃんを、山川さんの後任から外すよう仕向けたのも、聡美ちゃんを道和会に売ったのも、猪又課長だ。急いで課長を見つけ出して、聡美ちゃんを救ってくれ！」

若林はペンを走らせていた手帳を閉じて椅子から立ち上がると、小野寺に冷たい声で命じた。

「事情はわかった。あとは俺たちの仕事だ。お前は帰れ」

小野寺は首を振った。聡美の安否がわからない状況で帰ってもなにも手につかない。自分はなにもできないがここにいる、と言い張った。

若林は無言で小野寺を見下ろしていたが、おもむろに息を吐くと、「庁舎内は受付がある一階以外、用のない一般人は出入りさせないことになっている。一階のロビーにいるなら問題ない」と言い残し、取調室を出て行った。


小野寺はソファの上で身を起こすと、腕時計を見た。八時半。聡美と別れてから、二時間半が過ぎている。

小野寺は自分の頭を両手で抱えた。こんなことなら、友人の見舞いを断り、聡美についていくべきだった。油断から聡美を窮地に陥れてしまった自分の愚かさを呪う。

項垂れていると、廊下の奥から足音が聞こえた。

若林だった。急いでいるのか、早足で小野寺に近づいてくる。

なにかわかったのだろうか。

小野寺は若林へ駆け寄った。

「なにかわかったのか」

小野寺の問いに、若林は真剣な顔で答えた。

「牧野の携帯とバッグが見つかった」

小野寺は息をのんだ。

津川署は聡美と猪又の携帯のＧＰＳ発信電波を探査し居所の特定を急いだ。猪又の方はまだ特定できないが、聡美の携帯とバッグは今しがた見つかった。岩倉《いわくら》付近の国道の路肩に放置されていたものを、捜査員が発見したという。

「バッグの中から財布が見つかり、なかに牧野の免許証があった。本人のバッグと見て間違いはない」

岩倉は、津川市の中心部である津川駅から、瀬戸内に面する沿岸部の途中にある地区で、聡美の自宅とは反対方向だ。

「それで、聡美ちゃんは見つかったんですか」

小野寺は若林に詰め寄った。若林の答えは、小野寺が望んでいたものではなかった。

聡美はいまだ発見されていない。

小野寺は奥歯を嚙みしめた。携帯やバッグが見つかっても、聡美本人が見つからなければ意味がない。むしろ、聡美の身に危険が迫っている証《あかし》のように思われる。

若林はズボンのポケットに両手を突っ込むと、事務的な口調で言った。

「とにかく、これで牧野は事件に巻き込まれた可能性が高くなった。現場に牧野を連れ去った犯人の遺留品、連れ去られた場所に結び付く情報がないか、いま捜査を続けている」

聡美が無事である可能性はどれくらいあるのか。

小野寺がそう訊ねようとしたとき、廊下の奥から谷が駆けてきた。

谷がそばまでやってくると、若林は訊ねた。

「なにか出たか」

谷は肩で息をしながら、はい、と答えた。なにか言いかけるが、若林の隣にいる小野寺を見て口を噤む。小野寺の前で報告してもいいものかどうか迷っているようだ。

「いい、かまわん」

上司の許可を得た谷は、大きく肯くと姿勢を正した。

「USBメモリですが、牧野聡美のものと思われるバッグ、およびバッグが発見された周辺からは見つかりませんでした」

やはり——

若林に届けると言っていたUSBメモリがない。つまり聡美は、山川が残したデータが表ざたになると困る人物によって、拉致されたのだ。

「他に新たな情報はないか。駐車場の防犯カメラの解析はどうなってる」

谷が肩を落として報告する。

「牧野聡美が車を停めている駐車場の防犯カメラと、市役所の各出口に取り付けられている防犯カメラの映像の解析を進めていますが、まだ結果は出てきません。いま、急がせています」

若林は防犯カメラの解析とともに、市内の主要道路に設置されているNシステムの解析も進めるよう指示した。拉致事件はほぼ百パーセント、車による犯行だ。そのうち半数は、盗難車両が使用されている。盗難届が出ている不審な車両が見当たらないか確認するよう命ずる。加えて若林は、猪又の携帯の電波を引き続き捜せと谷に言った。電源が切られていれば現在地はキャッチできないが、最後に電波が発信されていた場所は把握できる。

聡美が拉致された——

小野寺は若林に顔を近づけ、唾を飛ばして叫んだ。

「そんな防犯カメラの解析なんて悠長なことしてないで、検問を張るなり、道和会に乗り込んで行って聡美ちゃんの居場所を吐かせるなりしろよ！」

こうしている間にも、聡美に命の危機が迫っているかもしれない。いや、もしかしたらすでに、山川や金田と同じ運命を辿っているかもしれないのだ。

小野寺は若林の肩に手をかけ、激しく揺さぶった。

「なあ、あんたら警察だろう。いますぐ聡美ちゃんを捜し出せよ！」

「警部補に向かってなにをするんだ。やめないか！」

谷が若林と小野寺の間に割って入った。若林を背でかばうように、小野寺の前に立ちはだかる。

「まだ、携帯とバッグが見つかったというだけで、誘拐されたという証拠はない。緊急性が確認できない限り、検問を張るわけにはいかないんだ」

緊急性が確認できないだと。これが緊急事態じゃなければ、なにが緊急なんだ——

頭の血が沸騰《ふっとう》する。谷に摑みかかった。

「聡美ちゃんが道和会に拉致されたのは間違いないだろ！　安西も暗にそういっているじゃないか。道和会じゃないなら、誰がやったっていうんだよ。相手はヤクザだ。どうして動かない。緊急性の確認がとれたときには手遅れだったら、どうするんだよ！」

なにか武道を習っているのだろう。谷は素早い動きで体勢を変えると、小野寺の腕をとり後ろへねじり上げた。身体の自由を奪われる。小野寺は呻《うめ》きながら叫んだ。

「くそっ！　役立たずが！」

「谷」

谷を後ろから若林が呼んだ。

「いますぐ、矢幡《やはた》課長のところに行って、道和会の家宅捜索令状を裁判所から取るように言え。容疑はなんでもいい。相談して適当に見つくろえ」

え、という声とともに、谷の腕の力が緩まる。その隙《すき》を見逃さず、小野寺は谷の腕から逃れた。小野寺のことなど、もうどうでもいいのだろう。谷は若林に向き直ると、狼狽《うろた》えた様子で訊ねた。

「矢幡課長って、暴力犯係のですか」

「他に誰がいる」

若林は谷を睨んだ。

「令状が取れたら、組長の東蔵《ひがしくら》をはじめ、構成員を片っ端からしょっ引き、牧野聡美の居所を吐かせるように言え。捜査員の手が回らなければ、俺んとこにつれて来い。俺も取り調べをする。それから」

若林が淡々と言葉を続ける。

「交通課に、津川市内の主要道路と県外に抜ける幹線道路すべてに検問を張るように指示を出せ。あと、猪又孝雄を任意ではなく、山川、金田殺害事件および牧野聡美拉致事件の重要参考人として手配しろ。緊急配備だ」

谷が慌てて、押しとどめるように若林に手をかざす。

「いや、しかし、署長の許可がなければ無理です」

若林は、射るような目で自分の部下を見据えた。

「おえら方にはあとで話す。許可は取った——そう俺が言っている、と言え」

谷は激しく首を振る。

「ですが、そんなことをして、もし見立て違いだったら、若林さんの首が……」

谷の言葉を、若林の怒号が遮った。

「俺の首などどうでもいい！　市民の命がかかってるんだ。とっとと言われたとおりにしろ！」

谷は感電したかのように身体を硬直させ、はい、と叫ぶと廊下の奥に向かって駆けだした。

小野寺はいまにも泣き出したい気持ちで、若林を見つめた。どこの課の誰がどのように動くのか、捜査の詳細はわからないが、若林が自分の首をかけて聡美を救出しようとしていることだけは理解できた。

礼を言おうとした。が、うまく言葉が出てこない。小野寺の内心を察したのか、若林は宙を見ながら念仏を唱えるようにつぶやいた。

「警察は個人の生命、身体および財産の保護に任じ、犯罪の予防、鎮圧および捜査、被疑者の逮捕、交通の取り締まり、その他公共の安全と秩序の維持にあたることをもって、その責務とする」

若林が小野寺を見る。

「警察法第一章第二条、警察の責務ってやつだ。警察学校で暗記させられた。俺たちの仕事は自分の首を守ることじゃない。俺は自分に課せられた責務を果たすだけだ」

小野寺は唇をきつく嚙むと、力を込めて頭を下げた。

若林は四階の会議室で、矢幡と向かい合っていた。

矢幡は小指で耳の中をほじくりながら、ぶっきらぼうに言った。

「お前は相変わらず、無茶ばかりだな。昔と変わっとらん」

矢幡は若林と同期で、任官してからほぼずっと、マル暴畑を歩んでいる。向き合っている相手が極道者のせいか、矢幡も人相が悪い。それっぽい服を着せれば、誰もがヤクザだと信じて疑わないだろう。

昔から馬が合い、警部と警部補、課長と主任といった階級と立場の違いを超えて、いまでも肝胆相照《かんたんあいて》らす仲だ。ふたりきりのときは当然、タメ口だった。

それにしても、と言いながら矢幡は、コーヒーが入ったマグカップを手に取った。

「道和会にガサ入れとは、今回はだいぶ無茶が過ぎるんじゃないのか。その拉致された女ってのは、もしかしてお前のコレか」

矢幡は笑いながら小指を立てた。

矢幡のからかいを無視し、若林は股を大きく開くと、足を組んで椅子の背にもたれた。

「遅かれ早かれ、道和会にはガサが入る。それはお前が一番良く知ってるだろう」

ここ数年、大麻や覚醒剤などの薬物で検挙される密売人が増えている。売人の裏には道和会の影が常に見え隠れしている。暴対課はさまざまな網を張り、薬物の元締めである道和会を検挙する機会を窺っていた。

「お前がいなくなると、俺も仕事がやりづらくなるんだよ」

矢幡は面白くなさそうな顔で、五分刈りの頭をガリガリ掻いた。

「ほう、俺はまた、清々する、とでも言うのかと思った」

若林が茶化すと、矢幡は苦笑いを浮かべた。が、すぐに真面目な顔に戻って、諭すように言う。

「いま裁判所に令状請求をしている。令状が下りてガサ入れしてもなにも出てこなかったら、お前その歳で立ちっぱだぞ。そうなったら津川署はもちろん、他の小さな所轄にだって戻れん」

立ちっぱとは、交番勤務のことだ。

「刑事も立ちっぱも、警官であることに変わりはないだろう」

はっ、と矢幡は呆れたような声をあげた。

「お前さんから、そんな青臭い言葉を聞くとはな。まあいい。お前なら自分のケツは、自分で拭けるだろ」

矢幡が椅子から立ち上がり部屋から出ようとしたとき、ドアが開いた。

谷が立っていた。資料と思しき紙を握りしめながら、矢幡と若林を交互に見る。

「市役所の駐車場に設置されている防犯カメラの映像と、市内主要道路のNシステムの解析が出ました」

谷の報告によると、市役所の駐車場の防犯ビデオに、女性が三人の男に襲われて連れ去られた映像が残っていたという。

「牧野聡美と思われる女性は、白いセダンのトランクに入れられ、連れ去られています」

谷は、車名とナンバーを告げた。

「Nシステムで確認したその後の足取りですが、車両は駐車場を出たあと国道に乗り、東に向かっています。そのまま直進し岩倉付近を通過したのち、塩見港へ続く交差点を曲がったところで足取りが途絶えています」

ドアのそばで立ったまま報告を聞いていた矢幡は、普段から不機嫌そうな表情をさらに厳しくした。

「塩見港は、道和会のシマだ。埠頭の荷役業務や歓楽街の利権を、奴らが握っている」

聡美は埠頭のどこかに連れ込まれた可能性が高い。ともすれば、港湾に沈められるかもしれない。

――事は一刻を争う。

「谷！」

谷は両手を身体の脇に揃え、姿勢を正した。

「いま動ける捜査員全員に、塩見港周辺の捜索をするように命じろ。急げ」

谷は、はい、と返事をすると、ばたばたと部屋を出て行く。と同時に、矢幡の部下である湯川《ゆかわ》が入ってきた。湯川は若林に向かって一礼すると、矢幡に駆けよりなにやら耳打ちをした。どうしましょう、と湯川が訊ねると矢幡は、俺がやる、と顎を引いた。

湯川が部屋から出て行くと矢幡は、暴対課の取調室へこい、と若林に言った。

「誰かしょっ引いたのか」

若林が訊ねると矢幡は、ポンキチだ、と答えた。

ポンキチとは道和会の古参組員で、組長の舎弟にあたる幹部だ。本名は大谷正吉《おおたにしょうきち》だが、麻雀が好きで昔からポン、ポン鳴いてばかりいるので、蔭ではポンキチと呼ばれている。いままでに傷害や賭博容疑で、三回ほど実刑を食らっているが、三度目の刑期を終えて出てきた一年ほど前から、表立って姿を見かけたことはなかった。まもなく還暦ということもあり、田舎へ帰ったのだろうと思っていた。

若林がそう言うと矢幡は、呆れたような顔をして手を顔の前で振った。

「奴が大人しく隠居するタマかよ。歳とった身体に刑務所暮らしはきついっていてんで、危ないことは若い者にさせてるだけだ」

　矢幡は聡美の一件に道和会が絡んでいると知り、ポンキチの身柄をしょっ引いてくるよう、部下に命じていたという。

「道和会に首っ玉まで浸《つ》かっている男だ。拉致した女に関してなにか知っている可能性は高い」

　取調室の椅子に座るポンキチは、机を挟んで座る矢幡と若林を、瞼がたるんだ目で睨みつけた。

「旦那。いくら旦那でもこの引きネタはないでしょ。あたしは知り合いから金を借りていただけですよ。それを恐喝だなんて、あんまりじゃないですか」

「借りたってどうせ踏み倒すんだ。恐喝と同じだろうが」

　不貞腐《ふてくさ》れたようにポンキチが口元を歪める。それより、と矢幡が凄みを利かせた。

「今日の六時過ぎに、津川市役所の駐車場から女がひとり拉致された。なにか知らないか」

　ポンキチは大きく息を吐くと、呆れた顔で首を振った。

「どうしてあたしが知ってるんですか。あたしは市役所に知り合いはいませんよ」

　ポンキチの目が一瞬、泳いだのを、若林は見逃さなかった。

「拉致したのは道和会の人間だとあたりは付いている。先代に可愛がられて、いまの組長のご意見番を務めるお前が、なにも知らないわけはないだろう」

　ポンキチは顎を前に突き出し、矢幡を下から見上げた。

「旦那もご存じでしょう。あたしも、もう歳だ。穏やかな老後が夢なんです。危ないことには首を突っ込まないことにしてるんですよ」

　矢幡は鼻で笑うと、腕を組み椅子の背にもたれた。

「穏やかな老後ねえ」

　へえ、とポンキチは肯いた。矢幡は右手の小指を、耳の穴に入れた。

「ところで、息子はどうしてる」

ポンキチの顔色が変わる。

「たしか名前は、圭吾《けいご》、だったかな。若い姉ちゃん孕《はら》ませて、籍入れたようだが、ちゃんと真面目に働いているようじゃねえか。長距離トラックの運転手なんて、根性がないと務まらねえ。家族を養うためとはいえ偉いよなあ」

ポンキチの顔が青ざめてくる。どうしてそこまで知っているのか、そんな表情だ。

矢幡は明後日の方を見ながら、言葉を続ける。

「お前、さっき穏やかな老後が夢だって言ったが、世の中、なにが起こるかわからねえ。息子が突然、会社から解雇を言い渡されるなんてこともあり得る。景気が悪いいま、どこの企業も問題なんて起こしたくない。自分のところに、ヤクザの息子がいるなんて知ったらすぐにコレだろうよ」

矢幡は手刀《てがたな》で自分の首を切る真似をした。

矢幡は人の泣きどころを知っている。ヤクザも人の子だ。自分のせいで、息子や娘が泣く姿を見るのは辛い。

「脅すんですか」

語尾が、かすかに震えた。矢幡が笑う。

「脅してるんじゃねえよ。そういうことも世の中あるだろう、って話だ」

「汚《きたね》えぜ、旦那」

ポンキチが目をギョロつかせてくってかかる。目元の縁は赤くなっていた。

矢幡はポンキチの眼前に鼻先をつけると、声を抑えて囁《ささや》いた。

「お前だって似たような真似、してきたんじゃねえか。いまになって人並みに、被害者面しててんじゃねえ。この引きネタひとつでな、その気になりゃあお前を、三年くらいぶち込めるんだぞ」

ポンキチは、目を伏せてつぶやいた。

「なにが、知りたいんで」

矢幡はポンキチから顔を離すと、再び椅子の背にもたれた。

「お前から聞きたいことはふたつ。ひとつは市役所の社会福祉課課長、猪又と道和会の関係。もうひとつは、山川と金田を殺った理由だ」

ポンキチは弾かれたように顔を起こすと、弱々しく首を振った。

「そんなことあたしの口から、言えるわけがねえ」

矢幡は冷たく言い放った。

「そうか。お前は息子の幸せより、組の方が大事だってんだな」

ポンキチは唇を真一文字に結び、押し黙った。

矢幡は宥めるように、ポンキチの肩に手を置いた。

「なあ、考えてみろ。こっちがなんで人目につかないよう、お前の身柄を押さえたか。組内に知れないよう、なんでこっそり接触したか。お前が唄ったってことは、誰にもわからねえよ。大丈夫だ。こっちは絶対、誰にも言わねえ。安心しろ」

ポンキチは信じていいものかどうか疑うような目で、矢幡を見ている。矢幡は口角を引き上げた。

「俺が約束を破ったことがあったか」

ポンキチは押し黙ったままだ。唇がかすかに震えている。

「息子夫婦や孫が泣く姿は、見たくないだろう」

ポンキチは大きく息を吐くと、自分が言ったことは絶対外に漏らさないでください、と念を押し、矢幡の質問に答えはじめた。

ポンキチの話によると、猪又と道和会の繋がりは五年ほど前からで、猪又は道和会から弱みを握られ、生保の不正受給に加担していたという。

若林は眉根を寄せた。

猪又と道和会の繋がりに気づいたのは山川だった。山川が猪又と道和会との関係を探っていると知った組長の東蔵は、山川をどうにかしなければいけないと考えたはずだ。そして、山川は死んだ。

「金田を殺ったのは誰だ」

矢幡は続きを促す。ポンキチは、道和会の若頭が束ねる浅岡《あさおか》組の連中だ、と答えた。金田は何からの形で山川の死に関わり、山川が死んだあと、浅岡組が用意した隠れ家に身を潜めていた。浅岡は金田に、落ち着いたら金を持たせて海外へ高飛びさせてやる、と言っていたが、いつまで経っても浅岡が金を用意する様子はない。ともすれば、自分の命が危うい、と思ったのだろう。金田は猪又から金を強請《ゆす》り、自分の手で高飛びしようと考えた。

そのあとの流れは、容易に想像がついた。金田から強請られた猪又は東蔵に、助けてくれ、と泣きついた。話を聞いた東蔵は、浅岡を使って金田の口を塞いだ。

道和会はすでに、ふたりの人間を殺している。もうひとつ死体が増えることなど気にしないだろう。

若林は椅子から立ち上がると、ポンキチが身に着けているジャンパーの胸ぐらを摑みあげた。

「塩見港は道和会のシマだな。港の周辺で、お前らが見せしめやリンチに使う場所はどこだ」

力任せに椅子から身体を持ちあげられたポンキチは、苦しそうに呻いた。

「訊きたいことはふたつって言ったじゃないですか。約束が違うでしょう」

「ヤクザが約束だなんだのって偉そうなこと、吐かすんじゃねえよ！」

「そんな……」

黙ってやり取りを見ていた矢幡が、可笑《おか》しそうに笑った。

「ふたつってのは、おれの質問だ。そっちの旦那の分は別勘定だろうよ」

若林はさらにポンキチを締め上げる。ポンキチは自分の喉元を締め付けている手を叩き、タップ・アウトして降参の意を示した。

若林が手を離すと、ポンキチは軽く咳をして椅子に倒れ込んだ。荒い息の奥から、港湾内の東埠頭付近にある倉庫街の空き倉庫、とつぶやく。

「埠頭には、冷蔵倉庫として使われてた倉庫がいくつかある。いまは冷蔵装置が壊れて使われていないが、なにか揉め事があると浅岡んところはよくそこを使ってる」

一気にしゃべると、ポンキチは喘《あえ》いだ。

「もういいでしょう。帰してくださいよ」

矢幡はポンキチを椅子から立たせると、孫を可愛がれよ、と背を叩き部屋から送りだした。

矢幡は後ろを振り返ると、鋭い目で若林を見た。

「間違いないな」

若林は、ああ、と肯くと、この借りはいつか返す、と口にして矢幡の横をすり抜けた。

取調室をあとにした若林は、山川と金田殺しの合同捜査本部の指揮をとっている、本部長の藤代《ふじしろ》のもとを訪れた。藤代は、臨時で設《しつら》えた捜査本部長室にいた。普段は所轄に捜査本部長室はない。応接室を急遽《きゅうきょ》、あてがったのだ。

来客用のソファに座っている藤代に、入手したばかりの情報を手短に報告する。

「事は一刻を争います。いますぐ、全捜査員を東埠頭に派遣し、使用されていない冷蔵倉庫を隈なく捜索すべき、と考えます」

若林の報告をじっと聞いていた藤代は、わかった、と肯くと、全捜査員を東埠頭周辺へ向かわせる、現場の指揮は君がとれ、と若林に命じた。

若林は、はい、と力強く答え退室した。

署内に残っていた捜査員たちが、スピーカーから流れる緊急指令を聞き、一斉に外へ飛び出していく。若林も埠頭へ向かうため、谷が運転する覆面パトカーに乗り込んだ。

「出せ」

若林の声と同時に、覆面パトカーは埠頭に向け全速力で走り出した。


鉄パイプを手に、金髪はじりじりと聡美に詰め寄ってくる。

スポットライトの灯りを背にしているため、表情ははっきりわからないが、荒い息遣いから気が昂《たか》ぶっているのがわかる。

聡美は身を捩り、後ろへ退いた。

蛇革が低い声で、金髪に命じた。

「一発で頭に入れろよ」

金髪の肩がびくりと動いた。

「一発で、ですか」

蛇革の隣にいるスギが、顎で聡美を指す。

「一発であの世へ送っちゃれい、と兄貴はおっしゃっとるんじゃ。顔や肩なんかに当てたら、痛い思いをさせるだけじゃけ。最初の一発で楽にさせちゃるんが、仏心っちゅうもんじゃ」

金髪はぶるりと身体を震わせると、大きく肯き聡美の方へ向いた。

「いまの兄貴らの話、聞いたじゃろう。一発で楽にしちゃるけん、じっとしとれよ」

聡美は激しく身を捩り、金髪から逃れようとした。身を捩るたびに、紐で縛られている手首が痛む。

——助けて！

命乞いをするが、猿轡をされているため声にならない。口からうめき声が漏れるだけだ。

金髪は聡美に向かって、鉄パイプを上段に構える。剣道の蹲踞《そんきょ》のような姿勢だ。

息をのむように、金髪の喉がごくりと鳴った。

「動くんじゃねえ、ぞっ！」

鉄パイプが振り下ろされる。

身体を反転させる。

倉庫のなかに、鉄パイプとコンクリートがぶつかる鈍い音が響いた。鉄パイプが振り下ろされる前まで自分がいたところに、鉄パイプの先がめり込んでいた。

「痛《いて》え！」

金髪は鉄パイプを放し、両手を大きく振った。地面に叩きつけた衝撃で、手に痺《しび》れが走ったのだろう。

スギが息を吸うように笑う。

「おいおい、お前が痛がってどうするんなら」

笑われたことがよほど恥ずかしかったらしく、金髪は鉄パイプを地面から拾い上げると、ものすごい形相で聡美に向かってきた。

金髪は担《かつ》ぐように鉄パイプを構えると、今度は横殴りに聡美の頭を狙《ねら》ってきた。襲ってくる凶器を、聡美は必死に避《よ》ける。かわすたびに耳元で、鉄パイプが空を切る風の音がする。

「動くな、くそアマ！　舐めやがって」

蛇革とスギが、笑い声をあげる。

「お前、いつも、そがな格好で女のケツ追っかけとるんか」

「腰に力入れい。女をいかそう思うたらのう、腰を使うんじゃ、腰を」

下卑《げび》た哄笑《こうしよう》が、倉庫のなかに響く。

金髪がじりじり距離を詰める。

後ろで手を縛られたまま、芋虫《いもむし》のように這《は》って逃れようとする。

涙で視界が滲む。心臓が破れそうなほど激しい動悸がする。頭の奥で、きーんという金属音がする。脳が悲鳴をあげている。自分がどこへ向かっているのかすらわからない。

――もう、だめかもしれない。

意識が遠のきかけたとき、頭部に堅い物があたった。

顔をあげると、鉄の扉があった。倉庫の端に追い詰められたのだ。

もう逃げ場はない。

腹這いになっていた聡美は仰向けになると、扉に寄り掛かりながら上半身を起こした。横座りの格好で扉にもたれる。

金髪は荒い息を吐きながら、上から聡美を見下ろした。

「鬼ごっこはしまいじゃ」

勝ち誇ったように笑い、鉄パイプを振り上げた。

鉄パイプが振り下ろされる。次の瞬間、左肩を強烈な痛みが襲った。鉄パイプが左肩にめり込んだのだ。

いままで感じたことのない激痛に、うめき声すら出ない。床に倒れこみ、その場でのたうつ。

強い痛みは、思考を麻痺させる。意識が飛びそうになるほどの痛みが、聡美の身体と頭の動きを奪っていく。

途切れそうになる意識の奥で、スギの声がした。

「まったく使えん奴じゃのう。一発で決めい、ゆうて言われたじゃろうが」

蛇革が言う。

「かわいそうに、痛がっとるぞ。はよう、楽にしちゃれ」

「す、すいません。すぐ、殺りますけ」

金髪の慌てた声がする。

鉄パイプが床に転がる音がする。いきなり髪を摑まれて、乱暴に身体を起こされた。殴られる前と同じ、壁に背をつける形で座らされる。

「こうすりゃあ、一発ですけん」

金髪が言う。自分自身に、言い聞かせるような口調だった。まき割りの要領で、頭を叩き潰《つぶ》すつもりのようだ。

ぼやけた視界に、地面に転がっている鉄パイプが映った。片方の先端が赤い。それが傷ついた自分の血だとわかるのに時間はかからなかった。

——死にたくない。

生き物の本能が呼び起こされる。

失いかけた意識が戻ってくる。

「すぐ、楽にしちゃる」

金髪が、鉄パイプを拾い上げるために腰をかがめた。

——いやだ。殺されたくない！

残されているすべての力を使って、自分に背を向けている金髪の膝を裏から蹴った。

不意をつかれた金髪は、短い声をあげて膝から地面に崩れた。

聡美は壁に背をつけたまま、ずり上がるようにして立つと、入り口の扉に身体をぶつけた。

——お願い、開いて！

なにかしらのはずみで開くことを願う。しかし、鉄の扉は開かない。鈍い音を立てるだけだ。

聡美は諦めない。左肩に走る激痛に耐えながら、扉に向かって必死に身体を打ち付ける。

「この野郎！」

金髪が叫ぶ。後ろから髪を摑まれ引き倒された。地面に背を打ち、息が上がる。仰向けの状態で目を開けると、憤怒《ふんぬ》で顔を歪ませた金髪が見下ろしていた。

「ふざけやがって」

怒りに声が震えている。

「もう、情けはなしじゃ。滅多打ちにしちゃる！」

薄れゆく意識の中で、母の声がした。

——あんたも親より先に逝くことだけは、絶対にやめてえよ。

聡美は昔から、母の言いつけを守ったためしがなかった。今回も守れそうにない。

——ごめんね、お母さん。

抗《あらが》うことをやめて目を閉じかけたとき、背後で鉄の扉を激しく叩く音がした。

「おい、誰かいるのか！」

遠のきかけた意識が戻る。

誰か来たのだ。

残っている力を振り絞り、足で扉を蹴った。

「やめろ、馬鹿野郎！」

さきほどまで余裕の表情をしていたスギが、血相を変えて聡美に駆け寄り足を押さえた。

「誰だ、中でなにをしてる！」

野太い男の声が外から聞こえる。

鍵を開ける音がして扉が軋む。ゆっくりと開いた隙間から、灯りが差し込んだ。

扉を開けた男が叫んだ。

「おい、お前らなにしてる。ここは出入り禁止だぞ！」

聡美は懸命に、光の奥に目を凝らした。

扉の先に大柄な男がいた。懐中電灯を前に突き出し、聡美たちを照らしている。男は紺色の警備服を着ていた。埠頭を見回っている警備員だ。

警備員は足元の地面に転がっている聡美を見つけると、ぎょっとして目を見開いた。

「こりゃあ、お前らがやったんか！」

腰から警棒を抜き出し、金髪たちを睨む。三人は固まったように動かない。

警備員は警棒で威嚇《いかく》しながら懐中電灯を口に銜《くわ》えた。空いた片手で聡美の猿轡を外す。息が自由にできるようになり大きく吐き出すと、喉の奥から血の匂いがして咽《む》せた。

「あんた、大丈夫か！　いま、手も自由にしてやるからな！」

警備員は聡美の後ろに回り、手首に触れた。

刹那《せつな》、ぐっ——といううめき声がして、聡美に覆いかぶさるように警備員が倒れた。

振り返るとスギが、鉄パイプを手に立っていた。隙を衝《つ》いて、警備員の背後を襲ったのだ。

「おじさん、おじさん！」

聡美は懸命に呼ぶ。警備員はぐったりとして動かない。意識を失っている。

「いやあ！」

口から悲鳴が迸《ほとばし》る。

同時に、腹に鉛《なまり》のようなものが減《め》り込んだ。胃のなかのものが逆流し、嘔吐する。ようやく開けた瞼の隙間から、蛇革の顔が見えた。いままでとは、まったく違う表情だった。余裕や愉悦といったものは欠片《かけら》もなく、非情で冷酷な顔だった。

蛇革は自分の右足を大きく後ろへ持ち上げると、そのままサッカーのボールを蹴るように、聡美の腹へ振り下ろした。

蹴られた腹を庇い身を丸め、地面の上で悶《もだ》える。

「スギ！」

蛇革が呼んだ。

駆け寄ったスギに、蛇革は顎をしゃくった。

「こいつらを、船に乗せろ」

こいつらとは、聡美と警備員のことだろう。

「ここで殺らんのですか」

蛇革はこれ以上ないくらい、不機嫌そうな声で言った。

「予定変更じゃ。ふたりとなると、殺るにも運ぶにも手間がかかる。ここじゃあ、いつ誰に見つかるかわからん。沖へ出てからゆっくり殺る」

スギは肯くと、後ろを振り返り、マサキ、と叫んだ。金髪が駆け寄る。マサキ、というのが金髪の呼び名らしい。マサキが側に来ると、スギは命じた。

「女を船まで運べ。俺は男を運ぶ」

さっきまでの醜態《しゅうたい》を埋め合わせようとしているのか、マサキは力強く、はい、と答えた。警備員が解いた猿轡を、再びかまされる。

マサキは聡美を肩へ担ぎあげ、歩きはじめた。

命乞いをしようにも、声が出ない。猿轡の隙間から荒い息が漏れるだけだ。

聡美が監禁されていた倉庫は、あまり海から離れていないらしく、マサキが歩きはじめて間もなく波の音がした。微かに油の匂いもする。船着き場のようだ。外灯はなく、月明かりがわずかに周囲を照らしているだけだ。

聡美には、もう抵抗する力は残っていなかった。

このあと船に乗せられ、沖へ連れていかれる。船上で殺されるか、生きたまま海に沈められるか、どちらかはわからない。しかし、もう助からないことは確かだ。

意識に靄《もや》がかかった。夜の視界が、別な闇に覆われていく。

やはり、母の言いつけは守れなかった。

——ごめんね、お母さん。

目の前が真っ暗になり、意識が闇に沈みかけたとき、瞼に強い光を感じた。

「お、おい、なんだよ!」

マサキの動揺する声がする。

わずかだが聴覚が残っている耳に、パトカーのけたたましいサイレンが聞こえた。続いて、拡声器を通した男性の怒鳴り声がした。

「そこの君、その場から動かないで! じっとしていなさい!」

ようやく開けた瞼の隙間から、回る赤色灯が見えた。

車が急ブレーキをかける音がして、大勢の人間が降りる気配がした。

「放せよ、ポリ公!」

少し離れた場所でスギの怒鳴る声がした。

聡美を担いでいるマサキの全身が震えだした。

「やべぇ」

投げ出される感じがして、次の瞬間、地面に身体を打ち付けた。

すぐそばで、マサキが叫んだ。

「俺、なにも知らねえよ。言われたことやっただけだよ!」

人が激しく争う気配がして、やがて抗うマサキの声が小さくなった。

恐る恐る目を開けると、グレーの救急服を着たふたりの男性が、聡美に駆け寄ってくるのが見えた。救急隊員だ。

「大丈夫ですか」

ひとりの男性が、聡美の手を縛っていた紐のようなものを解き猿轡を外した。もうひとりは、素早く脈拍を測る。

まだ頭がぼんやりしている。

ぼうっとしたまま為《な》されるに任せていると、救急隊員の後ろから、聞き覚えのある声がした。

「よう、生きてたか。ひどい目にあったな」

若林だった。

普段は不快に思う強面《こわもて》が、いまは頼もしく感じられる。その隣に誰かいた。小野寺だった。

「大丈夫か。聡美ちゃん」

心なしか青ざめて見える小野寺の顔に、聡美は一瞬にして、正気を取り戻した。道和会と裏で繋がっていた男、ヤクザを使って自分を殺そうとした男の姿に、再び恐怖が込み上げてくる。

「来ないで！　近寄らないで！」

悲鳴に近い叫び声をあげて、小野寺から離れようと身を捩る。

小野寺は、なぜ自分に怯えるのかわからない、というような顔をした。

「どうしたんだよ。俺だよ。小野寺だ。わからないのか」

「いや、来ないで！　人殺し！」

聡美の言葉に、若林はすべてを察したのだろう。ああ、と得心したかのような声を漏らした。聡美の横にしゃがむと、はじめて聞く優しい声で言った。

「安心しろ、お前を道和会に売ったのはこいつじゃない。猪又だ」

言っていることがわからない。なぜここで猪又の名前が出てくるのか。

聡美がなにか誤解していると気づいたらしく、小野寺は怒りの表情を浮かべて叫んだ。

「馬鹿野郎！　俺が、お前をこんな目に遭わせるわけないだろうが！」

本当に小野寺は敵ではないのか。

若林に目で訊ねる。間違いない、と若林も目で答えた。

よくわからないが、若林が嘘を言っていないことだけは理解できた。

「負傷者を病院へ搬送します」

救急隊員は若林と小野寺にそういうと、聡美をストレッチャーに乗せた。救急車に運び込まれるとき、ほかの救急隊員に支えられながら、パトカーに乗り込む警備員を見つけた。自力で歩いているところを見ると、軽傷ですんだようだ。

救急車が病院に向かうなか、揺られながら車内を照らしている明るいライトをずっと見ていた。

付き添っている救急隊員が、聡美に声をかける。

「もうすぐ病院です。すでに医師が待機していますから、到着したらすぐに怪我の処置に入ります。応急処置の際に確認しましたが、神経に損傷はないようです。後遺症が残るようなものではありませんから、安心してください」

怪我をしている肩は動かさないようにして、右腕をあげる。手に力を入れると、指が動いた。手のひらを閉じたり開いたりする。

——生きている。

今回は、母親の言いつけを守れたようだ。

目頭が熱くなり、見つめている手のひらが滲んだ。

終章

病院の中庭にあるいくつかのベンチでは、久しぶりの梅雨《つゆ》の晴れ間を外で過ごそうと、病棟から出てきた患者がくつろいでいた。

聡美も空いているベンチに座る。隣に小野寺が腰を下ろした。

「どうだ。まだ痛むか」

心配そうに顔を覗き込む小野寺に、聡美はギプスで固定している肩に手を当てながら首を振った。

「歩くとまだ響くけれど、大丈夫です」

小野寺が安心したように笑みを見せて肯く。

聡美は空を見上げながら、深く息を吸った。

「やっぱり外はいいですね。気持ちいい」

聡美が搬送先の病院に入院してから、一週間が経った。医師の診断の結果、左肩を複雑骨折し、肋《ろっ》骨《こつ》を三本折っていた。手術の当日はＩＣＵで過ごしたが、翌日からは一般病棟へ移った。四、五日の安静を言い渡され、昨日、回診に来た担当医から、少しの時間なら中庭に出てもいいという許可が出た。

安静が解かれるのを待っていたかのように、連日降り続いていた雨があがった。

聡美は病室着のうえに薄いカーディガンを羽織り、見舞いに訪れた小野寺と、被害供述の確認をするため病室を訪れた若林とともに中庭に出た。

聡美と小野寺が腰かけているベンチの向かいに、丸太を象《かたど》った椅子がある。若林はそこに座ると、脚を組んだ。

「無理するな。あれだけやられたんだ。昨日の今日で元に戻るもんじゃない。焦らず気長に治せ」

聡美が道和会の組員から負わされた傷は、全治二カ月と診断された。だが、それは砕けた骨がくっつき、傷口がふさがるまでの時間だ。肋骨はともかく、複雑骨折をおこしている左肩は、元どおり動かせるようになるにはそれ以上の時間が必要だと、手術をした外科医から言われた。

「まあ、不幸中の幸いだな。顔がやられなかったのはなによりだ」

顔には、地面を這《は》ったときに擦り傷がついた。皮膚の表面を擦っただけで、痕《あと》が残るようなものではない。何より女としての辱《はずかし》めを受けずにすんでよかったと、心から思う。

若林から救出劇に至る顚末《てんまつ》を聞かされたとき、タッチの差、という言葉が頭に浮かんだ。警察が駆けつけるのがあと数分遅かったら、聡美はいまごろここにはいない。

聡美は佳子を思い出した。

手術の麻酔から目が覚めたベッドの上で、聡美の身を案じる電話が佳子からあったと小野寺から聞いた。

拉致事件の参考人として事情聴取を受けた佳子は、なぜ小野寺に聡美の危険を知らせる電話をかけたのかと訊ねる刑事に、聡美を拉致するという話を立木から聞き、自分のことを親身になって案じてくれたケースワーカーに身の危険が迫っていることを黙ってはいられなかった、と言ったらしい。山川は自分を、立木と別れて貧困ビジネスから手を引くように説得していた。その山川が殺された。

「山川さんが殺されたのは私のせいです。私が貧困ビジネスに加担していなければ、あの人は死なずにすんだ。そして、こんどは牧野さんまで殺されそうになっている。そう思うと、伝えずにはいられませんでした」

佳子は目を潤《うる》ませて、そう答えたという。

小野寺からその話を聞いた聡美は、佳子の顔を思い出した。どこか淋し気で、いつもなにかに怯えているような表情をしていた。

佳子は立木とともに、生保の不正受給をしていた。だが、それは佳子の本意ではないと思う。聡美と小野寺がはじめて佳子のところを訪れたとき、佳子の生活状況を山川が書類に記載していたと聞いたときの佳子の顔には、怯えとともに激しい憾《うら》みの色が浮かんでいた。自ら進んで、罪を犯していた者の顔ではない。佳子は自分が生保の不正受給に加担していることに、自責の念を抱いていた。いつも、詐欺罪で逮捕される怖さ、そして死人まで出してしまった罪の深さに怯えていたのだ。

佳子が小野寺に聡美の危機を教えたのは、聡美を見殺しにできなかったこともあるが、自分自身が、いまの生活から逃れたかったからかもしれない。

佳子、小野寺、若林、三人のうち誰かひとりでもいなかったら、自分はいまここにこうしていなかっただろう。

「私、運がよかったんですね」

聡美はぽつりとつぶやいた。

若林は、さあな、と曖昧に答えた。

「命が助かったことを運がよかったと思うか、こんな厄介事に巻き込まれたことを不運と思うかは、お前が決めることとだろう」

物事のすべてを運の良し悪しで考えるならば、自分が生まれた環境まで遡らなければならない。公務員の父親がいたから自分は公務員に憧れた。夢を実現し、望んだことではなかったが生活保護を担当した。その結果、今回の事件に巻き込まれた。命を失ってもおかしくなかった。だが自分は、生きている。

追い求めれば切りがない問いの答えを探すより、いま、こうして空を見上げていることを幸せと思うことの方が大切だと聡美は思う。

でも――

聡美は膝に目を落とした。

事件の翌日の新聞に載っていた記事を思い出す。

手術が無事に終わり少し落ち着くと、聡美は昌子に、新聞が読みたいと頼んだ。自分が関わった事件が、どのように報道されているのか知りたかったのだ。

やっと落ち着きを取り戻した娘が、記事を見て拉致された恐怖を思いだし取り乱すのではないかと思ったらしく、昌子は渋った。心配する昌子に無理を言い、事件記事が掲載されている日付のものを持ってきてもらった。

聡美が拉致された事件は、救出された翌日にはすでに記事になっていた。社会面のトップにおどった大きな見出しは『市役所職員　暴力団関係者と結託か　不正受給見逃し』というものだった。猪又は、生活保護不正受給に係る詐欺罪および、聡美が拉致された事件の重要参考人として逮捕されたとのことが実名で報じられ、生保受給者の偽の診断書を作成していた菅野病院も、文書偽造容疑で家宅捜索を受けたと記載されていた。

その記事の横に、半分ほどのスペースで、『市役所女性職員拉致　暴力団員三名逮捕』という見出しの記事があった。聡美の名前は載っていなかった。昌子は、娘が好奇の目にさらされずにすんでよかったと安心したようだったが、あかされている年齢や、社会福祉課臨時職員といった記述から、市役所の職員や関連施設の者は、被害者が聡美だと察するだろう。

記事を読んで溜め息が出た。記事には、事件に至るまでの詳細は記載されていない。庁舎内では、さまざまな憶測が飛び交うだろう。根も葉もない噂が立つかもしれない。はたして自分は、好奇の目や中傷に耐えられるだろうか。

聡美は頭を振った。どうにもならないことを考えても仕方がない。いまは身体を治すことだけを考えよう。

気持ちを切り替えて、聡美は猪又の記事を熟読した。

猪又は聡美が拉致された夜、道和会関連各所に一斉捜索をかけた警察から、組関係者と一緒にいるところを発見された。

任意での取り調べで当初、猪又は道和会との繫がりを否定していたが、金田の携帯に残されていた猪又の携帯番号と、道和会の事務所から発見された不正受給者の名簿について説明を求められると、言い逃れはできないと観念したらしく、道和会との癒着《ゆちゃく》を認めた。続報には、暴力団と組んだ貧困ビジネスの背景が、詳しく報道されていた。

「きっかけは女だ」

丸太を象《かたど》った椅子の上で、若林は言った。

猪又は五年前、市内のラブホテルでひとりの女を買った。源氏名はかすみ。ネットで検索したデリバリーヘルスの女だった。

かすみは三十代前半の自称〝人妻〟で、風俗に勤めているにしてはスレた感じがせず、いかにも素人を思わせた。色が抜けるように白い。顔が好みだったこともあり、猪又は大いに楽しんだ。

気に入った猪又はそれから何度も、ホテルにかすみを呼んだ。かすみのサービスを本気と勘違いした猪又は、事務所を通さず個人的に外で会うよう求めた。その方が、安く上がると考えたようだ。かすみはやんわりとはぐらかしたが、猪又は問わず語りに自分の身分を明かし、あやしい人間ではないことを強調した。

翌日、仕事中の猪又に、一本の電話が入った。三十代くらいの男の声だった。福祉のことで折り入って相談があるから、一度、外で会いたい、と男は言う。名指しされたことを訝《いぶか》しみながらも、それなら役所に来てくれ、と猪又は電話を切ろうとした。すると、男はかすみの名前を出した。応じないと、猪又がデリヘルの女に入れあげていることを、市役所のお偉いさんや猪又の家族が知ることになる、と丁寧な口調で仄《ほの》めかす。

ヤクザだ、と直感した。改正暴力団対策法が施行されてから、暴力団の名前を口にし、なにかしらの要求をした時点で、相手は罪に問われる。ことさら慇懃《いんぎん》な口調が、背後に組織の存在を感じさせた。

勤め先や家庭に買春の事実がばれたら、出世はもちろんのこと、家庭崩壊にもつながりかねない。まして、年頃の子供が知ったらどれだけ傷つくかを想像して、心臓が止まりそうになった。

とりあえず話を聞く約束をして、猪又は電話を切った。その夜、猪又は指定された飲み屋へ向かった。路地裏の突き当たりにあるそのバーは、店というより溜まり場という表現が似合っていた。外に看板は出ておらず、古い木製の扉を開けると、六人分しか椅子がない止まり木に、ひと目で堅気ではないとわかる男たちが座っている。

止まり木の後ろには、四人掛けのテーブルがふたつあった。奥のテーブルに、若い男に囲まれるように、貫禄のある中年男が座っていた。薄暗い照明でも仕立てがいいとわかるピンストライプのスーツを着て、煙草をふかしている。

「あんた、猪又さん？」

スツールに腰かけていた、三十代と思しきオールバックの男が立ち上がった。電話の声の男だった。

肯くと、テーブルに向かって男は視線を送った。

「若頭」

若頭と呼ばれた男は、嗄《しやが》れ声で猪又に言った。

「まあ、座ってください」

猪又と同じくらいの歳だ。男は浅岡と名乗った。高津は声を抑え、ここいらのデリヘルのケツ持ちは道和会がしている、と言った。淡々とした口調が、逆に不気味さを感じさせる。

浅岡は電話の男に顎をしゃくった。

「こいつは立木、いいます。佳子の亭主ですわ」

「佳子？」

「この女、見覚えありますよね」

浅岡はそう言うと、スーツの内ポケットから写真を取り出し猪又に見せた。かすみの顔が写っている。立木と呼ばれた男とのツーショットだった。

後で知ることになるがかすみの本名は安西佳子といい、立木の内縁の妻だった。

「佳子が本番を強要された、いうて立木に泣きつきましてね」

浅岡が苦い表情で続ける。

「あんたも知っとるように、デリヘルは本番厳禁です。風営法で禁止された違法行為ですよ。しかもあんたは、嫌がる佳子を無理やりやった。こりゃ立派な、強姦罪《ごうかん》でしょ」

無理やりというのは嘘だ。一万円余分に払うことで彼女は了承した。合意の上での行為だった。

猪又は立場を主張しようと口を開きかけたが、浅岡が畳み込むように遮った。

「第一、税金で飯食ってる役人さんが、その金で、つまり税金で女を買っているってのはどうなんでしょう」

強姦罪の方は、事実関係を明かせば言い逃れできるかもしれない。が、買春行為については無理だ。デリヘルの事務所の電話履歴には自分の携帯番号が残っている。仮に法的に罰せられないとしても、社会的には抹殺される。

猪又は椅子から飛び降りると、店の床に頭を擦りつけた。自分でも、肩が震えているのがわかった。


いったいどれだけの慰謝料を請求されるのか――

恐怖と絶望のあまり、耳から汗が滴《したた》った。

土下座したまま頭をあげない猪又に、浅岡は取引きを持ちかけた。猪又の行為を不問に付す代わりに、ある男の生活保護受給を認めてほしいという。

「生活保護を担当している社会福祉課の課長さんなら簡単でしょう。書類に判子をつくだけだ。なるべく手は煩《わずら》わせませんよ。なんなら、知り合いの医者の診断書もつけます。これでちゃらにしましょ」

大金を脅し取られると思っていた猪又は、拍子抜けした。

確かに、浅岡が要求していることは違法なことだ。が、それで済むなら、安いものだった。

一度だけという約束で、猪又はある男の不正受給に手を貸した。男が持参した診断書を書いたのは、菅野病院だった。男から窓口で申請書を受け取った課員は、念のため男の通院履歴を調べますか、と猪又に訊ねた。猪又は、その必要はない、と課員の要求を退け、男の申請書に判を押した。

一度だけ、そう一度だけだ。

猪又は自分に言い聞かせた。

が、一度で済まないことは、猪又も薄々わかっていた。

ふたり目は安西佳子だった。当の買春相手だけに、断れなかった。そうして、浅岡の要求は回を重ねていく。

最初は買春を隠すために飲んだ要求が、次第に生保の不正受給を見逃していることをばらされないために飲むことになり、あとは終わりのない繰り返しだった。

生活保護費のうち毎月五万円が、道和会の取り分だった。どこで見つけてくるのか、平均して月にひとりは、新たな受給者を連れてくる。いまでは猪又が把握しているだけで五十人、毎月二百五十万のあがりだ。年間に直すと三千万のしのぎになる。受給者は本来貰えない現金を受け取り、家賃補助を受け、医療費や一部の交通費がただになる。メリットは双方にあった。しかしそれはすべて、国民の税金だった。

仕事と家族を守るために道和会とはじめた取引きが五年目に差し掛かったとき、課員の山川が、猪又と道和会の関係に気づいた。

ケースワーカーを担当しているあいだに、道和会のシマ内の生保受給者の大半が、菅野病院の受診者であることに違和感を覚えたのだ。山川は疑惑を猪又に相談した。とっさに猪又は、単なる偶然だろう、と切り返したが、山川は上司の言葉を信じなかった。

山川は、道和会が関係して生保を不正に受給させ、そのうちの何割かを懐に入れているのではないかと考え、生保受給者を調べはじめた。貧困ビジネスの実態を調査するうち、生保受給者のなかに、道和会の準構成員を疑われる金田という男がいることを突き止めた。山川は、金田が道和会関係者である証拠を摑むため身辺を探った。そしてあるとき、金田と接触している猪又を目撃した。

ベンチに座る聡美は、二日前に病室を訪ねてきた若林から見せられた一枚の写真を思い出した。写真には、北町中村アパートの入り口付近で人目を避けるように顔を突き合わせている金田と猪又が写っていた。山川がロックをかけて自分のパソコンに保存していたもの――猪又が、聡美を殺そうとしてまで隠したかった画像だ。

疑惑を深めた山川は、ケースワーカーとして金田の部屋を訪れたとき、盗聴器を仕掛けた。盗聴器など、いまどきは電器街で簡単に買える。パソコンのフォルダには、不正が疑われる受給者のリストと共に、ふたりが新規受給者の相談をしている音声データが残っていた。猪又が道和会と癒着し、不正受給に手を貸している動かぬ証拠だった。猪又が山川や聡美の命を奪ってでも守りたかった秘密が、聡美が若林に届けようとしたあのフォルダに隠されていたのだ。

人気のない昼休みの会議室で山川は、写真と音声データの入ったUSBメモリを突きつけてその場で再生し、猪又に自首するよう勧めた。

猪又はたじろいだものの、身に覚えがない、と突っぱねた。写真の人物は確かに自分と似ているが、音声は自分の声ではない。誰か別人だろう。いずれにしても、今回の件は福祉課として自分が先頭に立ち、調査する。あとは任してほしい。そう言って山川を煙に巻いた。だが山川は納得しなかった。もう一度ゆっくり話し合おう、と言う猪又をその場に残し、憤然として午後のケースワークに出掛けた。それが今月の五日、北町中村アパートで火災があった日のことだ。

山川の決意を秘めた硬い表情に、猪又は危機感を募《つの》らせた。山川が回るルートはわかっている。猪又は携帯で課に電話を入れ、所用で少し出かける旨を伝えた。人目を避け、立ち寄るであろう北町中村アパートに先回りした。アパートの陰で山川を捕まえて、思い留まるよう説得する。

不正受給が表沙汰になれば、役所は大混乱をきたす。課員だってただではすまない。家族にだって迷惑をかける。猪又は昇進をちらつかせ、泣き落としにかけて、山川を丸めこもうとした。

第一、所詮は税金だ。誰の腹が痛むわけでもないだろう――

そのひと言が、山川の怒りに火をつけた。

山川は午後の仕事を中断していますぐ警察へ行く、と言い放った。

拒絶された猪又は、激しく動揺した。

猪又はとっさに廊下の隅に置いてあった消火器を摑むと、アパートを出て行こうとする山川めがけて振り下ろした。頭には、山川を止めることしかなかった。頭を強打された山川は、声をあげることもできず、その場に崩れた。

頭から血を流し、うつぶせのまま動かない山川を見て、猪又は我に返った。急いでその場に膝をつき名前を呼ぶ。しかし、意識は戻らなかった。

猪又は恐る恐る、半開きになっている口元に手を当てた。息はなかった。

叫びだしそうになる自分を抑え、どうしたらいいか、猪又は必死に考えた。まずは山川の死体が人目につかないよう、隠さなければいけない。猪又は、アパートの空き部屋に山川を引きずりこんだ。鍵が壊れていることは、金田から聞いていた。がらんとした畳の部屋に山川を横たわらせ、携帯で浅岡に電話をかける。

浅岡へはすぐに連絡がついた。電話に出た浅岡に、自分の部下を殺した、と伝えた。震える声で経緯を手短に話すと、猪又は浅岡に救いを求めた。

一瞬、驚いたように息をのんだ浅岡だったが、やっちゃったもんは仕方ねえなあ、と声に出してつぶやくと、手早く指示を出した。音声データの入ったＵＳＢメモリと写真を回収したら、何事もなかったように職場へ戻れという。山川の遺体はどうするのか。訊ねる猪又に浅岡はひと言、あとは金田にやらせる、と答えた。

金田はこの北町中村アパートに住んでいる。部屋にいるかどうかはわからない。が、外出していたとしても、すぐアパートに戻ってなにかしらの手を打つはずだ。

猪又は浅岡の指示どおり、山川の所持品を確認した。洋服のポケットを探るが写真もＵＳＢメモリも出てこなかった。カバンを開けて中を覗く。役所の封筒に入れられた証拠品を発見したとき、思わず安堵の息が漏れた。

ドアを薄く開け、廊下に誰もいないのを確かめる。そのまま人目を避けてアパートを退出し、市役所へ戻った。

何食わぬ顔で業務に取り掛かり、いつもと変わらない体面を取り繕《つくろ》う。

心ここにあらずで機械的に書類を捲《めく》っていると、隣で課長補佐の倉田が、戻りが遅い山川を気にかけはじめた。

倉田の心配を無視することもできず、猪又は聡美に山川に連絡してみるように命じた。

聡美が電話をかけようとしたとき、市役所の前の通りを、サイレンを鳴らしながら消防車が通り過ぎていった。生活安全部の防災課に確認すると、火元は北町中村アパートだった。

金田が動いた。直感した。金田が証拠隠滅のために、アパートに火をつけたのだ。

火災で焼け落ちたアパートからは、山川の遺体が発見された。検視の結果、他殺と判断されたが、指紋や遺留品といった犯人に結び付く証拠は発見されず、猪又を疑う者は誰もいなかった。

聡美はベンチの背にもたれると、若林に訊ねた。

「猪又課長、どうしてますか」

若林は首の後ろを叩きながら、淡々と答えた。

「この一週間で、十歳は老けたように見えるな。留置所で出される食事も、ほとんど手をつけていないらしい」

精神的な疲労が激しく、刑事の事情聴取はもとより、弁護士との接見もままならないとのことだった。

聡美は躊躇《ためら》いながら、猪又が犯人だったとわかってからずっと知りたいと思っていることを口にした。

「課長は自分が殺害した山川さんや殺そうとした私を、どう思っていたんでしょうか」

この問いには、若林もどう答えていいか思案しているようだったが、組んでいた腕を解くと、諭すような声で言った。

「殺人や傷害事件の動機には、大きく分けてふたつある。ひとつは被害者への恨みや復讐によるもの。もうひとつは自分の利や保身のためだ。猪又の動機は後者だ。山川さんやお前を、憎んでいたわけじゃない」

自分の課へ配属されてきた新職員を、笑顔で迎え入れてくれた猪又を思い出す。その顔が優しければ優しいほど、胸が苦しくなる。

聡美は、誰ともなしにつぶやいた。

「猪又課長は、これからどうなるんでしょう」

小野寺は怒りとやるせなさが混じったような顔で言った。

「津川市役所はまだ正式には発表していないが、起訴が決まった段階で懲戒免職を言い渡されるだろうな。家庭の方も、このままってわけにはいかないだろう。夫が暴力団と繋がっていただけでなく、そこに女が絡んでいたとあっては、奥さんのショックは二重三重だ」

猪又は、自分が犯罪に手を染めることになった経緯を、どのように考えているのだろう。たまたま買った女が、道和会構成員の女だった。それが不運だったとでも思っているのだろうか。もしそう考えているとしたら、それは違う。自分の保身のために犯した罪を、不運という二文字で片付けてはいけない。猪又が辿った転落への軌跡は、己の弱さを隠匿《いんとく》しようとした結果に過ぎない。

若林はズボンのポケットに手を入れると、地面に落ちている小石を足で弄《もてあそ》んだ。

「まあ、殺人と死体遺棄で最低十二年。公務員職権濫用《らんよう》罪等を入れると、猪又は十五年くらいシャバに出て来られないだろうな。それにしても」

そういいながら、弄んでいた小石を蹴った。

「山川って男は、真面目すぎたのかもな」

猪又に自首など勧めず、摑んだ証拠を警察に提出し捜査を求めるか、逆に猪又の話に乗り不正受給の片棒を担げば、殺されずに済んだ。だが、山川はそのどちらもしなかった。自分の上司に情《なさけ》をかけ、社会福祉課の職員としての責務を全うしようとした。

聡美は、いまはもういない山川を見つめるように、宙を見た。

「山川さんは、優れたケースワーカーでした」

医者や教師と同じように、ケースワーカーも、規則だけを守っていては優れた職業人になれない。自分が担当する人間の気持ちに寄り添い、ときには規則から半歩踏み出しても、患者の、生徒の、生保受給者の、真の自立と成長を願うことこそが、重要なのだ。規則だからなにもできない、ではなく、たとえ規則を破ってでも、本当に相手のためになることをする。そんな熱い使命感を持つ者が、優れた職業人だ、と聡美は思うようになった。山川は、間違いなく優れたケースワーカーだった。

聡美は唇を噛んだ。山川は自分の職務を、責任を持って果たそうとしていた。が、自分は、山川が不正受給に関与しているのではないか、と一度は疑念を抱いた。

「山川さんを疑ったことが恥ずかしいです」

自分を責める聡美を、めずらしく若林が庇った。

「山川を疑うのは仕方ないだろう。不正受給を疑われる書類が表に出ず、しかも山川は分不相応と思われる高価な時計を身に着けていた。誰だって善からぬ想像はする」

その後の警察の調べで、山川が所有していた高価な腕時計は、自身がネットオークションで競《せ》り落としていた事実が判明した。山川が所有していた高価な腕時計は、自身がネットオークションで競り落としていた事実が判明した。山川は限定品やプレミアがついた品を、相場より安価で手に入れていた。何年も寝かせ、価値がさらに高まった時点でネットを使い、上手く売り捌《さば》いていたのだ。その利益を投資し、コレクションを増やしていたらしい。普段身に着けていたのは、手放したくないお気に入りだったのだろう。

山川が不正受給に関わる疑惑を書類に記載していなかった理由も、いまならわかる。山川は佳子の陰に道和会の存在があることを知り、彼女に探りを入れていた。その過程で道和会と猪又との繋がりに気づき、自分が調べていることを猪又に悟られないよう、書類にあえて記さなかったのだ。

山川は道和会や猪又と、ひとりで闘っていたのだ。誰にもしゃべらなかったのはおそらく、事実が判明するまで疑惑を公にしたくなかったからだろう。あらぬ疑いを口外し、もしそれが間違っていたら、大問題になる。課員の誰にも、迷惑をかけたくなかったのだ。山川らしい、と聡美は思った。

だが、その尊敬すべき人を、自分は信じられなかった――

慰めの言葉をかけられても自責の念が拭い切れない聡美に、若林はからかうような口調で言った。

「お前、役人より刑事のほうが向いてるんじゃないか」

唐突な言葉に、聡美は驚いて若林を見た。

気が強いところと、無鉄砲ともいえる行動力は称賛に値する。その気質を、犯罪防止や市民を守る方へ使うべきだ、と若林は、まんざら冗談でもないような顔で語る。

「いま、地方の警察官は減少している。団塊の世代が定年退職でごっそり抜けた分を補充するだけの予算もなければ、使命感に燃える希望者も多くない。応募してくるやつの大半は、単なる安定志向さ。市役所職員も警察官も同じ公務員だ。どうだ、こっちにこないか。警察官はともかく、警察職員くらいだったらすぐにでも口を利いてやるぞ」

命の危機にさらされるなど、今回だけでこりごりだ。聡美が、無理です、と言うより早く、小野寺が横から口を挟んだ。

「いや、聡美ちゃんは、やっぱりケースワーカーが向いてるよ」

聡美は眉根を寄せた。買い被《かぶ》りだ。自分には山川のような、ケースワーカーという職務に対する熱い使命感はない。

黙り込んだ聡美に、小野寺が言葉を続ける。

「徳田真さんを、覚えているか」

たしか、北町中村アパートを焼け出され、市営住宅に転居した男性だ。

小野寺は、ご名答、とクイズ番組の司会者のように、人差し指を立てた。

「その徳田さんが、昨日、生保の相談窓口に来たんだ。今回の事件を新聞で知ってひどく驚いていたが、これを被害者の女の子に渡してくれって、俺に預けていった」

小野寺はズボンの尻ポケットから財布を出すと、なかから二枚の千円札を取り出した。

どんな意味を持つ二千円なのかわからず、手渡された皺くちゃの札に戸惑う。

困惑している聡美の顔を、小野寺は横から覗き込んだ。

「聡美ちゃん、徳田さんの部屋へ行ったとき、一万円渡しただろう」

思い出した。火災の見舞金を落としてしまったから用立ててくれ、と言われて一万円置いてきた。

「一度には無理だから何回かに分けて返す、って言って置いていったんだ」

あのときに貸した金の返済だったのか。

小野寺は視線を聡美から外し、空を見あげた。

「徳田さん、俺に金を渡しながら、いろいろ大変じゃろうが頑張りんさい、って聡美ちゃんに伝えてくれって言っていた。たぶん、自分の担当のケースワーカーが事件に巻き込まれて怪我をしたことを、どこかで耳にしたんだろう。その二千円は、徳田さんなりの激励だ」

聡美は手のなかにある二枚の千円札を見つめた。借用書のない金だ。返してもらうつもりはなかった。また返ってくるとも、思っていなかった。生活保護を受けている徳田にとって、この二千円がどれだけ大きなものなのかは想像がつく。生活を切り詰めて金を捻出し、聡美を元気づけてくれる徳田の気持ちが、痛いほど伝わってくる。

聡美に転職する気がないとわかると、若林は小野寺に矛先《ほこさき》を向けた。

「仕方がない。なんなら、お前でもいいぞ」

完全に冗談口調だ。

少しむっとしながら、小野寺が首を振る。

小野寺は脇に置いていた書類カバンのなかから、一冊の冊子を取り出した。千円札を大切に病室着のポケットに仕舞い、聡美は冊子に目を移した。

「なんですか」

横から覗きこむ聡美に、小野寺は冊子を手渡した。

表紙に「はっぴー・はあと」と書かれている。生活保護家庭で育ち社会人になった子供たちが、このたび創刊した雑誌だという。

「たしかに生保のあり方には、問題が多い。不正受給やら貧困ビジネスが、あとを絶たない。でも、生保という行政の制度があったから、育つことができた子供がいることは確かだ。さまざまな理由で、自分の力で生きていけない人は、いつの時代にも必ずいる。そういう人を救うために生保は、必要な制度だ。言うなれば、生保は自分の力で生きていけない人の――社会的弱者と呼ばれている人たちの最後の命綱だ。その命綱を、悪用する奴らを俺は許せない」

小野寺は熱く語る。

小野寺の言う通り、いろいろな形で社会的弱者と呼ばれる人たちがいる。それは必ずしも、低所得者である生活保護受給者だけを指すわけではない。介護が必要な高齢者やまだ大人の手が必要な子供もそう呼ばれる。国によっては、特定された人種や国籍の違いでそう見做《みな》すこともある。

弱者と位置付ける定義は、国、条件だけでなく、個人の見識によっても変わってくる非常に難しい問題だ。その問題は、決まった公式を使って解けるようなものではない。条例や規約といった基本的な公式に加え、ケースワーカーや相談員、ときに弁護士や心理カウンセラーといった多種多様な人間の手が必要になる難しいものだ。

その困難さを理解してくれている人もいるが、まだ認知していない人が多くいることも事実だ。福祉の必要性、問題点を知るところから、理解がはじまるのではないだろうか。

　だが、今回の、福祉を担うべき場所が犯した罪は、社会の信頼を大きく失った。取り戻すにはかなりの努力と時間がかかる。容易なことではない。

「これから市役所は、どうなるんでしょう」

　聡美は誰にでもなく訊ねた。

　小野寺は俯いて、息を吐いた。

「役所ってのは、常に市民から問題や苦情が寄せられているが、今回の事件のあとは、さらに多くなるな。特に、社会福祉課の課員は、いままで以上に市民から叩かれ、肩身の狭い思いをすることになる」

　若林が口を挟んだ。

「事件のあと、市長は徹底的解明をマスコミに発表した。だがそれは、表向きだろうよ。内心は、猪又ひとりを人身御供《ひとみごくう》にするつもりだ」

　小野寺は顔をあげると、語気を強めた。

「課長ひとりに生活保護に係る問題を押し付けようとする行政のやり方は納得できない。生贄《いけにえ》にされる猪又課長を不憫《ふびん》に思わないこともない。だが、どんな理由があっても、俺は課長を許せない。心ないたったひとりの人間のために、真面目に仕事をしている者が非難されるのは我慢ができない」

　小野寺は勢いよく聡美に顔を向けた。

「聡美ちゃんもそう思うだろう。俺と一緒に、役所の汚名返上に向けて頑張らないか！」

　小野寺の熱意に圧倒される。ついこのあいだまで、社会福祉課勤務は腰掛のように言っていた姿が嘘のようだ。

小野寺を眩《まぶ》しげに見つめる。

小野寺は別人のように変わった。自分も、少しは変われるだろうか。

照れるように笑うと、小野寺は頭を掻いた。

「とまあ、偉そうなことを言ったが、ほんとのところは仕事の手が足りないんだ。社会福祉課には、毎日、事件についての苦情電話が殺到してるし、不正受給の疑いがある生保受給者も調べないといけない。かといって、日常の業務が減るわけじゃない。これで聡美ちゃんに辞められたら、課は回らなくなる」

冗談めかして復帰を促す小野寺の口調に、聡美は頰を緩めた。

ふたりのやり取りを眺めていた若林が、欠伸《あくび》をしながら椅子から立ち上がった。

「いまの時点では、ふたりとも転職は頭にないってわけだな」

若林は大きく伸びをすると、聡美と小野寺に向き直った。

「気が変わったら俺に言え。採用試験のヤマを教えてやる」

若林はそう言い残し、ズボンのポケットに両手を突っ込むと、だるそうな足取りで中庭を出ていった。

小野寺も、このまま午後の仕事に向かう、と言って腰をあげた。

帰る前に病室まで送るという小野寺の気遣いを断り、聡美はベンチに残った。

ひとりになった中庭で、聡美は小野寺が置いていった冊子を開いた。読み進めていくなかで、ある学生の寄稿文が目にとまった。

タイトルは「パレートの誤算」。

記事は、世の中にはいろいろな法則があるが、そのひとつに働き蟻の法則というものがある——という一文からはじまっていた。

「この法則は、百匹の蟻がいれば、ある一定数の蟻はよく働き、ある一定数の蟻はまったく働かないというものだ。働かない蟻を除外して、働く蟻だけを集めたとしても、そのなかから、やはり働かずに怠ける蟻が発生する、というものだ。

　ほかにも、パレートの法則というものがあり、ある事象の二割が、全体の八割を担っているというものだ。なかには、二割以外のものは全体に影響を与えない――いなくてもいい存在だと考える人さえいるかもしれない。

　わたしは中学生のとき、生保受給家庭で育っていることを同級生に知られて、いじめられたことがある。彼らは生保受給者であるわたしの父と、その子供であるわたしを働き蟻の法則に当て嵌《は》めて怠け者と責めた。

　そのときは、生保受給家庭で育っていることがはずかしくてなにも言い返せなかったが、高校を卒業し、成長した今なら彼らに向かって、違う、と声を大きくして言える。

　彼らはわたしたち親子を怠け者と言ったが、そうではない。わたしたち親子は、怠けてなどいない。父は不自由な身体で出来る限りのことをしているし、わたしも、いま奨学金で大学に通いながら、将来の自立を夢見ている。

　社会からすれば、自分の力で生きられないわたしたちは、怠け蟻にしか見えないかもしれない。だが、働かないとされる蟻だって、一匹一匹が懸命に生きているのだ。わたしたちも、それぞれが事情を抱え、社会の助けを借りながら自立に向かって頑張っている。

　社会的弱者と呼ばれているわたしたちが努力して自立できれば、最終的に働かない個体数は限りなくゼロになるのではないか。そうなれば、働かない蟻を排除し、働く蟻の集団を作っても、働かない蟻が必ず一定数生まれるというこの法則は成り立たなくなる。

人間は、法則や数式で成り立っているものではない。

わたしたちひとりひとりが努力して自立し、法則に基づいた社会ではなく、すべての人がひとりの人間として見てもらえる社会を実現したい。そのためにわたしは、ある目標を立てている」

記事の最後は、短い一文で結ばれていた。

――将来、ケースワーカーになりたい。

聡美は、若林が以前、働き蟻の法則に言及したことを思い出した。若林は働き蟻の法則という言葉を通して生活保護受給者を、世の中からいなくなることはない堕落者、と表現した。

でも、この冊子に寄稿した学生のような考えを持つ人間が増えれば、働き蟻の法則やパレートの法則は成り立たなくなる。そうなれば、福祉の在り方が変わるのではないか。福祉制度に対する批判的な目や誤った見識が少しでも減るかもしれない。

聡美は再び冊子に目を落とした。表紙の青年と少女は、川の土手に座り屈託のない笑顔を浮かべている。

自然の仕組みや摂理といった専門的な話はわからない。また、冊子に書かれている寄稿が事実かどうかも、聡美にはわからない。だが、人の人生が、数字の羅列である法則に当て嵌まるとは、聡美には思えなかった。

さまざまな理由で、生涯、自治体の援助を受けながら生きる者もいるだろう。が、援助を糧《かて》として自立していく人間も必ずいる。

「牧野さん」

いきなり名前を呼ばれて、聡美は声の方へ顔を向けた。後ろに、看護師の女性が立っていた。

「午後のリハビリの時間ですよ」

看護師が伝える。

聡美は肯くと、ゆっくりとベンチから立ち上がった。

空を見上げる。

梅雨時特有の湿気を含んだ風に、わずかな軽やかさを感じる。

夏は近い。

聡美は、生い茂るハナミズキの葉の隙間から零《こぼ》れ落ちる陽の欠片《かけら》に、目を凝らした。

早く怪我を治して仕事に戻ろう。仕事に追われる同僚や、自立を目指している人たちが待っている。

——いつか、この仕事をしていてよかった、と思えるときがくるよ。

耳に、いつかの山川の声が聞こえた。

聡美は看護師を振り返って、笑顔で言った。

「いま、行きます」

聡美はまだふらつく脚に力を込め、リハビリ棟に続く道へ足を踏み出した。

注・本作品は、月刊『小説NON』(小社発行)に、平成二十四年四月号から平成二十六年二月号まで隔月で連載されたものに、著者が刊行に際し、加筆・訂正したものです。

また、本書は平成二十六年六月までの生活保護法に基づいています。

なお、この作品はフィクションであり、登場する人物および団体はすべて実在するものといっさい関係ありません。

切りとり線

あなたにお願い

この本をお読みになって、どんな感想をお持ちでしょうか。次ページの「100字書評」を編集部までいただけたらありがたく存じます。個人名を識別できない形で処理したうえで、今後の企画の参考にさせていただくほか、作者に提供することがあります。

あなたの「100字書評」は新聞・雑誌などを通じて紹介させていただくことがあります。採用の場合は、特製図書カードを差し上げます。

次ページの原稿用紙（コピーしたものでもかまいません）に書評をお書きのうえ、このページを切り取り、左記へお送りください。祥伝社ホームページからも、書き込めます。

〒一〇一—八七〇一　東京都千代田区神田神保町三—三
祥伝社　文芸出版部　文芸編集　編集長　辻　浩明
電話〇三（三二六五）二〇八〇　http://www.shodensha.co.jp/bookreview/

◎本書の購買動機（新聞、雑誌名を記入するか、○をつけてください）

＿＿＿新聞·誌の広告を見て	＿＿＿新聞·誌の書評を見て	好きな作家だから	カバーに惹かれて	タイトルに惹かれて	知人のすすめで

◎最近、印象に残った作品や作家をお書きください

◎その他この本についてご意見がありましたらお書きください

100字書評

パレートの誤算

住所

なまえ

年齢

職業

柚月裕子（ゆづきゆうこ）
1968年岩手県生まれ。山形県在住。2008年『臨床真理』で第7回『このミステリーがすごい！』大賞で大賞を受賞しデビュー。2012年『検事の本懐』で第25回山本周五郎賞にノミネート、2013年同作で第15回大藪春彦賞を受賞。硬質な文章で描かれる人間ドラマで多くの読者の支持を得ている。他の著書に『最後の証人』『検事の死命』『蟻の菜園－アントガーデン－』がある。

パレートの誤算《ごさん》

平成26年10月20日　　初版第1刷発行

著者――柚月裕子《ゆづきゆうこ》
発行者――竹内和芳
発行所――祥伝社《しょうでんしゃ》
〒101-8701 東京都千代田区神田神保町3-3
電話 03-3265-2081（販売） 03-3265-2080（編集）
03-3265-3622（業務）
印刷――堀内印刷
製本――積信堂

ISBN978-4-396-63449-0 C0093
祥伝社のホームページ・http://www.shodensha.co.jp/

話題の祥伝社文芸書

〈四六判〉

わずかな痕跡や表情が語る真実……
連続放火犯の闇に迫れ！

ファイヤーボール

生活安全課0係

富樫倫太郎

所轄の窓際部署にやってきたキャリア警察官・小早川冬彦
マイペースな変人だが心の裏を読み取るスペシャリストだった……！
「ＳＲＯ」シリーズの著者が描く新たなる警察小説、ここに誕生！